|graf|it|

Bibliografische Information der Deutschen Nationalbibliothek
Die Deutsche Nationalbibliothek verzeichnet diese Publikation in der Deutschen Nationalbibliografie; detaillierte bibliografische Daten sind im Internet über http://dnb.d-nb.de abrufbar.

© 2022 by GRAFIT in der Emons Verlag GmbH
Cäcilienstraße 48, D-50667 Köln
Internet: http://www.grafit.de
E-Mail: info@grafit.de
Alle Rechte vorbehalten
Umschlaggestaltung: Franziska Emons-Hausen
unter Verwendung von photocase.de/P_Alt
Gestaltung Innenteil: DÜDE Satz und Grafik, Odenthal
Lektorat: Nadine Buranaseda, typo18, Bornheim
Druck und Bindearbeiten: CPI – Clausen & Bosse, Leck
ISBN 978-3-98659-003-1
1. Auflage 2022

Dieser Roman wurde gefördert im Rahmen des Stipendienprogramms der VG WORT in NEUSTART KULTUR der Beauftragten der Bundesregierung für Kultur und Medien.

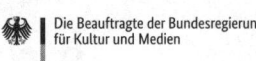

Jürgen Kehrer

Wilsberg –
Sein erster und sein letzter Fall

Kriminalroman

Jürgen Kehrer, geboren 1956 in Essen, lebt in Münster und Berlin. Er ist der geistige Vater des münsterschen Privatdetektivs Georg Wilsberg, der 1990 in *Und die Toten lässt man ruhen* seinen ersten Auftritt hatte. *Wilsberg – Sein erster und sein letzter Fall* ist der 21. Band der Reihe. Seit 1995 ermittelt Wilsberg auch im Fernsehen und gehört inzwischen zu den beliebtesten ZDF-Krimis am Samstagabend. Jürgen Kehrer ist verheiratet mit der Schriftstellerin Sandra Lüpkes. www.juergen-kehrer.de

This is the end,
Beautiful friend.
This is the end.

The Doors

1

April 2022

Ich bin mir sicher, dass Hosen in Zukunft für mich nicht einfach nur Hosen sein werden, es wird die Zeit vor und die Zeit nach den Hosen geben. Seit zwanzig Minuten sitze ich nämlich zwischen Bergen von Hosen. Hosen auf Bügeln, Hosen in Regalen, Hosen in Stapeln. In der Herrenabteilung eines Kaufhauses, das im Glockenklangbereich der Lambertikirche liegt. Ein paar Meter rechts von mir hockt eine Frau, links von mir ein Mann, ein Stück weiter eine komplette Familie, Vater, Mutter, zwei jugendliche Kinder. Wir verständigen uns hauptsächlich durch Mimik und mit Handzeichen, aus Angst, alles andere könnte gefährlich werden. Einige schwarz gekleidete, maskierte Gestalten mit Schnellfeuerwaffen haben das Kaufhaus überfallen, unsere Handys einkassiert und uns auf den Boden gezwungen. Möglicherweise ein Raubüberfall, vielleicht auch ein Terroranschlag, in jedem Fall sind wir Geiseln.

An Widerstand oder Flucht ist nicht zu denken, sie haben alle Kunden und Beschäftigte des Kaufhauses auf unserer Etage zusammengetrieben und bewachen die Ausgänge. Immerhin ist bis jetzt niemand verletzt worden, die Geiselnehmer haben sich damit begnügt, einige Löcher in die Decke zu schießen, wohl als Einschüchterungsmaßnahme. Seitdem hängt Pulvergeruch in der Luft, außerdem klingeln mir die Ohren. Bei den Tätern handelt es sich anscheinend um Deutsche, die gebrüllten Befehle klingen akzentfrei. Ihre Anführerin ist eine schmale, ziemlich große Frau, ich habe sie »Nummer eins« getauft. Nummer eins wirkt cool, im Gegensatz zu ihrem Vize, Nummer zwei, der hektisch herumrennt und alle anschreit, die ihm begegnen, die eigenen Leute ebenso wie uns Geiseln. Auch mich, als ich mich nicht schnell genug hingesetzt habe. Trotz der Nervosität, die Nummer zwei verbreitet, habe ich das Gefühl, dass es für die Geiselnehmer nach Plan läuft. Fragt sich nur, nach welchem.

Die Frau rechts von mir robbt ein Stück in meine Richtung. Ihr Flüstern dringt kaum durch den Klingelton in meinen Ohren. »Was wollen die?«

»Die warten auf irgendwas«, spekuliere ich. »Wenn's nur darum ginge, das Kaufhaus auszurauben, würden sie sich mehr beeilen.«

»Oder sie wollen uns gegen Lösegeld austauschen.« Der Mann von links schließt sich unserer Diskussionsrunde an. »Dann legen sie es darauf an, dass die Polizei auftaucht.«

»Auch möglich«, gebe ich zu. »Die Polizei ist auf solche Situationen vorbereitet. In jedem Polizeipräsidium gibt es eine Verhandlungsgruppe, die das ständig trainiert.«

»Kennen Sie sich da aus?« In den Augen der Frau glimmt die Hoffnung auf professionellen Beistand.

»Nicht direkt. Aber Kriminalität ist mein Business.«

»Scheiß auf dein Business!« Nummer zwei, der hinter einem Hosenständer aufgetaucht ist, richtet den Lauf seiner Maschinenpistole auf meine Brust. »Ihr sollt die Fresse halten, kapiert?«

»Sorry«, sage ich. »Wird nicht wieder vorkommen.«

»Klugscheißer, was?« Er tritt noch einen Schritt näher. Sein Testosteron stinkt schlimmer als das Pulver. Ich rieche förmlich seinen Wunsch, mir eine Abreibung zu verpassen.

»Lass das!« Ich habe nur auf Nummer zwei geachtet und Nummer eins nicht kommen sehen. »Für so was haben wir keine Zeit.«

Nummer zwei dreht widerwillig ab. Und Nummer eins mustert mich einen Moment länger als notwendig. Als würde sie überlegen, woher sie mich kennt.

Ich weiß nicht, was mir mehr Sorgen bereiten sollte, die fehlende Selbstkontrolle von Nummer zwei oder die Gedanken von Nummer eins.

Von draußen sind Polizeisirenen zu hören.

»Es geht los!«, ruft Nummer eins. Fürs Erste bin ich vergessen.

An der Kasse, nur drei Ständerreihen von uns entfernt, klingelt das Telefon. Nummer eins schlendert demonstrativ langsam hinüber, nimmt ab und hört kurz zu.

»Sparen Sie sich das!«, kanzelt sie ihren Gesprächspartner ab. »Wir haben zwei Forderungen und ich wiederhole mich nicht, also hören Sie gut zu. Forderung eins: Frank Knieriem, derzeit in der JVA Münster, kommt frei. Forderung zwei: Frank gibt im Studio des WDR ein Liveinterview. Überall in Deutschland zu sehen. Zehn Minuten. Keine Aufzeichnung, keine Bearbeitung, keine Tricks. Anschließend bringen Sie ihn her. Das alles muss bis zwanzig Uhr passieren. Ist Frank dann nicht hier oder konnte nicht sagen, was er sagen wollte, erschießen wir um eine Minute nach acht die erste Geisel. Ende der Durchsage.«

Nummer eins legt auf.

Frank Knieriem. In den letzten dreißig Jahren habe ich nicht viel von ihm gehört.

2

Oktober 1989

»Anwaltskanzlei« war ein ziemlich hochtrabender Name für die beiden Räume, die ich hinter dem Ladenlokal einer Biobäckerei an der Hammer Straße gemietet hatte. Es gab noch einen Zugang über den Hof, allerdings musste man dann eine Lagerhalle durchqueren, die der Biobäcker mit ausrangiertem Zeugs vollgestellt hatte.

Daher empfahl ich allen, die mich besuchen wollten, besonders aktuellen und zukünftigen Mandanten, den Weg durch die Bäckerei zu nehmen. Zum beiderseitigen Vorteil. Ich zahlte wegen der ungünstigen Lage eine geringe Miete und die Bäckerei erweiterte ihre Kundschaft. Wer mochte, konnte sich die Wartezeit mit einem Brötchen oder einem der hervorragenden Mandelhörnchen aus dem Backladen verkürzen. Sigi, meine Sekretärin, hatte die Anweisung, unseren Kunden die nebenan erhältlichen Bioprodukte anzupreisen. Einschließlich des fair gehandelten Kaffees, für den ich mit der Bäckerei eine Monatspauschale vereinbart hatte. Das ersparte uns das lästige Kaffeekochen.

Sigis Büro, in dem sie hinter einem der zwei neu angeschafften Atari-ST-Computer – der andere stand in meinem Büro – und einer Telefonanlage thronte, diente gleichzeitig als Wartezimmer. Ein paar aus dem Sperrmüll gefischte Stühle und ein wackliges Tischchen, auf dem die täglichen Ausgaben der *taz*, der *Frankfurter Rundschau* und – für die ganz Hartgesottenen – der *Westfälischen Nachrichten* lagen, mussten reichen, um meine Mandanten bei Laune zu halten. Allzu anspruchsvoll und damit zahlungskräftig waren sie ohnehin nicht. Ich schlug mich und die Kanzlei mit Rechtsstreitigkeiten durch, die sich fast ausschließlich um Bagatelldelikte drehten. Ein paar Gramm Haschisch zu viel in der Tasche, einen Polizisten bei einer Demo falsch angeguckt, solche Sachen. Es reichte für mich zum Überleben, aber Urlaub fiel bereits unter die Kategorie »entbehrlicher Luxus«.

Ich stellte meinen klapprigen Golf in der Nähe der Josefskirche ab, steckte mir einen Zigarillo an und schlenderte die Hammer Straße entlang. Trotz allem ging es mir mit meiner Entscheidung, mich selbstständig zu machen, ganz gut. Nach dem Jurastudium und der Referendarzeit hatte ich ein paar Jahre in einer großen Kanzlei gearbeitet. Doch der Druck, den Umsatz steigern und mich mit Mandanten abgeben zu müssen, die bei jeder Begegnung den Wunsch nach einem Wannenbad aufkommen ließen, nervte mich von Monat zu Monat mehr. Gleichzeitig verlor die Aussicht, irgendwann in den Kreis der Seniorpartner aufzusteigen und wie sie mit einem protzigen Porsche in der firmeneigenen Tiefgarage zu parken, stetig an Reiz.

Nach drei Jahren hatte ich gekündigt, mit meiner Bank über einen Gründerkredit verhandelt und die Räume in der Bäckerei gemietet. Der Stresspegel sackte von da an erfreulich nach unten, leider parallel mit den Umsatzzahlen. Denn die spektakulären Fälle, von denen ich immer geträumt hatte, blieben Mangelware.

Mein derzeitiges Highlight war ein Prozess gegen Tierversuchsgegner, meine Mandantin eine Soziologiestudentin, die zusammen mit Gleichgesinnten Hunde aus einem Forschungslabor eines Pharmakonzerns entführt oder, wie sie es nannte, befreit hatte. Dummerweise war an den Hunden ein Medikament getestet worden, dessen plötzliches Ausbleiben katastrophale Folgen hatte. Die Hälfte der Hunde starb, die andere Hälfte wurde, weil den Aktivisten nichts Besseres einfiel, mehr oder weniger komatös zum Forschungslabor zurückgebracht. Kurz darauf geriet einer der Tierbefreier in die Hände der Polizei. Mit dem Versprechen, ohne Gefängnisstrafe davonzukommen, hatte man ihn zum Kronzeugen gegen die übrigen umgedreht. Schlechte Aussichten also für meine Mandantin. Davon wollten ihre Eltern, die mich bezahlten, nichts wissen. Ich solle gefälligst einen Freispruch erwirken, verlangte die Mutter, alles andere sei inakzeptabel.

Ich trat den Zigarillo aus, stiefelte in die Bäckerei und nahm gleich noch einen Kaffee mit auf den Weg in meine Geschäftsräume. Sigi saß an ihrem Schreibtisch und tippte sekretärinnenhaft auf dem Computer herum.

»Morgen«, sagte ich. »Irgendwelche Anrufe?«

»Guten Morgen, Georg«, erwiderte Sigi. »Und ja. Sogar zwei.«

»Mach's nicht so spannend.«

Sigi hob einen Daumen. »Anruf eins, man möchte dich als Pflichtverteidiger gewinnen.«

In der linken Szene Münsters kursierte mein Name. Ich war bekannt dafür, nicht vor Körperverletzung zum Nachteil eines Polizisten oder Landfriedensbruch zurückzuschrecken. Manche Staatsfeinde hielten mich sogar für einen der ihren. Ich ließ sie meistens in dem Glauben. »Um was geht es?«

»Mord.«

Die Kaffeetasse in meiner Hand klapperte. Fast hätte ich sie mitsamt der Untertasse fallen gelassen. »Wie, Mord?«

»Frank Knieriem«, sagte Sigi. »Soll vor einem halben Jahr seine Freundin ermordet haben.«

Ich hatte darüber in der Zeitung gelesen. Angeblich eine Beziehungstat. Mann tötet Freundin aus Eifersucht. »Und wie ist der auf mich gekommen?«

Sigi betrachtete mich mitleidig. »Vermutlich nicht, weil du so genial bist. Eher, weil alle anderen abgesagt haben. Tut mir leid, dir das sagen zu müssen, Georg, aber du bist nicht seine erste Wahl. Knieriem hatte bereits einen Verteidiger, dem er jetzt, kurz vor Prozessbeginn, das Vertrauen entzogen hat. Deshalb braucht er dringend Ersatz.«

»Egal«, sagte ich. »Ein Mordprozess ist unbezahlbare Werbung für unsere Kanzlei. Das treibt die dickeren Fische ins Netz.«

Sigi nickte. »Habe ich mir auch gedacht.«

»Und du hast …«

»Geantwortet, dass du es machst. Ja.«

»Okay«, sagte ich gedehnt. »Beim nächsten Mal würde ich lieber vorher gefragt werden.«

»Wie du meinst«, schnippte Sigi.

Ich ging rückwärts zur Tür. »Sag bitte alle Termine für heute ab. Ich fahre zum Gericht und zur Staatsanwaltschaft und anschließend zur JVA, um mit Knieriem zu reden.«

Sigi hob Daumen und Zeigefinger. »Willst du nicht wissen, von wem der zweite Anruf kam?«

Ich stöhnte. »Meinetwegen.«

»Carlo Ponti.«

»Der Betreiber des *Bad*? Die Schlagzeuglegende?«

Sigi zog ihre ungezupften Brauen hoch. »Kennst du noch jemanden in Münster, der so heißt?«

In meinem vorherigen Leben als Großkanzleianwalt mit Anzug- und Krawattenpflicht hatte ich Carlo Ponti mal in einem Unterhaltsprozess vertreten. Anscheinend war es mir dabei gelungen, meine Abneigung gegen seine Egozentrik geschickt zu verbergen. »Und was will er?«

»Er fühlt sich beleidigt. Von so einem Stadtmagazin hier in Münster. Du sollst die Redakteure verklagen oder, besser noch, ans Kreuz nageln. Habe ich jedenfalls so verstanden, er redet ziemlich schnell und ohne Punkt und Komma. Irgendwann habe ich abgeschaltet.«

»Alles klar«, sagte ich. »Ich rufe ihn an. Heute oder in den nächsten Tagen.«

»Er machte nicht den Eindruck, als würde er lange warten wollen.«

Ich drehte mich um und öffnete die Tür. »Du wirst schon mit ihm fertig.«

»Vergiss nicht, dass du morgen um neun im Amtsgericht sein musst!«, rief Sigi mir hinterher.

Der Tierbefreierprozess. Wie könnte ich den vergessen?

Nachdem ich im Gericht die Formalitäten erledigt und mir bei der Staatsanwaltschaft eine Kopie der Akten besorgt hatte, fuhr ich zum Gefängnis. Das münstersche Gefängnis war eines der ältesten Deutschlands, ein sternförmiger Rotklinkerbau, der noch fast genauso aussah wie zur Zeit seiner Entstehung Mitte des 19. Jahrhunderts. Damals lag er noch außerhalb der Stadt, inzwischen stand er mittendrin und war umgeben von einigen der begehrtesten Wohnviertel Münsters, ein Luxusausblick, auf den seine Insassen wahrscheinlich gerne verzichtet hätten.

Ich wies mich aus und wurde in einen der Räume gebracht, die für ungestörte Gespräche zwischen Rechtsanwälten und Häftlingen vorgesehen waren. Ein paar Minuten später lieferte man Frank Knieriem bei mir ab. Knieriem war eine imposante Erscheinung, mindestens einen Meter neunzig groß, athletisch gebaut und mit Oberarmen, die ihn zum Türsteher qualifiziert hätten. Eine Strähne seines schulterlangen, beneidenswert dichten blonden Haars hing ihm ins Gesicht und wurde von ihm ab und zu mit einer ruckartigen Kopfbewegung zur Seite geschleudert. Ich schätzte ihn auf Ende zwanzig bis Anfang dreißig, um seinen Mund spielte ein grundloses Macholächeln, das Männer wie er oft verwenden, um ihr Revier zu markieren. Nicht mal die Fesseln an seinen Händen schienen ihn sonderlich zu stören.

Knieriem setzte sich an den Tisch, auf dem ich die Akten ausgebreitet hatte. »Haben Sie mal eine Zigarette?«

Ich erklärte ihm, dass ich keine Zigaretten, sondern nur Zigarillos rauchen würde.

»Dann eben einen Zigarillo.«

Ich gab ihm einen braunen Stängel und zündete mir selbst

einen an. In dem kleinen Raum gab es kein Fenster, meine Kleidung würde hinterher sowieso müffeln, also konnte ich auch gleich mitrauchen. »Wie sind Sie auf mich gekommen?«

»Jemand hat mir von Ihnen erzählt.«

»Wer?«

»Weiß ich nicht mehr.« Knieriem hockte breitbeinig auf seinem Stuhl und schaute mich trotz gleicher Augenhöhe irgendwie von oben herab an. »Spielt das eine Rolle?«

»Nein. Nur Marktforschung. Aber eines würde mich tatsächlich interessieren: Was hat Ihr erster Anwalt falsch gemacht?«

»Der hat nicht verstanden, was ich will.«

»Und das heißt?«

Knieriem beugte sich vor, die Kette zwischen seinen Handgelenken rasselte. »Damit eines klar ist, Herr Wilsberg: Ich will keine Absprache mit der Staatsanwaltschaft, keine mildernden Umstände oder wie das heißt. Ich bestehe auf Freispruch, weil ich Ulla nicht umgebracht habe.«

»Und Ihr erster Anwalt sah dafür keine Chance?«

»Der meinte, ich soll auf reuigen Sünder machen. Erzählen, dass es mir leidtut, oder so'n Scheiß. Aber es tut mir nichts leid, denn ich habe Ulla nicht angerührt.«

»Verstehe«, sagte ich. »Wir plädieren auf unschuldig.«

Knieriem lehnte sich zurück und nahm einen tiefen Zug. Niemand, dem seine Atemorgane etwas bedeuten, raucht Zigarillos auf Lunge. Knieriem hustete nicht einmal. »Korrekt, Herr Wilsberg.«

»Noch etwas«, sagte ich. »Der Prozess beginnt in drei Tagen. Ich brauche Zeit, um mich in die Akten einzuarbeiten. Deshalb werde ich einen Aufschub beantragen.«

Knieriem fixierte mich durch die Rauchschwaden. »Negativ. Kein Aufschub.«

»Wie soll das gehen?«, fragte ich. »Ich habe aus der Staatsanwaltschaft fünf Aktenordner mitgenommen und bislang kein einziges Blatt gelesen. Außerdem vertrete ich noch andere Fälle, die lassen sich nicht umterminieren und schon gar nicht von heute auf morgen. Wenn ich Ihre Interessen ernsthaft …« »Mir egal, wie Sie das anstellen«, unterbrach er mich. »Der Prozess findet wie vorgesehen statt. Falls Sie damit ein Problem haben, suche ich mir jemand anders.«

Unterwegs kaufte ich mir einen Döner »mit alles drauf« zum Mitnehmen, kurvte fünf Minuten durchs Kreuzviertel, bis ich einen Parkplatz gefunden hatte, und schleppte dann die Aktenordner und den Döner zu meiner Wohnung hinauf. Während ich aß, blätterte ich mit fettigen Fingern im ersten Aktenordner herum. Zwei Tassen Kaffee und anderthalb grob überflogene Aktenordner später wusste ich, warum mein Vorgänger im Anwaltsjob Frank Knieriem zum Geständnis hatte bewegen wollen. Es sah nämlich verdammt schlecht aus für meinen Mandanten. Quasi alle Beweise und Zeugenaussagen sprachen gegen ihn. Freundinnen des Mordopfers hatten bei der Polizei zu Protokoll gegeben, dass Knieriem seine Langzeitbeziehung Ulla Hülsken psychisch terrorisiert und mehrfach geschlagen habe, zuletzt zwei Tage vor dem Mord. Grund der eskalierenden Auseinandersetzung war offenbar, dass sich Ulla Hülsken von Knieriem trennen wollte. Es gab auch bereits eine Alternative, einen Arbeitskollegen von Ulla Hülsken namens Gert Bröskamp, der Ulla seine Unterstützung und vielleicht noch einiges mehr angeboten hatte. Knieriem sah in Bröskamp den eigentlichen Anlass für Ullas Trennungswünsche. Bröskamp sagte aus, Knieriem habe ihn am Telefon und auf der Straße bedroht, einmal sei es auch zu Handgreiflichkeiten gekommen. Wörtlich formulierte Bröskamp: *Ulla hat das alles sehr mitgenommen, sie ist nur deshalb bei Knieriem geblieben, weil sie Angst hatte, er würde sich an ihr rächen.* »*Ich muss ihn dazu bringen, die Trennung zu akzeptieren*«, *hat sie gemeint,* »*sonst lässt er mich nie in Ruhe.*«

Ich habe ihr abgeraten und es für das Beste gehalten, dass sie ein paar Sachen zusammenpackt und einfach verschwindet. Aber davon wollte sie nichts wissen.

Am 4. März gegen neunzehn Uhr hörten Nachbarn einen lautstarken Streit aus der Wohnung von Knieriem und Hülsken. Dann sei es plötzlich sehr still geworden. Knieriem räumte gegenüber der Polizei später einen Streit ein, behauptete allerdings, der habe früher am Tag stattgefunden, denn gegen achtzehn Uhr habe er die Wohnung für etwa zwei Stunden verlassen, um sich bei einem Spaziergang abzuregen. Da sei es Ulla Hülsken noch gut gegangen. An die genaue Wegstrecke des Spaziergangs und eventuelle Zeugen konnte er sich nicht erinnern, bei der Polizei meldete sich auch niemand, der ihn gesehen haben wollte. Der ohnehin dürftige Versuch, ein Alibi zu konstruieren, erwies sich als Fehlschlag und machte Knieriem nur noch verdächtiger.

Ebenso wie das, was danach passierte. Am übernächsten Morgen erschien Ulla Hülsken nicht in der Schule, in der sie als Lehrerin arbeitete. Anrufern erklärte Knieriem, er wisse nicht, wo sie sich aufhalte, wahrscheinlich sei sie bei ihrem neuen Freund. Bröskamp konnte das Missverständnis schnell aufklären, doch Ulla blieb verschwunden und die Anrufe von Ullas Freundinnen und ihrer Familie wurden dringlicher. Am Morgen des folgenden Tages ging Knieriem zur Polizei und meldete seine Freundin als vermisst. Den Polizisten kam die Sache gleich seltsam vor, sie befragten Nachbarn, Angehörige, Arbeitskollegen und Freundinnen und stießen auf den schwelenden Eifersuchtsstreit. In der Wohnung entdeckte man eine Reihe von Blutspuren, die beim oberflächlichen Putzen übersehen worden waren. Knieriem hatte die Kleidung, die er am 4. März getragen hatte, zwar gewaschen, jedoch die Schuhe vergessen, an denen sich kleinere Blutspritzer fanden. Den schwerwiegendsten Hinweis auf die Tat und deren versuchte Vertuschung ergab die Untersuchung von Knieriems Auto.

Im Kofferraum sicherten die Spezialisten der Polizei nicht nur weitere Blutflecke, sondern auch Fasern von Ulla Hülskens Kleidung. Erdspuren an den Autoreifen ließen darauf schließen, dass Knieriem mit der Leiche in einen Wald gefahren war.

An diesem Punkt der Ermittlungen revidierte Frank Knieriem seine Aussage. Er gab zu, Ullas Leiche vergraben zu haben, führte die Polizisten in den Boniburger Wald und zeigte ihnen die genaue Stelle. Dennoch bestritt er weiter, sie ermordet zu haben. *Als ich um zwanzig Uhr dreißig nach Hause kam,* notierte der vernehmende Beamte, ein Kriminaloberkommissar Stürzenbecher, Knieriems Aussage, *lag Ulla tot auf dem Boden. Mir war sofort klar, dass man mir das anhängen würde. – Also haben Sie die Leiche weggeschafft?,* fragte Stürzenbecher. Antwort Knieriem: *War blöd von mir, ich weiß. So eine Art Kurzschlusshandlung. Ich habe da nicht lange drüber nachgedacht.*

Ich stand auf, bewegte die vom langen Lesen verkrampfte Nackenmuskulatur und überlegte, ob ich mir noch eine Tasse Kaffee oder lieber ein Bier holen sollte. Eigentlich musste ich einen klaren Kopf behalten, schließlich war es mein Job, unter der erdrückenden Beweislast irgendein Schlupfloch für Knieriem zu entdecken. Andererseits bezweifelte ich, ob ich selbst nach einer Kanne intravenös verabreichten Kaffees auf eine glorreiche Idee kommen würde. Knieriem hatte nicht nur Ullas, sondern auch sein eigenes Grab geschaufelt, aus dem er wohl kaum wieder herauskam. Warum, fragte ich mich, lehnte er es ab, durch ein Geständnis seine Strafe um ein paar Jahre zu verkürzen? Fehlten ihm schlicht die schauspielerischen Fähigkeiten, die er für das Bekunden von Schuld und Reue benötigte? Oder war er ein Spieler, der alles auf eine Karte setzte? Freiheit oder Untergang, dazwischen gab es nichts? Nun, ich würde ihn in den Untergang begleiten, notfalls bis in die höchste Instanz, konnte ich mich doch damit trösten, dass er es so gewollt hatte. Für mein Renommee als Rechtsanwalt würde eine krachende Niederlage nicht gerade förderlich sein, aber rein moralisch betrachtet sprach nichts dagegen, Knieriem lebenslänglich im Gefängnis vermodern zu lassen.

Das Telefon klingelte. Ich ging zu dem Tischchen im Flur, auf dem es stand, und nahm ab.

»Schorsch«, sagte eine männliche Stimme, »warum hörst du deinen AB nicht ab?«

»Carlo Ponti?«

»Wer denn sonst? Ich habe dich heute schon dreimal angerufen.«

Jetzt sah ich es auch. Auf dem Anrufbeantworter blinkte eine grüne Drei. »Tut mir leid, ich habe im Moment viel um die Ohren. Gerade heute bin ich als Pflichtverteidiger für einen ...«

»Das ist nichts gegen die Scheiße, mit der ich beworfen werde«, unterbrach Ponti mich. »Hör zu, Schorsch, du musst dieses Stinkblatt zum Schweigen bringen.«

»Bevor wir darüber reden, muss ich erst einmal lesen, um was es geht.«

»Die wollen mich fertigmachen, Schorsch, die behaupten Dinge über mich, die einfach falsch sind. Der Oberbürgermeister hat mich bereits angerufen und gefragt, wie es mir damit geht. Der Oberbürgermeister. Begreifst du, was das heißt, Schorsch? Der will, dass ich das nicht auf mir sitzen lasse. Ich muss da so schnell wie möglich was unternehmen, Schorsch, sonst ...«

»Ich verstehe dich vollkommen«, grätschte ich in seinen Monolog. »Das Problem ist nur, ich muss zuerst den Artikel lesen, bevor ich etwas dazu sagen, geschweige denn unternehmen kann.«

»Die lügen stumpf das Blaue und auch noch das Rote und das Gelbe vom Himmel«, redete er unbeirrt weiter. »Das ist

19

so was von schofel, ich kann gar nicht sagen, wie mich das ankotzt.«

»Okay«, sagte ich. »Mit Stinkblatt meinst du sicher ...«

»Ja, wen wohl, Schorsch? Die Jungs und Mädels, die am Hafen sitzen, natürlich.«

»Pass auf, Carlo«, startete ich einen neuen Versuch, »heute und morgen bin ich im Stress, da habe ich keine freie Minute. Danach, ich verspreche es, kaufe ich mir dieses Blatt und ...«

»Das kannst du nicht mit mir machen.« Er klang zutiefst enttäuscht. »Sei mir nicht böse, Schorsch, ich halte dich für einen guten Mann, für einen der besten ...«

»Danke.«

»Würde ich dich sonst anrufen? Sei ehrlich, Schorsch, würde ich dich anbetteln, dass du mich als mein Anwalt vertrittst, wenn du nicht der Beste wärst?«

Ich sagte ihm, was er hören wollte. »Vermutlich nicht.«

»Na also, Schorsch, deshalb darfst du mich nicht enttäuschen. Ich verstehe ja, dass du viel zu tun hast, bestimmt wichtige Sachen ...«

»Immerhin ein Mordprozess«, warf ich ein.

»Meinetwegen auch ein Mordprozess«, gab er sich gönnerhaft. »Aber der Mord ist schon passiert, den kannst du nicht rückgängig machen. Die Scheiße, die mich betrifft, läuft immer noch. Und wenn du es nicht schaffst, zum Zeitungsladen zu gehen und das verfickte Blatt zu kaufen, dann lass ich es dir einfach bringen. Sag mir, wo du wohnst, und ich schicke jemanden vorbei, der dir das verkackte Ding in den Briefkasten steckt.«

»Lieber zur Kanzlei.« Auf keinen Fall wollte ich ihm meine Privatadresse verraten, sonst würde er wahrscheinlich noch heute Nacht vor meiner Tür stehen. »Und falls du dazu kommst, schreib ein paar Anmerkungen an den Rand, was deiner Meinung nach nicht den Tatsachen entspricht. Dann bin ich beim nächsten Mal besser vorbereitet.«

»Mach ich«, versprach er. »Wusstest du eigentlich, dass ich mit deiner Sekretärin Sigi mal eine Affäre hatte?«

Bestimmt fast eine halbe Nacht lang, dachte ich und sagte laut: »Tatsächlich?«

»Ja. Sie war eine echt scharfe Braut. Ich …«

»Du, ich muss jetzt wirklich«, würgte ich ihn ab. »Ich melde mich.«

Ich legte auf, bevor er noch etwas sagen konnte. Jetzt brauchte ich wirklich ein Bier.

3

»Sie kennen Frank Knieriem?«, fragt die Frau von rechts verwundert.

»Ich *kannte* ihn«, erkläre ich. »Vor dreißig Jahren. Seitdem haben wir keinen Kontakt mehr.«

»Wissen Sie, weshalb er im Knast sitzt?«, fragt der Mann von links.

»Er hat einen Polizisten schwer verletzt. Schon vor einigen Jahren. Ging damals durch die Medien.« Ich hatte alles dazu gelesen, einschließlich der Berichte über den Prozess, der mit einer siebenjährigen Haftstrafe für Knieriem endete. »Der Polizist gehörte zu einem Einsatzkommando, das sein Haus stürmen sollte. Knieriem hatte sich mit den Behörden angelegt, keine Steuern gezahlt, Mahnungen und Strafbefehle ignoriert …«

»Ein Reichsbürger«, vermutet mein linker Nachbar.

»So was in der Art«, bestätige ich. »Außerdem gab es den Verdacht auf illegalen Waffenbesitz. Die Polizisten waren also gewarnt und trugen Schusswesten, auch der Verletzte. Genutzt hat es ihm nichts, die Kugel traf ihn knapp unterhalb der Weste. Knieriem hat später behauptet, die Polizisten hätten sich nicht zu erkennen gegeben, er sei von einem Überfall ausgegangen und habe in Notwehr gehandelt.«

»Ernsthaft?«

»Na ja, das Gericht hat ihm die Geschichte nicht abgenommen, deshalb sitzt er ja in der JVA Münster. Wahrscheinlich würde er in ein oder zwei Jahren sowieso freikommen.«

»Und für so einen Idioten riskieren die ihr Leben und nehmen wer weiß wie viele Geiseln?« Meine rechte Nachbarin schüttelt den Kopf. »Das ist doch Wahnsinn.«

Ich verstehe es auch nicht. Hinter der Aktion muss mehr

stecken. Vielleicht hängt es mit dem zusammen, was Knieriem nach seiner Freilassung im Fernsehstudio erzählen will.

Damals, vor seiner Festnahme, hatte er sich nicht irgendeinem obskuren Verein angeschlossen, sondern gleich seinen eigenen gegründet, die *Aktion Freies Münsterland*. Den Bauernhof im Kreis Warendorf, auf dem er lebte, erklärte er zum unabhängigen Staat, mit sich selbst als Präsidenten, gesetzgebender Versammlung und Exekutive in einer Person. Das Programm der AFM, wie sie abgekürzt hieß, war nicht sonderlich originell, ein trübes Gemisch aus Verschwörungsmythen, Reichsbürgerunsinn und rechtspopulistischen Anwandlungen, garniert mit Fremdenfeindlichkeit und einer Prise Antisemitismus.

Allerdings hatte Knieriem seinen Staat nicht ganz uneigennützig aus dem Boden gestampft: Zu gesalzenen Preisen konnten Unterstützer Anteilsscheine oder Dokumente wie Personalausweis und Führerschein erwerben. Das Geschäft, hatte ich gelesen, lief blendend. Bis zu Knieriems Verhaftung. Die nicht gerade überraschend kam. Er erwartete sie geradezu. Nachdem er zuvor seine Anhänger aufgestachelt und sich selbst zum Märtyrer stilisiert hatte, war ein schlichtes Aufgeben nicht mehr möglich, als es tatsächlich passierte. Es musste zum Showdown kommen – mit blutigem Ende.

Das Telefon an der Kasse meldet sich. Nummer eins lässt es zwei Minuten klingeln, bevor sie abnimmt. Sie hört zu, wippt genervt herum und faucht dann: »Wozu?« Anscheinend folgen weitere Erklärungen, Nummer eins guckt gelangweilt zur Decke, lenkt schließlich ein. »Na schön. Eine Minute. Mehr nicht.« Mit dem Telefonhörer in der Hand blickt sie sich um. »Die sogenannte Polizei will mit einer Geisel sprechen. Freiwillige vor.«

Niemand rührt sich.

»Was ist?«, mault Nummer eins. »Es tut nicht weh. Ihr habt mein Wort.«

Ich stehe auf.

»Sieh an, der Klugscheißer.« Sie winkt mich zu sich. »Nun mach schon! Wir haben nicht ewig Zeit.«

Ich lächle deeskalierend und greife nach dem Hörer.

»Eine Minute«, instruiert sie mich. »Dann ist Schluss. Und pass auf, was du der Tussi erzählst. Kein Wort über mich und meine Leute.«

»Mein Name ist Georg Wilsberg«, sage ich ins Telefon. »Ich bin eine der Geiseln.«

Die Polizistin, die mir antwortet, schafft es, zugleich kompetent und vertrauenerweckend zu klingen. »Und ich bin Corinna Haferkamp. Ich stelle Ihnen jetzt einige Fragen. Bitte antworten Sie nur mit Ja oder Nein, verstanden?«

»Ja«, sage ich.

»Geht es Ihnen und den anderen Geiseln den Umständen entsprechend gut?«

»Ja.«

»Gibt es Verletzte oder Tote?«

»Nein.«

»Haben Sie das Gefühl, dass es in nächster Zeit zu einem Gewaltausbruch kommt?«

»Nein.«

»Das heißt, Sie denken, dass die Situation bis zwanzig Uhr einigermaßen stabil bleibt?«

»Wahrscheinlich. Ich meine, ja.«

Nummer eins, die neben mir gestanden und die Ohren gespitzt hat, nimmt mir den Telefonhörer ab. »Das reicht.« Und ins Telefon: »Keine Hinhaltetaktik mehr. Wenn du mir beim nächsten Anruf nicht sagst, wann Frank im Lügenfernsehen zu sehen ist, kannst du dir die Mühe sparen, klar?«

Es liegt mir auf der Zunge, sie auf den Widerspruch hinzuweisen, dass Frank Knieriem im Lügenfernsehen ja kaum Wahrheiten verkünden kann, doch der vernunftbegabte Teil meines Gehirns legt ein Veto ein. Gegenüber Leuten, die Maschinenpistolen haben, sollte man sich mit Spitzfindigkeiten zurückhalten.

Nummer eins beendet das Gespräch und sieht mich an.

»Georg Wilsberg?«

»Richtig.«

»Und was machst du so, Georg Wilsberg?«

»Ich bin Privatdetektiv«, antworte ich wahrheitsgemäß.

»Seit wann?«

»Schon sehr lange.«

Nummer eins nickt. »Was ist? Warum stehst du hier noch rum?«

»Ich gehe ja schon.« Und das tue ich tatsächlich. Dabei sehe ich, dass ich gerade die Lage etwas schöngefärbt habe. Einigen Geiseln geht es nicht so gut, wie ich gegenüber der Polizistin behauptet habe, sie hängen mit kreidebleichen Gesichtern in den Seilen. Besonders schlimm scheint es die Mutter der vierköpfigen Familie erwischt zu haben, während der Vater ihre Füße hochstemmt, bemüht sich die Tochter, sie wach zu halten.

Ich drehe mich noch einmal um. »Entschuldigung …«

»Was denn noch?«, meckert Nummer eins.

Nun walzt auch Nummer zwei heran. »Du sollst dich hinsetzen, Arschloch.«

»Sehen Sie nicht, dass einige Geiseln dehydriert sind und kurz vor dem Kreislaufkollaps stehen?«, frage ich Nummer eins. »Ich schlage vor, wir holen aus dem Restaurant in der obersten Etage ein paar Kisten Wasser und was zu essen.«

»Sonst noch was?«, höhnt Nummer zwei. »Möchte der feine Herr vielleicht eine Tasse Kaffee und ein Stück Kuchen?«

»Kollabierte Geiseln nützen Ihnen nichts«, rede ich weiter mit Nummer eins. »Früher oder später wird die Polizei hier Kameras anzapfen oder einschmuggeln. Sollten dann leblose Menschen zu sehen sein, provozieren Sie damit einen Angriff.«

»Wo ist das Problem?«, höhnt Nummer zwei. »Wir legen einfach ein paar Klamotten drüber, dann sieht man sie nicht.«

»Der Typ hat recht«, klärt Nummer eins ihren Vize auf. »Schick zwei von unseren Leuten mit ihm und drei anderen Geiseln ins Restaurant.« Und zu mir: »Wer versucht zu fliehen, kassiert eine Kugel, klar?«

»Das ist nicht dein Ernst, Jen.« Nummer zwei stockt.

»Idiot«, faucht Nummer eins, vermutlich besser bekannt unter dem Namen Jennifer. Wie Frank Knieriems rund zwanzig Jahre jüngere Ehefrau, die in seinem Kleinstaat die Rolle der stellvertretenden Präsidentin übernommen hatte.

Eine halbe Stunde später haben Nummer drei und ich Wasser und belegte Brötchen verteilt. Da taucht auch schon das nächste Problem auf. Der zur vierköpfigen Familie gehörende Junge erhebt sich und ruft: »Ich muss mal aufs Klo!«

»Da hast du's«, knurrt Nummer zwei Richtung Nummer eins. »Jetzt kommt jeder mit Extrawünschen.«

»Berufsrisiko, wenn man Geiseln nimmt«, sage ich.

»Halt die Klappe!«, fährt er mich an.

Ich hebe die Hände und schweige.

»Wir holen ein paar Eimer«, schlägt Nummer zwei vor.

»Na toll«, murmele ich. »Dann stinkt's hier bald wie in einer öffentlichen Herrentoilette.«

»Du sollst …«

»Wir bringen sie in Dreiergruppen zu den Toiletten«, entscheidet Nummer eins. »Die sind in der Etage über unserer.«

Nummer zwei schüttelt fassungslos den Kopf.

»Das hätte Frank genauso gemacht«, schiebt Nummer eins hinterher.

Ein Argument, das sich nicht widerlegen lässt. Nummer zwei trollt sich und ich will zurück in meine Hosenecke.

Nummer eins stoppt mich mit einer Handbewegung. »Du bleibst hier.« Anscheinend hat sie Gefallen an der Plauderei mit mir gefunden. »Kennst du Frank Knieriem?«

»Flüchtig«, sage ich. »Eine Zeit lang war er in den Medien ja ziemlich präsent.«

Sie nickt. »Wie wird Frank wohl reagieren, wenn er dich sieht?«

»Keine Ahnung.« Und das meine ich völlig ernst. Von einem Lachanfall bis zu einem Kopfschuss ist jede Reaktion denkbar.

Nummer vier und Nummer fünf, ein Mann mit Türsteherkreuz und eine gedrungene blonde Frau, die auch schon mit mir im Restaurant waren, brechen mit der ersten Dreiergruppe zu den Toiletten auf.

»Mal angenommen, die Polizei geht auf Ihre Forderungen ein«, sage ich. »Was passiert dann?«

Nummer eins lächelt. Sicher bin ich mir allerdings nicht, schließlich ist der größte Teil ihres Gesichts hinter einer schwarzen Kopfhaube versteckt, nur ein schmaler Augenstreifen und der Mund sind ausgespart. »Glaubst du wirklich, das erzähle ich dir?«

»Nein«, gebe ich zu. »Aber ich musste es zumindest versuchen.«

»Sagen wir mal so: Wenn alles gut läuft, wird niemand sterben.«

Von oben ist ein Schuss zu hören, dann Gebrüll, gefolgt von mehreren Salven aus mindestens zwei verschiedenen Schusswaffen. Dann herrscht Ruhe. Beinahe jedenfalls, denn irgendwer ist offenbar getroffen und schreit vor Schmerzen.

4

Oktober 1989

Ich stellte meinen Wagen auf dem Parkplatz vor dem Schloss ab. Eigentlich war es nicht weit von meiner Wohnung im Kreuzviertel bis zum Amtsgericht am Hindenburgplatz und ich hätte auch das Fahrrad nehmen können. Aber nach nur drei Stunden Schlaf war ich dankbar für jede Bewegung, die sich vermeiden ließ.

Außerdem hatte ich so eine Ahnung, dass ich an diesem Tag noch etliche Male kreuz und quer durch Münster fahren müsste, und beschlossen, mehr mich und weniger die Umwelt zu schonen.

Das Amtsgericht residierte zusammen mit der Staatsanwaltschaft in einem schlichten Zweckbau neben dem wesentlich imposanteren ehemaligen Landgerichtsgebäude, das derzeit renoviert wurde, weil das Landgericht bereits in einen dahintergelegenen schicken Neubau umgezogen war. Zukünftig sollte der noch aus der Kaiserzeit stammende Altbau hauptsächlich von der niederen Justiz genutzt werden, doch bis es so weit war, quetschten sich nebenan viel zu viele Menschen in zu wenige und enge Räume. Oder standen vor der Tür, wie die Unterstützer der Tierbefreier, die nicht mehr hineingelassen worden waren. Angesichts der Menschentraube und eines vor dem Eingang parkenden Übertragungswagens des WDR beschleunigte sich mein Puls. Hätte mich Frank Knieriems Akte nicht um den Schlaf gebracht, wäre mein Ego jetzt vermutlich noch viel aufgekratzter gewesen. Ein Gutes hatte der Trubel trotzdem: Ich wurde wach. Und das war auch bitter nötig, denn heute standen die Plädoyers der Staatsanwaltschaft und der Verteidigung auf dem Programm – da war volle Konzentration gefragt.

Nachdem ich mich durch den Menschenauflauf gedrängt

und die Eingangskontrolle passiert hatte, entdeckte ich meine Mandantin samt ihren Eltern auf dem Flur vor dem Verhandlungssaal.

»Da sind Sie ja endlich«, begrüßte mich Mutter Cordula Conradi.

Von den dreien schien sie die aufgeregteste zu sein. Tochter Julia, die Angeklagte, guckte betont missmutig, während Vater Walter vor Verlegenheit nicht wusste, was er mit sich und seinen Händen anstellen sollte. Alles um ihn herum war ihm sichtlich peinlich. Dass sich seine Tochter einer Horde fehlgeleiteter, schlampig gekleideter Tierrechtsaktivisten angeschlossen hatte, dass er sich genötigt fühlte, sie zu diesem unsäglichen Prozess zu begleiten – und dass er sich mit einem Winkeladvokaten wie mir abgeben musste.

»Guten Morgen«, sagte ich. »Es ist alles geklärt. Ich habe mich mit den anderen Anwälten im Vorfeld abgesprochen, damit wir nicht alle das Gleiche erzählen.«

»Ich rede von uns.« Cordula Conradis Kinn zitterte, die roten Flecke an ihrem Hals blühten. »Die arme Julia hätte etwas Zuspruch gebrauchen können.«

»Mama!« Julia verdrehte die Augen. »Mach dir keine Illusionen. Die Justiz und die Konzerne stecken unter einer Decke. Das Urteil steht längst fest. Da kann Wilsberg auch nichts dran ändern.«

»Das stimmt doch nicht. Oder, Herr Wilsberg?« Weit aufgerissene Augen bettelten um Widerspruch.

Nur jetzt nicht weinen, dachte ich.

»Warum sagen Sie denn nichts?« Das Kinnzittern wurde stärker.

»Herrgott noch mal«, stöhnte Walter Conradi.

»Ja, also …« Ich kramte umständlich meine Robe aus der Tasche. »Sicher ist der eine oder andere Richter voreingenommen, was solche politischen Aktionen angeht. Grundsätzlich bin ich allerdings von der Unabhängigkeit der Justiz überzeugt.

Kein Gericht wird sich von Politikern oder Konzernen vorschreiben lassen, wie es zu entscheiden hat.«

Julia gab ein empörtes Zischen von sich.

»Das Problem ist nur«, wandte ich mich direkt an meine Mandantin, »dass wir es mit zwei verschiedenen Wertesystemen zu tun haben. Für Sie ist das, was in den Laboren passiert, Tierquälerei.«

»Was denn sonst?« Sie wurde laut, Leute drehten sich zu uns um.

»Julia! Bitte!«, sagte ihr Vater.

»Ich bin vollkommen auf Ihrer Seite«, beruhigte ich sie. »Und wahrscheinlich wird sich diese Auffassung in Zukunft auch durchsetzen. Nur im Moment handelt es sich bei Ihrer Aktion – rein juristisch betrachtet – um Einbruch und Diebstahl.«

»Weil für diese Wichser Tiere nur Gegenstände sind, irgendwas, das man *benutzen* darf, so wie Autos oder Juwelen. Das ist pervers.«

Ein Justizwachtmeister öffnete die Tür des Verhandlungssaals von innen.

Ich zog meine Robe über. »Wir reden später weiter.«

Nach dem ersten Schreck, erwischt worden zu sein und sich vor Gericht verantworten zu müssen, hatten sich die sieben Mitglieder des *Kommando Professor Landois* entschieden, zu ihrer Hundebefreiungsaktion zu stehen. Es ging also für uns Anwälte nicht darum, die Beteiligung unserer Mandantinnen und Mandanten kleinzureden oder die Schuld auf jemand anders in der Gruppe abzuschieben, vielmehr sollte der Prozess genutzt werden, um die Öffentlichkeit aufzurütteln. An den bisherigen Prozesstagen hatten wir die Brutalität in den Forschungslaboren angeprangert, die Notwendigkeit angezweifelt, für einen neuen Lippenstift Hunderte von intelligenten Wesen sterben zu lassen, und Videos und Fotos von qualvoll fixierten Hunden und schmerzverzerrten Affengesichtern als Beweismittel ein- und gleich an die Medien weitergereicht. Das Ganze war eine politische Schlacht. Und sie zeigte Wirkung. In Umfragen der münsterschen Tageszeitungen bekundete ein Großteil der Bevölkerung Sympathien für das *Kommando Professor Landois*.

Entsprechend angestochen reagierte die Gegenseite. Die Staatsanwältin und der Staatsanwalt, die die Anklage vertraten, sahen sich als letzte Bannerträger des Rechtsstaats, bereit, die Beschädigung des Eigentums – und als nichts anderes betrachteten sie die Versuchstiere des Pharmakonzerns – aufs Schärfste zu bestrafen. Bandendiebstahl, lautete der Vorwurf und nachdem das Staatsanwaltsduo in seinen Plädoyers die altbekannten Tatsachen wiederholt hatte und ausgiebig darauf herumgeritten war, dass die Entführung den Hunden nicht geholfen, sondern sie stattdessen dem Tod geweiht hatte, forderten sie, je nach Vorstrafen, zwei bis drei Jahre Haft, nur in zwei Fällen zur Bewährung auszusetzen. Julia Conradi, die schon einmal eine kleine Strafe kassiert hatte, gehörte in den Augen der Staatsanwälte nicht zu den Bewährungskandidatinnen.

Ein Raunen des Entsetzens ging durch die bis zum letzten Platz besetzten Zuhörerreihen, das Publikum stand überwiegend auf der Seite der Angeklagten. Aus dem Entsetzen wurde Empörung und das Raunen verwandelte sich in Unmutsäußerungen. Der vorsitzende Richter, den links und rechts ein Schöffe und eine Schöffin flankierten, bat um Ruhe und drohte, den Saal räumen zu lassen, als es nicht leiser wurde.

Ich warf einen Blick zu Cordula Conradi hinüber, die kreidebleich in Schockstarre verfallen war.

»Keine Sorge«, flüsterte ich der Tochter neben mir zu, »die stapeln ziemlich hoch. Das Urteil wird nicht so hart ausfallen.«

Julia Conradi machte »Puh!«. Vielleicht war ihr gerade zum ersten Mal bewusst geworden, dass für sie einiges auf dem Spiel stand.

Nach einer kurzen Pause begannen die Plädoyers der Verteidigung. Meine Kolleginnen und Kollegen argumentierten wissenschaftlich, moralisch, religiös, politisch und noch auf einigen anderen Ebenen. Und natürlich kamen noch einmal ausführlich die katastrophalen Zustände in den Tierversuchslaboren zur Sprache.

Als Letztem aus der Anwaltsriege fiel mir der Part zu, die rechtliche Verpflichtung zum Tierschutz und ihre löchrige Interpretation zu referieren.

»Die Ablehnung von Tierquälerei«, hob ich an, »ist weder eine Mode unserer übersättigten Gesellschaft noch ein Tick von ideologisch verführten jungen Menschen. Bereits 1824 wurde in London die *Royal Society for the Prevention of Cruelty to Animals* gegründet. 1838 nahm Sachsen als erster deutscher Staat den Straftatbestand der Tierquälerei ins Kriminalgesetzbuch auf, ein ähnlicher Paragraf findet sich im Strafgesetzbuch des neu gegründeten Deutschen Reichs von 1871. Tierschutz ist also jahrhundertealtes Recht. Und wird ständig neu und dem aktuellen Forschungsstand entsprechend formuliert. So bezeichnet das 1986 novellierte Tierschutzgesetz Tiere als Mitgeschöpfe, für deren Wohlbefinden der Mensch zu sorgen habe. Gerade im Hinblick auf Tierversuche spricht der Gesetzgeber davon, dass sie ethisch vertretbar sein müssen.« Ich machte eine Kunstpause. »Und damit befinden wir uns auch schon im Graubereich der Auslegung und der Aushöhlung. Was ist ethisch vertretbar? Das Gesetz verbietet Tierversuche zur Entwicklung und Erprobung von Waffen, Grundlagenforschung dagegen ist möglich. Tierversuche zur Entwicklung dekorativer Kosmetika sind verboten, doch sobald der Hersteller das Etikett *pflegend* auf sein Produkt klebt, dürfen Tiere damit gequält werden. Und so weiter und so fort. Der hehre Anspruch des Gesetzes wird durch zahlreiche Ausnahmen durchlöchert. Seien wir ehrlich, im Grunde gilt noch immer der Satz des Alten Testaments: *Macht Euch die Erde untertan und herrscht ... über alles Getier.*

Nur dass sich die Verfasser der Bibel nicht vorstellen konnten, was das gut zweitausend Jahre später bedeuten würde. Hundert Millionen Tiere werden jährlich weltweit für Tierversuche gebraucht und *verbraucht*, davon allein zehn Millionen in der Bundesrepublik Deutschland. Wann hat das ein Ende? Wer stoppt diesen Wahnsinn?«

Zustimmendes Nicken von den Zuhörerreihen, genervtes Kopfschütteln bei den Staatsanwälten. Ich schaute zur Richterbank. Der Berufsrichter in der Mitte hatte sein Pokerface aufgesetzt. Die Schöffin zu seiner Rechten betrachtete mich mit leuchtenden Augen, sie hatte ich eindeutig gewonnen. Der ältere Schöffe links vom Vorsitzenden kämpfte gegen seine Müdigkeit an und hielt nur mit Mühe die Augen offen, er würde alles abnicken, was der Richter vorschlug. Letztlich kam es sowieso auf ihn an, ich kannte keinen Fall, in dem die Schöffen den Berufsrichter überstimmt hatten.

»Meine Mandantin hat sich des Verbrechens schuldig gemacht, das Gesetz zum Schutz der Tiere ernst zu nehmen«, fuhr ich fort. »Sie wollte Hunde, hochbegabte, Schmerz empfindende Lebewesen, vor einem qualvollen Ende bewahren. Sie wollte Leben retten, nichts anderes kann man ihr vorwerfen.« Ich erzählte noch einiges über Julia Conradis Kindheit und Jugend, eine geschönte Version, in der viele Tiere vorkamen. Ich erwähnte, dass sie sich in herkömmlichen Tierschutzorganisationen engagiert hatte, und beschrieb ihre Verzweiflung darüber, wie wenig diese Vereine ausrichten konnten. Schließlich erklärte ich ihren Weg in die Radikalität. »Ja«, schloss ich mein Plädoyer, »man kann Julia Conradi und den anderen Mitgliedern des *Kommando Professor Landois* vorwerfen, dass sie das Eigentumsrecht anderer missachtet haben. Allerdings nicht, um sich persönlich zu bereichern, sondern um dieses Eigentum, misshandelte Tiere, zu schützen. Dafür kommt nichts anderes als ein Freispruch infrage.«

Ich setzte mich. Im Zuschauerraum brandete Beifall auf, der

vom Richter mit harschen Worten gestoppt wurde. Trotzdem wusste ich, dass ich einen guten Auftritt hingelegt hatte. Sogar Julia Conradi lächelte anerkennend. Auch ihrer Mutter schien es wieder besser zu gehen. Nur Vater Walter guckte stur über die Köpfe der Anwesenden hinweg ins Nichts.

Kurz darauf war der Prozesstag zu Ende. Das Urteil sollte in einer Woche verkündet werden.

Auf dem Flur zog ich meine stickige Robe aus.

»Das war brillant«, lobte Cordula Conradi mich. »Etwas anderes als einen Freispruch halte ich für ausgeschlossen.«

»Danke«, sagte ich. »Aber freuen Sie sich nicht zu früh. Warten wir lieber erst das Urteil ab.«

»Wieso?« Sie drückte ihre Tochter an sich. »Wer kann meiner kleinen Julia jetzt noch böse Absichten unterstellen?«

»Mama!« Julia löste sich aus der Umklammerung. »Nicht hier!«

»Können wir nach Hause gehen?«, fragte Vater Walter.

Eine Viertelstunde später hatte ich etliche Schulterklopfer kassiert und einer WDR-Reporterin drei Sätze in die Fernsehkamera gesprochen, von denen es einer vielleicht in die Regionalsendung am Abend schaffen würde. Ich ging ein paar Schritte zur Seite und steckte mir einen Zigarillo an. Heute war einer dieser Tage, an denen ich mal wieder wusste, warum ich Jura studiert und den Anwaltsberuf ergriffen hatte. Zu toppen eigentlich nur durch eine Flasche guten Rotweins und vielleicht …

»Entschuldigung, darf ich Sie stören?«

Die Frau, die vor mir stand, hatte einen Akzent, den ich keiner mir bekannten Weltgegend zuordnen konnte. Sie war Mitte bis Ende zwanzig, hatte dunkle Haare und grüne Augen in einem bergbäuerinnenbraunen Gesicht. An ihrer Schulter baumelte eine sonnenblumenbedruckte Jutetasche.

Ich lächelte. »Sie stören mich überhaupt nicht. Ich stehe einfach nur rum.«

»Okay. Also ich …« Sie zeigte zum Amtsgericht. »Ich war in der Verhandlung und muss sagen, echt beeindruckend.«

»Wir haben nur unseren Job gemacht«, gab ich mich bescheiden, »die Staatsanwälte genauso wie die Verteidiger.«

»Und was, meinen Sie, wird dabei herauskommen? Welches Urteil erwarten Sie?«

Ich zog die Brauen hoch.

»Oh, ich habe mich gar nicht vorgestellt. Mein Name ist Shirin de Maar. Ich studiere Jura und schreibe gerade eine Hausarbeit in Strafrecht, bei der es um eine politisch motivierte Tat geht. Deshalb interessiert mich Ihre Einschätzung.«

»Und was glauben Sie?«, fragte ich zurück.

»In Bezug auf Einbruch und Diebstahl sind die objektiven Tatbestände erfüllt. Die subjektive Motivation könnte als mildernder Umstand herangezogen werden.«

»Richtig. Ich gehe von einer Verurteilung aus und hoffe auf eine Bewährungsstrafe. Noch besser wären zwei- oder dreihundert Sozialstunden.«

»Eine Strafe würde Sie also nicht frustrieren?«, fragte Shirin de Maar. »Schließlich haben Sie bessere Argumente als die Gegenseite.«

»Nein. Überhaupt nicht. Der Prozess wirkt über das Amtsgericht und Münster hinaus, allein das ist ein Erfolg. Und man muss realistisch bleiben. Der Richter hat sich das Urteil längst überlegt und vermutlich schon formuliert. Die Schöffen zu überzeugen ist für ihn reine Formsache.«

Sie legte den Kopf schief. »Haben Sie vielleicht Lust, einen Kaffee mit mir zu trinken? Dann könnten wir noch ein bisschen länger quatschen.«

»Würde ich gerne«, sagte ich und meinte es auch so. »Aber ich habe noch eine Verabredung mit einem Mandanten, der in zwei Tagen wegen Mordes vor Gericht steht.«

»Schade.«

Sie schien das ebenfalls ernst zu meinen. Während sie sich

umdrehte und wegging, machte ich in Gedanken eine Rechnung auf. Einerseits musste ich mich in jeder freien Minute mit dem Fall Knieriem beschäftigen, andererseits hatte er diesen Zeitstress mit seiner Sturheit selbst provoziert. Unterm Strich lag es also an ihm, wenn ich zu Prozessbeginn nicht optimal vorbereitet war.

Shirin de Maar hatte sich fünf Meter entfernt, als ich ihr hinterherrief: »Wie wäre es mit heute Abend? Wir könnten Bier oder Wein statt Kaffee trinken.«

Sie blieb stehen. Einen Moment lang bereute ich meine Frage und erwartete eine verbale Ohrfeige.

Dann drehte sie sich um. »Warum nicht? Kennen Sie den *BuVo* am Alten Steinweg? Um sieben?«

Der Tag war sogar noch besser, als ich gedacht hatte.

5

Nummer vier ist tot. Von einem Polizisten erschossen, der wohl gerade von außen in die Toilette eingestiegen war, als die drei Geiseln mit ihrer bewaffneten Begleitung auftauchten. Zwei der drei Geiseln war die Flucht durch das offene Fenster gelungen, nur der Junge meiner benachbarten Familie hatte nicht den Mut gehabt, ihnen zu folgen – oder die Cleverness besessen, sein Leben nicht aufs Spiel zu setzen. Jetzt hockt er mit hängendem Kopf neben seinen Eltern und seiner Schwester und trauert wahrscheinlich der vergebenen Chance nach.

Aber das ist noch nicht alles. Nummer fünf hat zurückgeschossen und den Polizisten am Bein erwischt. Obwohl eine Ärztin, die freiwillig ihre Hilfe angeboten hat, die Blutung notdürftig stillen konnte und sich um den Mann kümmert, geht es ihm von Minute zu Minute schlechter. Ich weiß das, weil er mit dem Rücken an der Kasse lehnt und ich ihn die ganze Zeit sehen kann. Hätte sich Nummer zwei durchgesetzt, wäre der Polizist sowieso längst tot. Nummer eins musste ihre ganze Überzeugungs- und Stimmkraft aufbieten, um ihren Vize davon abzuhalten, den Polizisten hinzurichten. Erst nach dreiminütigem gegenseitigen Angeschreie hatte Nummer zwei akzeptiert, dass ein lebender Polizist der Sache möglicherweise mehr nützt als ein toter.

Allerdings müssten sie dafür auch entsprechend agieren, doch daran mangelt es derzeit. Obwohl das Telefon in der letzten Viertelstunde fast permanent klingelt, zeigt Nummer eins keinerlei Bereitschaft, den Hörer abzunehmen. Wenn das so weitergeht, wird der Polizist sterben, bevor das erste Mal über ihn verhandelt wurde.

Ich stehe auf und mache mit erhobenen Händen ein paar Schritte Richtung Telefon.

»Hinsetzen, Arschloch!«, brüllt Nummer zwei und fuchtelt mit seiner Maschinenpistole herum.

»Lassen Sie mich mit der Polizei reden und ein Angebot unterbreiten«, sage ich zu Nummer eins. »Die kriegen ihren Kollegen zurück, dafür müssen sie garantieren, dass Frank Knieriem in den nächsten zwei Stunden zum Fernsehstudio gebracht wird.«

»Das müssen sie eh«, faucht Nummer zwei.

»Nicht, wenn der Polizist stirbt«, rede ich weiter mit Nummer eins. »Dann würden sie alle Geiseln in Lebensgefahr wähnen und den Laden stürmen. Das ist Ihnen doch klar, oder?«

Nummer eins denkt nach.

»Hör nicht auf diesen Scheiß«, verlangt Nummer zwei.

»Tun Sie's«, sagt Nummer eins zu mir. »Aber wir liefern den Bullen erst aus, wenn Frank endlich in der Glotze zu sehen ist.«

Ich nehme das immer noch klingelnde Telefon ab. »Hier ist Georg Wilsberg.«

»Corinna Haferkamp.« Bei der Polizistin hat der Stressfaktor hörbar zugenommen. »Geht es Ihnen gut?«

»Ja«, sage ich. »Um die Sache mit den Jas und Neins abzukürzen: Ihr Kollege hat einen Geiselnehmer erschossen und ist selber schwer verletzt worden. Die anderen Geiseln sind so weit okay.«

Die Ärztin, die die Hand des Verletzten hält, sitzt neben mir auf dem Boden und kriegt alles mit. »Er muss ins Krankenhaus. So schnell wie möglich.«

»Ihr Kollege muss ins Krankenhaus«, übersetze ich ins Telefon. »Und es gibt einen Weg. Die Geiselnehmer sind bereit, ihn auszuliefern, sobald Frank Knieriem im Fernsehstudio auftaucht. Also beeilen Sie sich.«

Die Polizistin zögert.

Nummer zwei stupst mich mit seiner Maschinenpistole an. »Was ist?«

»Es gibt ein Problem«, sagt Corinna Haferkamp. »Der Minister hat seine Genehmigung noch nicht erteilt.«

»Dann machen Sie dem Minister Dampf!«, fordere ich. »Ich habe keine Ahnung, wie lange Ihr Kollege noch durchhält. Und kommen Sie nicht auf die Idee, eine neue Schießerei anzuzetteln …«

»Das war nicht beabsichtigt. Der Mann sollte nur die Lage sondieren.«

»Die Lage ist dadurch eindeutig komplizierter geworden. Wir Geiseln sind hier direkt im Schussfeld. Das sollte Ihnen bewusst sein.«

»Bravo!« Nummer eins nimmt mir das Telefon ab und legt auf. »Schöner hätte ich das auch nicht formulieren können.«

»Der labert nur rum«, knurrt Nummer zwei. »Will sich wichtigmachen.«

Der Polizist stöhnt.

»Wir haben keine Zeit mehr«, sagt die Ärztin.

»Sein Pech«, sagt Nummer zwei.

»Wie wäre es, wenn wir den Polizisten als Zeichen des guten Willens sofort ausliefern?«, frage ich und greife ein Argument von Nummer eins auf. »Tot schadet er Ihnen am meisten.«

»Wir?«, jault Nummer zwei auf. »Hast du das gehört? Er versucht, sich bei uns einzuschleimen.«

»Aber da fallen wir nicht drauf rein.« Nummer eins tut belustigt.

Doch ich merke, dass sie über meinen Vorschlag nachdenkt. Sie hat verstanden, dass der Tod des Polizisten der entscheidende Wendepunkt sein könnte, der das Unternehmen zum Scheitern verurteilt. Vielleicht gibt es ja einen Exitplan, der sie heil hier herausbringen soll. Obwohl ich mir nicht vorstellen kann, wie sie das anstellen wollen. Oder, besser gesagt, Frank Knieriem. Denn dass sich Knieriem als Mastermind im Hintergrund jeden einzelnen Schritt ausgedacht hat, steht für mich außer Frage. Einen toten Polizisten hatte er wahrscheinlich nicht auf dem Zettel.

Es ist so still, dass wir die schweren Atemzüge des Polizisten hören.

»Gut«, entscheidet Nummer eins. »Wir bringen ihn raus.«

»Spinnst du?«, faucht Nummer zwei. »Das mache ich nicht.«

»Musst du auch nicht. Das erledigt Wilsberg.«

Thomas Marder und ich schleppen den verletzten Polizisten Stufe um Stufe nach unten. Die Geiselnehmer haben die Aufzüge und Rolltreppen abgeschaltet, deshalb bleibt uns nur der beschwerliche und für den Polizisten schmerzhafte Weg über die Treppe. Als ich nach einem Freiwilligen gefragt habe, der mir beim Tragen hilft, hat sich Thomas sofort gemeldet. Er ist mein Nachbar aus der Hosenabteilung und da uns die letzten Stunden zu einer Schicksalsgemeinschaft zusammengeschweißt haben, sind wir spontan vom Sie zum Du übergegangen. Zumal mir so ist, als hätte ich ihn schon öfter gesehen. Was allerdings kein Wunder ist, da er einem Typus Mann entspricht, der in Münster häufig vertreten ist. Schlank, betont ungekämmte Haare, Hornbrille von einem auf Intellektuelle spezialisierten Brillenhändler auf der Salzstraße, Cordsakko, locker um den Hals gewickelter Schal. Und nicht allzu viele Muskeln, wie sein Ächzen beim Tragen verrät.

Der verletzte Polizist stöhnt noch ein bisschen lauter, weshalb ich nicht nur schweißgebadet, sondern auch froh bin, als wir endlich das Erdgeschoss erreichen. Ich habe Corinna Haferkamp darüber informiert, was wir vorhaben, und sie gebeten, ihre Kollegen aus der Scharfschützenabteilung davon abzuhalten, uns zu erschießen. Trotzdem geht mir in dem Moment, in dem wir die große Glastür aufstoßen, der Gedanke durch den Kopf, dass der auch mein letzter sein könnte.

Ist er aber nicht. Es fällt kein Schuss und ich denke einfach weiter. Wie besprochen legen wir den verletzten Polizisten auf der Straße vor dem Eingang ab. Gleichzeitig registriere ich, dass links und rechts von uns etliche Mitglieder eines Spezialeinsatzkommandos in voller Montur auf den Pflastersteinen liegen, ihre Waffen im Anschlag.

Einer der SEKler ruft halblaut: »Kommen Sie rüber! Schnell! Werfen Sie sich auf den Boden!«

Auch damit habe ich gerechnet. Und mir eine Antwort überlegt. »Nein. Ich bleibe. Ich glaube, ich kann noch was ausrichten.«

»Seien Sie nicht dumm, das ist Ihre Chance«, argumentiert der SEKler.

Ich schaue Thomas an.

Der schüttelt den Kopf. »Ich bleibe auch.«

Heldenmut kann eben ansteckend sein. Oder manchmal tödliche Folgen haben.

Wir gehen ins Kaufhaus zurück und sehen, wie Polizisten mit großen Schilden zu ihrem verletzten Kollegen rennen und seinen Transport abschirmen.

Nummer eins erwartet uns am oberen Ende der Treppe. »Respekt, Wilsberg, ich habe gedacht, Sie machen sich vom Acker.«

»Lassen Sie mich raten: Ihr Vize hatte mich im Visier.«

»Richtig«, bestätigt Nummer eins. »Er war total scharf darauf, Sie abzuknallen.«

»Sehen Sie«, sage ich, »den Gefallen wollte ich ihm nicht tun.«

6

Oktober 1989

Im Wartezimmer meiner Kanzlei saßen zwei gut gelaunte junge Männer, deren Lachen ich schon in der Biobäckerei gehört hatte. Sigi konnte der Heiterkeit offenbar wenig abgewinnen, sie hatte ihren Kopfschmerz-Gesichtsausdruck aufgesetzt, der nur sehr schwer von ihrem Genervtsein-Gesichtsausdruck zu unterscheiden war und manchmal beides zusammen bedeutete.

»Wie ist es gelaufen?«

»Oh, ich habe ein brillantes Plädoyer gehalten, verlieren werden wir trotzdem.«

»Scheint dir ja nicht viel auszumachen.«

»Na ja, es war eine Menge Presse da, außerdem das Fernsehen. Die Tierversuchsgegner in aller Welt werden sich freuen. Und mit etwas Glück kommt unsere Mandantin glimpflich davon.«

»Und sonst?«

»Wie, *und sonst*?«

»So wie du strahlst, muss noch was passiert sein.«

Sigi, die Füchsin.

Während ich nach einer glaubwürdigen Ausrede suchte, kam mir einer der beiden jungen Typen zu Hilfe. Er war inzwischen aufgestanden und einen Schritt näher getreten. Im Vergleich zu seinem Begleiter trug er die verschlissenere Jeans, die fleckigere Lederjacke und die höheren Zacken in der Punkfrisur. »Sind Sie Wilsberg, der Anwalt?«

»Der bin ich. Und wer sind Sie und was führt Sie zu mir?«

Der zweite Typ kicherte.

»Also, ich bin Mieze und das da«, der erste zeigte hinter sich, »ist Matze.«

Matze kicherte wieder.

Ich nickte. »Und weiter?«

Mieze kratzte sich erst mal ausgiebig die seitlich kahl rasierte Kopfhaut. »Also, ich hab … Das war vor dem *Odeon* … und nach dem Gig der *Äni*…«

»Tätlicher Angriff auf einen Polizeibeamten, Widerstand gegen die Staatsgewalt und Beleidigung«, kürzte Sigi ab.

Matze machte ein knurrendes Geräusch, dann platzte ein Lachen aus ihm heraus.

»Nu hör auf!«, kritisierte ihn Mieze. »Siehst du nicht, dass ich hier …?«

Die beiden hatten anscheinend ziemlich viel geraucht oder eingeworfen. Zu anderen Zeiten wäre mir das egal gewesen, aber im Moment hatte ich genug um die Ohren und keine Lust, Punks auf Drogen bei ihren Sprachfindungsproblemen zuzuhören. Ich erklärte Mieze, dass ich zurzeit keine neuen Mandanten annehmen würde und angemessener Ersatz leicht zu finden sei. Falls gewünscht, könne ihm Sigi eine Liste mit entsprechenden Namen aushändigen.

»Aberaberaberaber«, sagte Mieze, »du bist doch der, von dem alle sagen, dass du so was machst. Ich mein, ich hab den Arsch voll Ärger wegen der Geschichte. Und der Anwalt von meinen Eltern, der weigert sich, einen seiner verfickten Finger für mich zu krümmen. Mit Leuten wie mir gibt er sich nicht ab, sagt er.«

Plötzlich konnte Mieze einigermaßen flüssig formulieren. Und auch noch treuherzig gucken. Und sogar Matze hatte begriffen, dass weiteres Kichern kontraproduktiv gewesen wäre. Ich schaute mich zu Sigi um.

Die zuckte mit den Schultern. »Ich habe ihnen schon gesagt, dass du ausgebucht bist. Sie wollten es von dir selber hören.«

»Bitte, Mann!«, sagte Mieze. »Du bist unsere Rettung. Wir sind auch völlig brav und tun alles, was du sagst. Hauptsache, du haust uns da raus.«

»Punkt eins«, zählte ich auf, »ich kann nur einen von euch

vertreten, das ist gesetzlich so geregelt. Matze wird sich einen eigenen Rechtsbeistand suchen müssen.«

»Und Punkt zwei?«, fragte Mieze.

»Ich entscheide mich erst, wenn ich genau weiß, was dir vorgeworfen wird. Dazu begeben wir uns in mein Büro. Matze kann gerne hier draußen warten, solange er nicht nervt oder auf den Boden kotzt.«

»Hast du gehört, Mann?«, wandte sich Mieze an seinen Kumpel.

»Ja, Mann«, gab Matze zurück.

»In der Bäckerei nebenan gibt's leckere Mandelhörnchen«, sagte ich. »Die verkürzen die Wartezeit ungemein.«

»Ungemein«, kicherte Matze.

Mieze hieß mit bürgerlichem Namen Michael Buschmann. Er war bei einem Konzert einer stadtbekannten münsterschen Punkband, die ihren Auftritt im *Odeon* dazu genutzt hatte, reichlich Bier und Pizzastücke über sich, die Bühne und ihr Publikum zu verteilen, derart in Fahrt geraten, dass er und seine Kumpels sich anschließend noch eine kleine Auseinandersetzung mit der Polizei geliefert hatten. Zufällig, sagte Mieze, habe er ein bisschen Mehl dabeigehabt und ebenso zufällig sei eine Ladung davon im Gesicht eines der Polizisten gelandet. Der Polizist habe das total unwitzig gefunden und ihm den Arm auf den Rücken gedreht. Sauweh habe das getan und da sei ihm wohl so was wie »Wachtmeister« oder »Bulle«, vielleicht auch »Arschloch« rausgerutscht. Unabsichtlich natürlich.

Ich ließ Mieze ein paar Formulare unterschreiben, erklärte ihm, dass ich mir vor einer Stellungnahme erst die Akten ansehen müsse, was angesichts des noch nicht festgelegten Verhandlungstermins ja nicht so furchtbar eilig sei, schickte ihn zur Erledigung der weiteren Formalitäten ins Vorzimmer zu Sigi und diktierte zwei Briefe, die sie abtippen und in die Post geben sollte. Dann überflog ich den übrigen Posteingang, stellte fest, dass sich darunter nichts befand, was eine sofortige Reaktion meinerseits erforderte, und beschloss, den restlichen Nachmittag und Abend dazu zu nutzen, meine persönliche Prioritätenliste abzuarbeiten. Zuerst Frank Knieriem im Gefängnis besuchen und mich anschließend mit Shirin im *BuVo* treffen.

»Ich bin jetzt bei unserem Premiummandanten, danach mache ich Feierabend«, verkündete ich beim Durchqueren des Vorzimmers. »Vertröste alle, die anrufen, auf morgen.«

»Und was ist mit Mieze? Ich dachte, du übernimmst keine Mandate mehr«, spöttelte Sigi.

»Der Typ hat mich so treuherzig angeguckt, da konnte ich einfach nicht Nein sagen. Außerdem bin ich gespannt, wie die Staatsanwaltschaft aus ein bisschen Mehl einen tätlichen Angriff konstruieren will.«

Sie öffnete die Schreibtischschublade. »Das ist für dich abgegeben worden.«

Ich stöhnte. »Ich habe echt keine Zeit.«

Sigi zog ein buntes Heft heraus. »Mit den besten Grüßen von Carlo Ponti.«

Ach das. Hatte ich bis gerade glücklicherweise verdrängt. »Okay.« Ich schnappte mir das Heft. »Falls Carlo anruft, sag ihm, dass ich es lese und mich dann bei ihm melde.«

»Damit wird er sich kaum zufriedengeben.«

»Lass dir was einfallen. Du kennst ihn ja ganz gut.«

Sigis Gesicht färbte sich schlagartig rosa. »Was willst du damit sagen?«

»Na ja, er hat so was angedeutet, dass ihr beiden mal …«

»Da war überhaupt nichts.« Ihre Stimme klang gepresst. »Der quatscht nur rum.«

»Wie auch immer.« Ich schlich zur Tür. »Du kommst schon damit klar.«

»Dieser Idiot. Was bildet der sich ein?«

Ich schloss die Tür hinter mir.

»Ärger?«, fragte die Verkäuferin in der Biobäckerei.

»Das Übliche«, sagte ich. »Ich nehme noch einen Cappuccino und ein Mandelhörnchen für unterwegs.«

»Haben Sie einen Zigarillo für mich?«, fragte Frank Knieriem.

»Tut mir leid, habe ich im Auto vergessen.« In Wahrheit steckte die Zigarilloschachtel in meiner Jackentasche, aber nach meinem letzten Raucherstündchen mit Knieriem hatte meine Kleidung derart gestunken, dass ich sie auf den Balkon verbannen musste. Und zu meiner Verabredung mit Shirin de Maar wollte ich nicht als wandelnder Aschenbecher erscheinen, im *BuVo* würde noch genug geraucht werden.

»Schade.« Knieriem kniff die Augen zusammen. Wohlmeinend konnte man das als Lächeln interpretieren, weniger wohlmeinend als Einschüchterungsversuch.

Ich öffnete meine Aktentasche und nahm Papier und Kugelschreiber heraus. »Ich habe die Akten gelesen – soweit mir das zeitlich möglich war.«

»Und?«

»Sie kennen ja die Fakten, es sieht nicht gut für Sie aus.«

»Heißt das, Sie wollen mich nicht vertreten?«

»Nein. Ich sage nur, dass Sie sich keine übertriebenen Hoffnungen machen sollten.«

Er beugte sich vor. »Kein Deal mit der Staatsanwaltschaft, verstanden?«

»Das habe ich kapiert.«

»Ich bin unschuldig. Also strengen Sie sich verdammt noch mal an, damit ich nicht in den Knast muss.«

Ich nickte. »Hilfreich wäre, wenn wir irgendetwas hätten, mit dem wir die Eins-a-Beweiskette der Staatsanwaltschaft ankratzen könnten.«

Knieriem grinste. »Superansatz, Herr Wilsberg. Finden Sie was!«

»Sie haben ausgesagt, dass Sie nach dem Streit mit Ulla

Hülsken die gemeinsame Wohnung verlassen haben und durch die Stadt gelaufen sind. Wissen Sie noch, wo Sie genau waren? Ist zwar unwahrscheinlich, dass wir jetzt noch Zeugen finden, aber einen Versuch wäre es wert.«

Er schüttelte den Kopf. »Keine Ahnung. Ich war wütend, hatte andere Sachen im Kopf. Ich war auf der Salzstraße, glaube ich. Domplatz, Promenade. Innenstadt eben.«

»Ist Ihnen irgendjemand aufgefallen?«

»Nein.« Knieriem guckte mich herausfordernd an. »Wundert Sie das? Mal angenommen, Sie laufen an einem Wochentag über den Prinzipalmarkt und da sind vielleicht hundert Menschen unterwegs. An wie viele können Sie sich anschließend erinnern? An einen? An zwei? Und das auch nur, weil Sie entspannt da entlangschlendern. Wenn Sie Stress mit Ihrer Freundin haben, merken Sie sich niemanden. Weil es Sie nicht interessiert.«

»Mag sein«, gab ich zu. »Bloß hilft uns das nicht weiter. Und abgesehen von Zeugen brauchen wir einen möglichen anderen Täter. Sie sagen, als Sie nach Hause kamen, lag Ihre Freundin tot auf dem Boden.«

»Richtig.«

»Wer könnte sie denn ermordet haben?«

Knieriem musste nicht lange nachdenken. »Bröskamp.«

»Gert Bröskamp, Ullas neuer Freund?«

»Ihre *Affäre*«, korrigierte Knieriem. »Der Typ ist ein Versager. Mit dem wäre es nie was geworden.«

»Und warum sollte Bröskamp Ulla ermordet haben?«

»Weil sie erkannt hat, dass der Wichser eine Null ist. Sie hat ihm den Laufpass gegeben und er ist sauer geworden.«

»Bröskamp sagt etwas anderes.«

»Logisch. Würde ich an seiner Stelle auch.«

»Und er hat ein Alibi.«

Knieriem grunzte. »So was kann man sich besorgen.«

»Herr Knieriem«, ich packte Block und Kugelschreiber unbenutzt in die Aktentasche, »auch wenn es schwierig ist, versuchen Sie sich zu erinnern, was Sie zur Tatzeit gemacht haben, durch welche Straßen Sie gegangen sind, welche Menschen Ihren Weg gekreuzt haben. Jedes Detail könnte wichtig sein. Andernfalls …«

Er grinste. »Sie schaffen das, Wilsberg. Ich vertraue Ihnen.«

Wenigstens einer von uns beiden hatte seinen Optimismus nicht verloren.

Ich erhob mich. »Noch was. Nach der Verlesung der Anklage wird der vorsitzende Richter Sie befragen. Sagen Sie nur etwas zu Ihrer Person, meinetwegen auch zu Ihrer Vorgeschichte. Eltern, schulischer und beruflicher Werdegang, wie Sie Ihre Freundin kennengelernt haben, alles, was sowieso bekannt ist, dürfen Sie erzählen. Aber sagen Sie nichts zu den Dingen, die man Ihnen vorwirft, also kein Wort über den Tag, an dem Ulla Hülsken ums Leben kam, auch nicht über die Tage danach oder Ihre Vernehmungen bei der Polizei.«

»Warum nicht?«

»Weil Sie sich in Widersprüche verstricken könnten. Sie haben schon einmal Ihre Aussage geändert, erinnern Sie sich? Wenn Sie das jetzt ein zweites Mal tun, werden Sie vollkommen unglaubwürdig.«

»Ich habe die Wahrheit gesagt – bei der zweiten Aussage. Was soll daran verkehrt sein?«

»Es gibt einen großen Unterschied zwischen dem Richter und Ihnen. Der Mann ist Profi, der hat das schon hundertmal gemacht, der führt Sie aufs Glatteis, bevor Sie überhaupt merken, dass es gefroren hat.«

Knieriem war nicht überzeugt. »Und wir sagen einfach gar nichts? Wirkt das nicht auch blöd?«

»Ich kann ein Statement in Ihrem Namen abgeben, angelehnt an das, was Sie bei der Polizei zu Protokoll gegeben haben, garniert mit einem Klecks Reue. Dass Sie es als Fehler ansehen, den Mord an Ulla Hülsken vertuscht und Verwandte, Freunde und die Polizei belogen zu haben. So was in der Art.«

48

»Hauptsache, Sie betonen, dass ich unschuldig bin.«

»Natürlich.«

»Gut. Dann machen Sie es.«

»Wollen Sie den Text vorher lesen?«, fragte ich.

»Nicht nötig.« Er grinste wieder. »Sie kriegen das schon hin, Wilsberg.«

Der *BuVo* hieß eigentlich *Bunter Vogel* und war im Prinzip immer voll, besonders samstagmittags, wenn Schüler und Studenten nicht nur den Innenraum, sondern auch den gesamten Vorplatz okkupierten. Jetzt, an einem gewöhnlichen Wochentagabend, war der *BuVo* nur normal voll.

Ich quetschte mich an der Theke und dem Wappentier, einem ausgestopften Tukan, vorbei und entdeckte Shirin de Maar an einem Tisch in der Ecke. »Sorry, bin ein bisschen zu spät. Warten Sie schon lange?«

»Nö.« Sie schob mir einen Stuhl zu. »Als ich kam, ist gerade ein Paar aufgestanden. War nicht leicht, den freien Stuhl zu verteidigen.«

»Das glaube ich.« Ich hängte meine Jacke über die Stuhllehne. »Haben Sie schon bestellt? Ich muss unbedingt was essen. Außer einem Mandelhörnchen habe ich seit dem Frühstück nichts mehr zu mir genommen.«

»Stressiger Tag, was?«

»Kann man so sagen.«

»Der Mordprozess?« Sie guckte mich erwartungsvoll an.

»Einzelheiten darf ich nicht erzählen. Anwaltsgeheimnis.«

Sie grinste. »Es geht um Frank Knieriem, stimmt's?«

»Wie kommen Sie darauf?«

»Ich habe mich erkundigt. Das ist der einzige Mordprozess, der in den nächsten Tagen im Landgericht ansteht.«

Ich überflog die Speisekarte, wusste aber schon, dass ich eine Pizza nehmen würde. Shirin bestellte einen Salat. Dazu orderten wir zwei große Biere. Im *BuVo* tranken alle immer nur große Biere, weil das Risiko, sehr lange auf zufällig vorbeilaufendes Bedienungspersonal warten zu müssen, enorm hoch war.

»Okay«, sagte ich. »Dann wissen Sie ja schon alles.«

»Haben Sie eigentlich kein Problem damit, so ein Arschloch zu verteidigen, das seine Freundin umgebracht hat?«

Eine Frage, die ich wahrscheinlich bald öfter beantworten musste. »Die Staatsanwaltschaft glaubt, dass er es getan hat. Ob es wirklich so gewesen ist, wird sich im Prozess herausstellen.«

»Heißt das, Sie halten Knieriem für unschuldig?«

Ich schaute sie an.

Sie verzog das Gesicht. »Verstehe. Anwaltsgeheimnis. Bla, bla, bla. Aber mal ernsthaft, der Typ hat sich mit seiner Freundin gestritten. Er hat ihre Leiche in den Kofferraum seines Autos gepackt und im Wald vergraben. Das behauptet nicht die Staatsanwaltschaft, das hat er selber zugegeben. Wie kann er da unschuldig sein?«

»Sie haben sich ja gut auf unser Treffen vorbereitet«, stellte ich fest.

»Ich hatte heute Nachmittag Zeit und habe ein bisschen in den alten Presseberichten geblättert. Ich bin Jurastudentin, schon vergessen? Der Fall interessiert mich.«

Unser Bier wurde serviert und wir stießen an.

»Sollen wir nicht mit dem blöden Gesieze aufhören?«, schlug Shirin vor.

»Gerne. Ich heiße Georg.«

»Und ich Shirin. Aber das weißt du ja schon.«

Wir stellten unsere Gläser ab.

»Nun frag schon!«, sagte Shirin.

»Was?«

»Warum ich nicht Gisela heiße. Herrgott, du willst es doch wissen: Woher ich *eigentlich* komme, oder nicht?«

»Habe ich nicht gesagt.«

»Aber gedacht.«

»Okay«, gab ich nach. »Woher stammst du? Oder deine Eltern?«

»Ich bin im Iran geboren. Meine Mutter ist Iranerin, mein Vater Holländer. Er hat für ein UNO-Programm gearbeitet, in Teheran meine Mutter, eine Wissenschaftlerin, kennengelernt und sich in sie verliebt. Als Chomeini an die Macht kam, sind sie nach Deutschland gezogen. Hat aber nicht lange gehalten. Mein Vater wollte zurück in die Niederlande, meine Mutter ist hiergeblieben.« Sie blickte mich an. »Und ja, ich bin stolz auf die Mischung.«

»Lass mich raten, die grünen Augen hat dir dein Vater vererbt.«

Sie lachte. »Die grünen Augen und meine Vorliebe für Käse. Alles andere ist von meiner Mutter.«

»Und wie siehst du dich selbst? Als Iranerin, als Holländerin oder als Deutsche?«

»In Prozenten? Fünfunddreißig Prozent iranisch, zwanzig Prozent holländisch, der Rest ist deutsch.«

Als ich drei Stunden später nach Hause kam, hatte ich zwei neue Anrufe von Carlo Ponti auf dem Anrufbeantworter. Ich hörte sie mir nicht an. Bis jetzt war der Tag nahezu perfekt verlaufen, warum sollte ihm ganz am Ende Pontis Gelaber noch einen Dämpfer verpassen?

7

April 2022

Die Haare sind noch genauso lang wie früher, nur ein bisschen dünner und grauer. Auch der Kopfschwung, mit der er die lockige Pracht nach hinten wirft, ist unverändert. Die Frequenz hat sich allerdings erhöht, das liegt vermutlich daran, dass auch ein Frank Knieriem nicht vor Aufregung gefeit ist. Vielleicht hat er ja selbst daran gezweifelt, dass es mit seinem Auftritt im Fernsehstudio klappt. Doch jetzt sitzt er gut ausgeleuchtet in einem extra für ihn hingestellten Sessel, ganz entspannt bis auf die hektische Kopfbewegung, breitbeinig, ein König ohne Reich zu Besuch im Feindesland. Das von einer Fernsehmoderatorin verkörpert wird, die sich bemüht, maximale Distanz zu wahren, ohne den ungebetenen Gast durch allzu kritische Bemerkungen zu verprellen. Man sieht ihren leuchtenden Augen an, dass sie sich der Bedeutung ihrer Aufgabe – und der Millionen Zuschauer, die ihr dabei zusehen – bewusst ist. Für ein paar Tage wird sie die bekannteste Interviewerin Deutschlands sein und das Gespräch mit Knieriem vielleicht die Startrampe für einen Karrieresprung. Falls sie keinen Fehler macht – und die Sache am Ende gut ausgeht.

Und so tastet sie sich vorsichtig über das verminte Feld. »Waren Sie vorab über die Besetzung des Kaufhauses informiert?«

»Natürlich. Ich habe sie angeordnet.«

»Um Ihre Befreiung aus dem Gefängnis zu erzwingen?«

»Falsch.« Knieriems Kopf ruckt nach vorn. »Hier geht es nicht um mich. Es geht um die Bewegung. Der Einzelne spielt keine Rolle.«

»Aber wenn es nicht um Sie …«

»Lassen Sie mich ausreden!«, würgt Knieriem die Moderatorin ab. »Die Unrechtsorgane der sogenannten BRD haben mich auf meinem Land überfallen, mich verschleppt und in eine Zelle gesperrt.«

»Weil Sie einen Polizisten angeschossen haben.«

»Wieder falsch. Willkürliche Verletzung von Menschen liegt mir fern. Mir blieb nichts anderes übrig, ich habe in Notwehr gehandelt. Ich musste schießen, weil uns diese angeblichen Polizisten auf unserem Land, wo ihnen jegliche Legitimation fehlte, überfallen haben. Hätte ich nicht geschossen, wäre ich meiner Verantwortung gegenüber den Bürgern, die sich mir und der *Aktion Freies Münsterland* angeschlossen haben, nicht gerecht geworden.«

»Die zuständigen Gerichte haben das anders gesehen und Sie verurteilt.«

»Ein Skandal.« Knieriem wirft seine Stirnlocke nach hinten. »Das von der BRD eingesetzte Marionettengericht hatte nicht das Recht, mich zu bestrafen. Es hat lediglich die politische Anweisung befolgt, mich aus dem Verkehr zu ziehen.«

»Jetzt haben die Geiselnehmer im Kaufhaus ...«

»Die bewaffneten Ordnungskräfte der *Aktion Freies Münsterland*«, unterbricht Knieriem.

»... Ihre Freilassung erreicht. Sind Ihre Forderungen damit erfüllt?«

Knieriem lacht. »Soll das ein Witz sein?«

Obwohl sie sich bei der Vorbereitung auf die Sendung sicher eingehend mit Knieriems krimineller Karriere und seinem Größenwahn beschäftigt hat, mimt die Moderatorin naives Erstaunen. »Sie haben noch mehr Forderungen?«

»Meine Freilassung ist erst der Anfang. Wir wollen, dass die Menschen in diesem Land aufwachen. Dass sie erkennen, wie ihre Politiker – quer durch alle Parteien, die im Reichstag sitzen – sie betrügen. Dass sie von einer kleinen Elite, der es nur um ihre eigenen Privilegien geht, in den Abgrund geführt werden. Dass ...«

»Das ist ziemlich abstrakt«, geht die Moderatorin mutig dazwischen. »Was heißt das konkret?«

»Moment!« Knieriem sticht mit dem Zeigefinger in die Luft. »Ich rede hier, ohne dass ich unterbrochen werde. Das war die Bedingung.«

»Und die erfüllen wir«, rudert die Moderatorin zurück. »Aber die Frage, die unsere Zuschauer am brennendsten interessiert, ist: Was geschieht mit den Geiseln im Kaufhaus?«

»Kein Unbeteiligter soll zu Schaden kommen. Das ist unsere feste Absicht.«

»Das Gegenteil ist bereits eingetreten. Einer Ihrer Leute ist tot, ein Polizist schwer verletzt.«

»Nicht unsere Schuld.« Knieriem wird laut. »Wir haben nicht zuerst geschossen, wir haben uns nur gewehrt. Und wir haben der sogenannten Polizei deutlich zu verstehen gegeben, was passieren wird, wenn sie sich nicht an die Vereinbarung hält. Das sollten Sie Ihren Zuschauern sagen. Die korrupte, illegitime Polizei gefährdet das Leben der Menschen im Kaufhaus, nicht wir.«

Die Moderatorin entscheidet sich dafür, nicht darauf einzugehen. »Zurück zu meiner Frage. Wie wollen Sie die Sache beenden?«

»Das entscheide ich nicht allein.« Knieriem lehnt sich zurück und nimmt seine Lieblingspose ein, die des arroganten, selbstgefälligen Herrschers. »Ich werde mich meinen Leuten anschließen und dann beraten wir gemeinsam, was wir als Nächstes tun werden.«

Die Moderatorin dreht sich zur Studiokamera. »So weit das Gespräch mit Frank Knieriem, meine Damen und Herren. Wir verfolgen selbstverständlich …«

Nummer eins schaltet den großen Fernseher aus, den zwei Kaufhaustechniker aufgebaut haben, und klatscht sich mit Nummer zwei ab. Offenbar war das mal ein Fernsehprogramm ganz nach ihrem Geschmack, obwohl Knieriem nicht einen einzigen sinnhaften Satz von sich gegeben hat. Vor allem hat er die wichtigste Frage offengelassen: Was geschieht jetzt mit uns, den Geiseln?

»Knieriem hat einen Plan. Und den wird er bestimmt nicht mit seinen Leuten diskutieren«, sage ich so leise, dass nur Thomas Marder und Christine Lambert es hören können. Ich sitze wieder in der Hosenecke und Christine ist die Frau auf der rechten Seite, die sich Thomas und mir angeschlossen hat. Eine städtische Angestellte, die in ihrer Mittagspause das kaputtgegangene Elektrorührgerät durch ein neues ersetzen wollte und jetzt in der gefährlichsten Situation ihres Lebens gelandet ist. So wie die meisten von uns.

»Was denkst du denn, was er vorhat?«, fragt Christine.

»Ich weiß nur eins: Knieriem geht es immer und zuallererst um sich selbst. Das Gequatsche über die *Aktion Freies Münsterland* und die böse BRD, das ist Konfetti für seine Anhänger. Knieriem will das hier überleben. Also hat er ein Schlupfloch. Oder glaubt es zumindest.«

8

Als ich meine Kanzlei betrat, hielt Sigi mir den Telefonhörer hin. »Hier. Für dich.«

Ich stellte Kaffeebecher und Brötchentüte ab und griff nach dem Hörer. »Wilsberg.«

»Schorsch. Endlich habe ich dich erwischt.«

Carlo Ponti. Ich warf Sigi einen wütenden Blick zu, sie antwortete mit einem bittersüßen Lächeln. Wahrscheinlich war das ihre Rache für meine Anspielung vom Vortag, ihre Beziehung zu Ponti betreffend.

»Carlo«, sagte ich so einfühlsam wie möglich, »es ist gerade äußerst ungünstig. Morgen beginnt der Mordprozess und ich muss noch mein Eingangsplädoyer …«

»Scheiß drauf!«, sagte Ponti. »Ich muss mit dir reden. Hast du den Kackartikel gelesen?«

»Natürlich«, log ich. »Aber darüber können wir auch noch in den nächsten Tagen …«

»Nada, never, niente«, sagte Ponti. »Pass auf, ich schick dir Hajo vorbei, der holt dich mit der Limo ab. See you.«

Aus dem Hörer tutete es. Aufgelegt.

Ich warf den Hörer auf Sigis Schreibtisch. »Danke, Sigi, eine kleine Plauderstunde mit Carlo Ponti ist genau das, was ich jetzt brauche.«

»Ich habe alles versucht«, beteuerte sie scheinheilig, »anscheinend ist Carlo für meine Ausstrahlung nicht mehr so empfänglich wie früher.«

»Sehr witzig.« Ich suchte in meiner Aktentasche nach dem Stadtmagazin. »Jetzt muss ich auch noch diesen blöden Artikel lesen.«

»Hast du das etwa noch nicht?«

Ich schnappte mir Brötchentüte und Kaffee und stapfte in

mein Büro.»Keine Telefonate. Wenn jemand fragt: Ich bin nicht da.«

Kauend las ich den nicht besonders langen und nicht besonders spannenden Text. Pontis inhaltliche Anmerkungen beschränkten sich auf Einwortkommentare am Rand wie *Fuck*, *Kotz* und *Würg* sowie auf einen gezeichneten dampfenden Kackhaufen.

Dann rief Sigi: »Hajo ist da!«

Die »Limo« war ein bonbonfarbener amerikanischer Oldtimer, der auch ohne die knallenden Auspuffgeräusche genug Aufsehen erregt hätte. Ich ließ mich auf den weißledernen Beifahrersitz fallen und suchte vergeblich nach einem Anschnallgurt.

»Gibt's nicht«, sagte Hajo. »Brauchste bei einem Oldtimer nicht.«

»Weil Oldtimer nicht in Unfälle verwickelt werden?«

»Isso, keine Ahnung. Aber wir gondeln ja auch nur ein bisschen durch die Stadt.«

Tatsächlich fuhr Hajo so gemächlich, dass wir bald zum Kopf einer längeren Autoschlange und Adressat eines hektischen Hupkonzerts wurden. Hajo focht das nicht an, er war die Gemütlichkeit in Person, ein Teddybär mit Wuschelhaaren, Dreitagestoppeln im Gesicht und penetrant guter Laune. Wahrscheinlich musste man ein solch strapazierfähiges Gemüt besitzen, um es länger als zwei Stunden mit Carlo Ponti in einem Raum auszuhalten.

Nachdem wir glücklich den Ludgerikreisel überwunden hatten, lenkte Hajo den Oldtimer am Aasee vorbei Richtung Norden. Carlo Pontis Reich lag an der Steinfurter Straße, der Komplex war ein altes, von der Stadt aufgegebenes Hallenbad, das Ponti zu einer Konzerthalle mit angeschlossenem Restaurant- und Barbereich umgebaut hatte. Gelegentlich stieg der Meister noch selbst auf die Bühne, um seinen älter gewordenen Fans einzuheizen. Denn Pontis Ruhm und das darauf basierende

Marketingkonzept seines Clubs stammten aus der Zeit, als er mit einer angesagten Rockband durch die Lande getingelt war.

»Carlo ist ziemlich stinkig«, sagte Hajo. »So mies drauf habe ich ihn schon lange nicht mehr erlebt.«

»Man darf nicht alles so ernst nehmen, was gedruckt wird. Die Journalisten müssen ihre Leser bei Laune halten. Also machen sie aus jedem Pups einen Skandal.«

»Sag ich doch auch«, meinte Hajo. »Aber du kennst ja Carlo. Der geht ab wie ein Zäpfchen, wenn ihm jemand auf die Schuhe pisst.«

Eigentlich kannte ich Ponti nicht. Und noch eigentlicher wollte ich ihn auch gar nicht näher kennenlernen. »Sind ja auch original amerikanische Cowboystiefel.«

Hajo lachte. »Auch wieder wahr.« Er setzte einen klackernden Blinker und fuhr am Seitenflügel des ehemaligen Hallenbads vorbei zur Rückseite des Gebäudes, wo sich die Büros und ein Privatparkplatz befanden. »Da wären wir.«

Durch eine Art Vorzimmer, in dem eine leopardenfellmusterbekleidete Rothaarige mit messerscharfen Fingernägeln eine elektrische Schreibmaschine bearbeitete, gelangten wir in Pontis Allerheiligstes, eine innenarchitektonische Kreuzung aus Künstlergarderobe, Rockmuseum und Chefbüro. Auf dem Boden lagen diverse Musikinstrumente herum, an einer Wand stand ein Schminktisch mit Spiegel, der von zwanzig Glühbirnen beleuchtet wurde, und mitten im Raum prunkte ein Schreibtisch, neben dem der Arbeitsplatz des amerikanischen Präsidenten im Oval Office wie ein Katzentisch aussah.

Carlo Ponti saß allerdings nicht an seinem Schreibtisch, sondern hinter einer Batterie von Schlaginstrumenten, auf denen er erst einmal ein ohrenbetäubendes Solo beendete, bevor er die Kopfhörer abnahm und mich begrüßte. »Schorsch! Schön, dass du die Zeit gefunden hast.«

»Tja, bis vor einer Stunde habe ich nicht mal geahnt, dass diese Zeit überhaupt existiert.«

»Alter Seeger.« Er schlug mir auf die Schulter und winkte mich zu einer plüschigen Sofaecke. »Willste 'nen Drink? Whisky? Ich hab 'nen guten Single Malt da.«

»Nein danke, ich muss noch arbeiten.«

»Stimmt ja, du hast diesen Prozess am Hals.« Er goss sich aus einer sauteuer aussehenden Flasche zwei Fingerbreit goldbraune Flüssigkeit in ein Glas. »Immer am Wullachen, was?« Ponti mischte gerne Masematte-Ausdrücke in seine Sätze, Überbleibsel der einstigen münsterschen Pferdehändlergeheimsprache, die sich als Teil der Jugendsprache erhalten hatte und auch bei Berufsjugendlichen wie Ponti beliebt war. »Was sagt denn deine Kaline dazu?«

»Ich habe keine Frau. Oder Freundin.«

»Dann geht's dir ja so wie mir.« Er hob sein Glas. »Prost.«

»Ich habe den Artikel gelesen«, kürzte ich die Verbrüderung ab, »und falls du meinen Rat hören willst: Lass es auf sich beruhen! Ignorier die Geschichte! Wenn du darauf einsteigst und wir mit juristischen Konsequenzen drohen, wird die Öffentlichkeit erst recht aufmerksam. Bis jetzt ist es ein kleiner Artikel in einem unbedeutenden Blatt …«

»Hey, das Fuckblatt wird viel gelesen. Vor allem von meinem Publikum.«

»Schon möglich«, sagte ich. »Aber erst deine Reaktion macht die Sache zu einem Aufreger, über den dann alle reden. Nach dem Motto: Irgendwas muss ja dran sein. Und selbst wenn wir vor Gericht gewinnen, bleibt der Verdacht hängen. Das ist immer so. Mal abgesehen davon, dass Prozesshansel nicht besonders beliebt sind.«

»Tut mir leid, Schorsch, das ist ein ganz blöder Rat.« Beim Gestikulieren verschüttete Ponti ein bisschen von seinem Whisky. »Ich kann das nicht so stehen lassen. Ich bin ausgetickt, als ich das gelesen habe. Hajo, bin ich ausgetickt oder bin ich ausgetickt?«

»Du bist ausgetickt«, bestätigte Hajo.

»Die rücken mich in die rechte Ecke«, empörte sich Ponti. »Das ist geschäftsschädigend. Ich war immer auf der Seite von *Give Peace a Chance*, ich lebe den Rock 'n' Roll, alle Menschen sind Brüder und so.«

»Immerhin gibt's dieses Foto, auf dem du den CDU-Oberbürgermeister knuddelst.«

»Das war … Scheiße, Mann, muss ich mich wegen so was rechtfertigen? Das Foto ist im Juni entstanden, an dem Tag, als Preußen Münster in die Zweite Bundesliga aufgestiegen ist. Alle haben sich da in den Armen gelegen. Das ist völlig normal.«

»Und was ist mit dem Gerücht, dass die münstersche CDU ihren nächsten Parteitag in deinem *Bad* abhalten will?«

»Ja und? Ich muss Geld verdienen, ist das verwerflich? Solange es keine Nazis sind, vermiete ich die Halle auch schon mal für irgendwelche Events. An Vereine, Parteien, Unternehmen. Weißt du, was für Kosten ich habe, um den Laden hier am Laufen zu halten? Wie viele Leute jeden Monat auf einen Gehaltsscheck warten?«

»Mich musst du nicht überzeugen«, sagte ich. »Ich bin dein Anwalt. In dem Artikel wird ein Informant zitiert, der behauptet, dass du extra in die CDU eingetreten bist, um den Parteitag an Land zu ziehen.«

Ponti schnaufte. »Siehst du, Schorsch, so was hasse ich. Wer ist denn dieser beschissene Informant? Ich kenne ihn nicht. Kennst du ihn, Hajo?«

»Ich kenne ihn auch nicht«, sagte Hajo.

»Stimmt es denn?«, fragte ich. »Bist du in die CDU eingetreten?«

Ponti guckte mich scharf an. »Das ist eine verdammt persönliche Frage, Schorsch.«

Ich zuckte mit den Schultern. »Anwaltsgeheimnis. Was du mir anvertraust, bleibt unter uns.«

»Ich weiß nicht, ob ich darüber reden möchte.«

»Okay, das ist deine Sache. Aber vielleicht kommen solche Informationen im Laufe eines Prozesses heraus. Das musst du dir überlegen.«

Ponti sprang auf und lief zwischen seinen Musikinstrumenten herum. »Kannst du nicht bei diesem Kackblatt anrufen und denen die Hölle heißmachen?«

»Halte ich für die vollkommen falsche Strategie. Denn dann wissen sie zwei Dinge. Erstens, dass sie in ein Wespennest gestochen haben, und zweitens, dass wir nicht allzu viel gegen sie in der Hand haben. Damit provozieren wir nur einen Nachfolgeartikel, der die Geschichte am Köcheln hält.«

»Und was schlägst du vor?«

»Abgesehen von der Option, die Sache zu vergessen?«

»Die steht nicht zur Diskussion.«

»Dann schlage ich Folgendes vor: Ich setze ein Schreiben auf, Briefe per Einschreiben mit Anwaltsbriefkopf schinden immer Eindruck. Darin steht was von Verletzung der Persönlichkeitsrechte, Geschäftsschädigung und so weiter. Wir stellen eine Unterlassungserklärung in Aussicht und drohen mit einer Klage, deuten aber auch an, dass wir einer gütlichen Einigung nicht abgeneigt wären.«

»Was soll das heißen?«, fragte Ponti misstrauisch.

»Sobald sie den Brief erhalten, geht ihnen der Arsch auf Grundeis«, antwortete ich. »Überleg doch mal, so ein kleines Stadtmagazin hat nicht viel Kohle auf der hohen Kante – und ein Zivilprozess birgt ein großes finanzielles Risiko, Gerichts- und Anwaltskosten, eventuell eine Geldstrafe. Die Blattmacher werden eine Klage fürchten wie Vampire einen Zopf Knoblauchknollen. Deshalb werden sie bereit sein, dir entgegenzukommen. Und letztlich hast du mehr von einem Artikel, der dich in ein sonniges Licht taucht, als von einer Klage, die sich endlos hinzieht und dir über Monate die Laune verdirbt.«

Ponti setzte sich wieder neben mich aufs Sofa und legte

mir eine Hand auf den Oberschenkel. »Schorsch, du bist noch besser, als ich dachte.«

»Dann machen wir es so.« Ich entfernte vorsichtig seine Hand und stand auf. »Heute und morgen schaffe ich es nicht, gleich übermorgen früh setze ich mich an das Schreiben. Ich schicke dir eine Kopie, zusammen mit meiner Vorschussrechnung.«

»Vorschuss?«, fragte Ponti.

»Ich darf gar nicht umsonst arbeiten. Außerdem habe ich auch Kosten – und Menschen, die die Hand aufhalten.«

»Sigi, deine Sekretärin.«

»Vor allem die.« Ich ging zur Tür und winkte ab, als sich Hajo in Bewegung setzte. »Lass mal. Ich nehme ein Taxi. Du wirst hier bestimmt gebraucht.«

Sigi guckte mich fragend an, als ich wieder in der Kanzlei auftauchte.

»Ich konnte ihm eine Klage ausreden«, sagte ich. »Jetzt muss ich nur noch die Magazinleute überzeugen, etwas Nettes über Ponti zu schreiben.« Ich lief zu meinem Büro. »Aber von jetzt an …«

»Ich weiß«, sagte Sigi. »Keine Telefonate. Und falls jemand fragt, bist du nicht da.«

Den Rest des Tages verbrachte ich damit, mein Eingangsstatement zu formulieren. Je länger ich schrieb, desto mehr hatte ich das Gefühl, sinnvolle Argumente aneinanderzureihen. Vielleicht war das auch nur eine Selbsttäuschung, um mich davon abzuhalten, Knieriems Unschuldsbehauptung lächerlich zu finden.

Gegen Mittag ging ich zu einem griechischen Imbiss und bestellte einen Athos-Teller mit viel Zwiebeln und Zaziki. Dann trank ich weiter literweise Kaffee und aß dazu das eine oder andere Mandelhörnchen. Irgendwann am Nachmittag fand ich, dass ich eine Pause verdient hatte, und wählte die

Telefonnummer, die Shirin mir bei unserem Telefonnummern-tausch zum Abschied vor dem *Bunten Vogel* gegeben hatte. Sie wohne mit zwei anderen Studentinnen in einer WG, hatte sie gesagt, ich solle mich also nicht wundern, wenn ich eine fremde Frauenstimme hören würde.

Die fremde Frauenstimme sagte, Shirin sei nicht da, wahr-scheinlich zur Arbeit, sie werde ihr einen Zettel schreiben, dass ich angerufen habe.

Ich bedankte mich und legte auf. Von einer Arbeit neben ihrem Jurastudium hatte Shirin nichts erzählt. Stattdessen hat-ten wir über Jura, Politik und Reisen in ferne Länder geredet. Und dabei waren drei Stunden blitzschnell vergangen.

Um fünf klopfte Sigi an meine Tür und verkündete, dass sie jetzt Feierabend machen werde.

»In Ordnung«, sagte ich und wollte schon weiterschreiben, als ich merkte, dass Sigi wie angewurzelt vor meinem Schreib-tisch stehen geblieben war. »Ist noch was?«

»Ja. Es gibt da was, das ich mit dir besprechen möchte.«

»Und was?«

»Du bezeichnest mich ja ständig als deine Sekretärin …«

»Du bist per Arbeitsvertrag als Sekretärin in meiner Kanzlei beschäftigt«, stellte ich klar. »Warum sollte ich dich also nicht so nennen?«

»Weil ich weitaus mehr tue, als nur deinen Kram abtippen. Ich arbeite ziemlich selbstständig, denn du bist ja meistens nicht da oder schließt dich in deinem Zimmer ein.«

»Okay.« Ich lehnte mich zurück. »Worauf willst du hinaus?«

»Ich erwarte, dass das von dir entsprechend gewürdigt wird und ich von jetzt an nicht mehr als Sekretärin, sondern als Bürovorsteherin für dich arbeite.«

»Bürovorsteherin?«

Sigi nickte.

»Denkst du, dass die neue berufliche Position mit einer Gehaltserhöhung verbunden sein sollte?«

»Ich bin ja nicht naiv, Georg.« Sigi lächelte süffisant. »Ich erledige schließlich auch die Buchführung und weiß, wie es um unsere Finanzen steht. Aber sobald sich die Einnahmesituation dauerhaft verbessert, möchte ich als Beteiligte davon profitieren. Das ist doch legitim, oder?«

»Zweifellos. Unter diesen Umständen …«

»Bist du damit einverstanden?«

»Ja.«

»Gut.« Sigi ging zur Tür. »Übrigens hat heute Nachmittag eine Frau für dich angerufen. Sirina oder so ähnlich.«

»Shirin?«

»Auch möglich.«

»Warum hast du sie nicht durchgestellt?«

»Du hast gesagt: Keine Telefonate, und wenn jemand fragt …«

»Jaja, schon gut.« Irgendwie hegte ich den Verdacht, dass Sigi meine Worte nur dann ernst nahm, wenn es ihr in den Kram passte. »Kannst du beim nächsten Mal eine Ausnahme machen?«

Sie musterte mich scharf. »Läuft da was zwischen dir und dieser Shirin?«

»Bis jetzt nicht. Aber wenn es so kommen sollte, bist du die Erste, die es erfährt.«

»Bis morgen, Georg.« Sigi schloss die Tür hinter sich.

Ich tippte noch ein paar Stunden weiter auf meinem Atari-Computer herum, las alles zweimal von vorne bis hinten, löschte ungefähr ein Viertel des Textes wieder weg, das nur Nichtssagendes und Wiederholungen enthielt, und druckte das Übriggebliebene aus. Mit einem mulmigen Gefühl im Bauch fuhr ich nach Hause. Ich wusste, am nächsten Tag würde mein wahrscheinlich am meisten beachteter, allerdings leider nicht mein bester Auftritt vor einem Gericht stattfinden.

9

Knieriem kommt nicht. Entweder gibt es jede Menge Staus zwischen dem Fernsehstudio und dem Kaufhaus – oder es sind neue Bedenken aufgetaucht. Vielleicht beim Innenminister, der fürchtet, von den Medien und der Opposition abgeschossen zu werden, wenn sich der Staat allzu nachgiebig zeigt. Den Geiselnehmern gefällt das gar nicht, sie werden mit jedem Blick auf die Uhr nervöser. Vor allem Nummer zwei macht mir Sorgen, er tigert herum, als suchte er Kandidaten für seine Erschießungsliste. Und ich ahne, wessen Name darauf ganz oben stehen wird.

Endlich klingelt das Telefon.

Nummer eins verzichtet auf ihr übliches Geduldsspiel und nimmt den Anruf postwendend an.

»Verdammte Scheiße, wo ist Knieriem?« Sie hört zu, lacht auf und sagt nur einen Satz, bevor sie das Gerät auf die Basisstation knallt. »Das könnt ihr vergessen.«

»Was? Was ist?«, fragt Nummer zwei.

»Frank sitzt in einem Auto. Angeblich gleich hier um die Ecke.«

»Und?«

»Sie wollen, dass wir neunzig Prozent der Geiseln freilassen. Dann würden sie Frank zu uns bringen.«

»Fuck!«, schreit Nummer zwei. »Das tun wir auf keinen Fall.«

»Natürlich nicht«, sagt Nummer eins.

»Wir sollten den Ersten erschießen«, schlägt Nummer zwei vor. »Dann wissen sie, wie der Hase läuft.«

»Warte!«, sagt Nummer eins. »Vielleicht wollen sie genau das erreichen. Um freie Hand gegen uns zu haben.«

»Und du willst einfach abwarten? Dann halten sie uns für Weicheier und denken, sie könnten uns verarschen.«

»Die wollen verhandeln«, sage ich laut. »Warum gebt ihr ihnen nicht ein paar Geiseln, damit sie zufrieden sind?«

Nummer eins und Nummer zwei schauen zu mir herüber.

»Der Klugscheißer mal wieder«, sagt Nummer eins.

»Der geht mir so was von auf die Nerven«, sagt Nummer zwei. Ich stehe auf und bewege mich langsam auf die beiden zu. Nummer zwei greift nach seiner Maschinenpistole. »Einen Schritt weiter und du bist tot. Du kannst es mir glauben, nichts wäre mir lieber.«

Ich bleibe stehen und ziehe meine Trumpfkarte. »Ich war mal der Anwalt von Frank Knieriem.«

»Hab ich's mir doch gedacht.« Ich höre an ihrer Stimme, dass Nummer eins hämisch grinst. »Damals, bei seinem Mordprozess, richtig?«

»Richtig«, sage ich. »Ich war der Pflichtverteidiger. Und kenne Frank Knieriem gut genug, um zu wissen, dass er in eurer Position verhandeln würde.«

Nummer zwei schaut zwischen Nummer eins und mir hin und her und versteht gar nichts. »Was ist los?«

»Lassen Sie mich mit der Polizei reden«, sage ich zu Nummer eins. »Anschließend fragen wir Ihren Mann, ob er mit dem Deal einverstanden ist. Sie sind Jennifer Knieriem, oder?«

»Scheiße«, flucht Nummer zwei. »Was für eine Show zieht der hier ab? Jen?«

Nummer eins schaut nur mich an und macht mit dem Kopf eine Bewegung zum Telefon. »Versuch's!«

Für eine Polizistin, die darin geübt ist, in brenzligen Situationen die Ruhe zu behalten, klingt Corinna Haferkamp ziemlich angespannt. »Wir brauchen eine Gegenleistung. Wir können nicht immer nur nachgeben. Entweder wir kriegen die Geiseln – oder Frank Knieriem bleibt im Auto.«

»Sie haben schon den verletzten Polizisten bekommen«, sage ich. »Ohne Gegenleistung.«

»Er wäre sonst gestorben. Das wissen Sie so gut wie ich.«

»Wie geht es ihm eigentlich?«

»Den Umständen entsprechend. Er wird's überleben.« Haferkamp holt Luft. »Wir haben eine klare Anweisung: keine Zugeständnisse mehr. Es sei denn, wir können sichtbare Erfolge vorweisen.«

»Kommen Sie!«, sage ich. »Neunzig Prozent der Geiseln? Das ist unrealistisch.«

»Gibt es ein Angebot?«

Ich schaue zu Nummer eins, die neben mir steht, und formuliere lautlos: Fünfzig?

Sie überlegt mehrere Sekunden lang und nickt dann. »Falls Frank einverstanden ist.«

»Die Hälfte der Geiseln«, sage ich ins Telefon.

»Wir werden darüber beraten.«

»Nicht zu lange, wenn's geht, die Stimmung hier ist gerade ziemlich im Keller. Und noch was: Knieriem muss damit einverstanden sein. Die Geiselnehmer wollen es von ihm persönlich hören.«

Die Polizistin stöhnt. »Auf wessen Seite stehen Sie eigentlich, Wilsberg?«

»Auf meiner. Und mein Interesse ist, so viele Geiseln wie möglich heil herauszuschaffen. Ich hoffe, wir sind uns in diesem Punkt einig.«

»Ich melde mich.« Haferkamp kappt die Verbindung.

Nummer eins tritt dicht an mich heran. Sie riecht nach Deo, Stress und Pfirsichshampoo. »Was für ein Game spielst du, Wilsberg?«

»Man nennt es ›Balance des Schreckens‹. Es basiert darauf, dass man von niemandem gemocht wird.«

»Verarsch mich nicht, Wilsberg. Sonst wirst du den Kürzeren ziehen.«

Sie hat auf jeden Fall mehr durchschlagende Argumente als ich. Im Dauerfeuer etliche pro Sekunde.

Nach zwanzig Minuten haben sowohl der Innenminister wie auch Frank Knieriem ihr Okay gegeben. Nummer zwei sucht persönlich die Glücklichen aus, die das Kaufhaus verlassen dürfen. Die vierköpfige Familie gehört dazu, Thomas, Christine und ich müssen bleiben.

»Tut mir leid«, sage ich zu den beiden. »Wahrscheinlich habe ich euch das eingebrockt. Der Typ kann mich nicht ausstehen und ihr habt das Pech, zufällig in meiner Nähe zu sein.«

»Du kannst nichts dafür.« Christine versucht, sich die Enttäuschung nicht anmerken zu lassen.

Trotzdem fühle ich mich schuldig. Warum habe ich nicht die Klappe gehalten, anstatt Nummer zwei ständig zu provozieren? Vermutlich hat das was mit meinem Ego zu tun, das nie klein beigeben möchte.

Nummer drei und Nummer fünf führen die zur Freilassung vorgesehenen Geiseln nach unten. Man sieht förmlich, wie bei ihnen die Angst schrumpft und die Körperhaltung aufrechter wird. Einige können sogar schon wieder lachen. Gleichzeitig fährt draußen ein schwarzer SUV mit abgedunkelten Scheiben vor. Sehe ich nicht, höre ich nur – von Nummer zwei, der am Fenster steht und es Nummer eins zuruft.

Ein paar Minuten später ist der Austausch vollzogen. So unspektakulär, als würde hier mit Sonderangeboten und nicht mit Menschenleben gehandelt. Frank Knieriem steigt die stillgelegte Rolltreppe herauf und lässt sich von seinen Leuten herzen. Dann umarmt er Nummer eins, die anscheinend froh ist, dass sie von jetzt an keine Entscheidungen mehr fällen muss, weil ihr Mann das Kommando übernimmt. Als letzte Amtshandlung flüstert sie ihm etwas ins Ohr, das ihn sichtlich überrascht und auch ein wenig belustigt. Nummer eins streckt den Arm aus und zeigt auf mich.

10

Oktober 1989

»Und Sie sind sich sicher, dass Sie keine weitere Zeit zur Einarbeitung benötigen?«, vergewisserte sich der vorsitzende Richter.

Johannes Wilhelm leitete das Schwurgericht des Landgerichts, das sich ausschließlich mit Mord- und Totschlagfällen aus Münster und dem gesamten Münsterland befasste, seit fast zehn Jahren. Über das, was sich Menschen gegenseitig anzutun in der Lage sind, und wie wenig manchmal notwendig ist, diese Fähigkeit auszulösen, wusste er vermutlich besser Bescheid als jeder andere im Saal. In seiner äußeren Erscheinung hatten die Scheußlichkeiten, mit denen er sich tagtäglich beschäftigte, kaum Spuren hinterlassen. Wilhelm hätte auch als Dirigent eines mittelgroßen Stadtorchesters durchgehen können, die widerspenstigen, schwarzgrau gesprenkelten Haare fielen in die Stirn eines erstaunlich weichen Gesichts. Das lief unten in ein markantes Kinn aus, auf dem sich um die Mittagszeit regelmäßig die Schatten eines schwer zu kontrollierenden Bartwuchses zeigten.

Ich hatte Wilhelm schon mal bei einem früheren Prozess erlebt und wusste, dass ich mich von seinem freundlichen Blick nicht beeindrucken lassen durfte. Er leitete seine Verfahren wie ein Dompteur eine Horde weißer Tiger, wer nicht spurte, bekam die Peitsche zu spüren. Aber er konnte auch anders und legte bisweilen seine Leimruten so geschickt aus, dass mancher Angeklagte daran kleben blieb, bevor die Verteidigung überhaupt etwas merkte. Ich zweifelte deshalb nicht daran, dass Wilhelms Frage rein gar nichts mit menschlicher Fürsorge in Bezug auf meine Arbeitsbelastung oder irgendeiner Art von Fairness gegenüber dem Angeklagten zu tun hatte. Wilhelm wollte schlicht und einfach ausschließen, dass ich aus der mangelnden Einarbeitungszeit einen Revisionsgrund stricken könnte.

»Ja, Euer Ehren«, sagte ich. »Ich fühle mich bestens vorbereitet.«

Was gelogen war. Ich hatte die Akten nur oberflächlich gelesen und keine Ahnung, wie ich die blitzsaubere Beweiskette der Anklage durchschneiden sollte. Für eine sinnvolle Verteidigungsstrategie wäre es notwendig gewesen, das ganze Material mehrfach zu durchforsten, um wenigstens ein paar brauchbare Ansätze zu finden. So blieb mir nichts anderes übrig, als auf Fehler der Gegenseite oder glückliche Zufälle zu hoffen. Oder als der schlechteste Verteidiger aller Zeiten in die Annalen des Landgerichts einzugehen.

Richter Wilhelm schwenkte den Blick zum Angeklagten, der neben mir saß. »Herr Knieriem, wie sehen Sie das?«

»Ich bin sehr dafür, dass es endlich losgeht.«

»Nun gut.« Wilhelm drehte sich zur anderen Seite des Saals, wo mit Hermine Pöhler eine der versiertesten Staatsanwältinnen aus der Abteilung für Kapitalverbrechen saß. »Dann hören wir jetzt die Anklage.«

Hermine Pöhler ratterte ihren Text ohne jegliche Betonungen herunter. Ich schätzte die Anzahl der bedruckten Blätter, die vor ihr lagen, auf etwa dreißig. Bereits nach der zehnten Seite schwächelte meine Aufmerksamkeit. Zumal ich das, was sie sagte, schon kannte und sie sich keinerlei Mühe gab, es rhetorisch geschickt zu verpacken. Zur Wahrheit gehörte allerdings auch, dass meine Konzentrationsschwäche mit einer fast schlaflos verbrachten letzten Nacht zusammenhing. Zuerst hatte ich vor lauter Nervosität nicht einschlafen können, dann war auch noch Grübelei hinzugekommen. Gegen drei Uhr in der Nacht hielt ich es nicht mehr im Bett aus, stattdessen machte ich mich erneut über die von mir formulierte Einlassung im Namen des Angeklagten her. Je öfter ich den Text las, desto grauenhafter fand ich ihn. Schließlich schrieb ich einiges um und kürzte den Rest weiter zusammen. Mehr erschöpft als zufrieden fiel ich gegen sechs todmüde ins Bett und in einen unruhigen Schlaf, der eine Stunde später von meinem Wecker abrupt beendet worden war. Eine gute Vorbereitung auf einen wichtigen Prozess sah irgendwie anders aus. Um mich wach zu halten, stellte ich mir vor, wie Hermine Pöhler wohl aussah, wenn sie ihre langen braunen Haare nicht zu diesem seltsam geformten Turm auf dem Kopf, sondern offen tragen würde.

Als die Staatsanwältin Knieriems geänderte Aussage gegenüber der Polizei erwähnte, die sie als reine Schutzbehauptung charakterisierte, zu der der Angeklagte aufgrund der erdrückenden Indizien gezwungen gewesen sei, betrat Shirin den Saal. Sie lächelte mir zu und ich lächelte zurück. Fortan saß ich etwas wacher und aufrechter auf meinem Verteidigerstuhl.

Irgendwann kam Hermine Pöhler zu ihrer erwartbar vernichtenden Schlussfolgerung. Der Angeklagte habe seine Lebensgefährtin Ulla Hülsken während einer tätlichen Auseinandersetzung im Affekt getötet und die Leiche anschließend beseitigt, um die Aufdeckung der Tat zu verhindern.

Frank Knieriem verfolgte die Ausführungen der Staatsanwältin reglos, ja beinahe gelassen. Nicht zum ersten Mal fragte ich mich, woher der Mann die zur Schau gestellte Zuversicht nahm, dass der Prozess für ihn glimpflich enden könnte. Bei der Befragung durch Richter Wilhelm, die sich an die Verlesung der Anklageschrift anschloss, wirkte er zeitweise regelrecht charmant. Brav erzählte er von seiner behüteten Kindheit in einem kleinen Dorf im westlich von Münster gelegenen Landkreis Warendorf, von seinen Eltern, die mit einem Lebensmittelgeschäft gerade so über die Runden kamen und jede Mark umdrehen mussten, von seinen Träumen und Ausbruchsversuchen mit einer Rockband, die dann doch nicht gut genug war, um ein größeres Publikum als die eigenen Mitschüler bei einem Schulfest zu begeistern, von seinem Wunsch, ein Musikstudium anzufangen, den er auf Druck seiner Eltern wieder aufgab, indem er sich für ein Lehramtsstudium einschrieb, das er nach dem zwölften Semester so halbherzig beendete, wie er es begonnen hatte. Parallel zum Studium hatte Knieriem bereits jahrelang in einem Copyshop gejobbt, eine Tätigkeit, die er nach der endgültigen Exmatrikulation durch die Westfälische Wilhelms-Universität zum Hauptberuf machte. Auch die Rockmusik begleitete ihn weiter, inzwischen als reine Freizeitbeschäftigung mit Freunden, die sich wöchentlich in einem Proberaum trafen. Daneben gab es mehr oder weniger feste Beziehungen zu Frauen, die selten länger als ein halbes Jahr dauerten. Knieriem bezeichnete sich selbst als »wohl etwas beziehungsgestört«, zumindest bis zu dem Zeitpunkt, als er Ulla Hülsken kennenlernte. Eine Frau mit ähnlichem Hintergrund, aus dem Münsterland und einfachen Verhältnissen, zum Studium nach Münster gekommen, darin allerdings erheblich zielstrebiger als Knieriem, die Examensprüfungen hatte sie mit Bravour absolviert und seit dem vorletzten Sommer an einer Gesamtschule unterrichtet. Ulla sei seine große Liebe gewesen, erklärte Knieriem, die Frau seines Lebens, was Ulla umgekehrt genauso gesehen habe, weshalb sie schon nach drei Monaten in eine gemeinsame Wohnung gezogen seien.

»Aber es hat doch auch manchmal Streit gegeben?«, fragte Wilhelm lauernd.

»Natürlich«, bestätigte Knieriem. »In jeder Beziehung gibt es mal Streit. In Ihrer Ehe sicher auch.«

Ich warf Knieriem einen warnenden Blick zu.

»Über meine Ehe reden wir hier besser nicht«, sagte Wilhelm freundlich. »Es soll bei Ihnen um einen anderen Mann gegangen sein.« Der Richter blätterte in seinen Unterlagen, als würde er nach dem Namen suchen. »Ein Arbeitskollege von Frau Hülsken namens Gert Bröskamp.« Er schaute hoch. »Ist das richtig?«

Ich räusperte mich.

Knieriem nickte kurz. »Das stimmt.«

»Ihre Lebensgefährtin hatte eine Affäre mit diesem Gert Bröskamp?«

»Das würde er wahrscheinlich gerne so sehen.«

»Ihre Lebensgefährtin sah das anders?«

Ich räusperte mich erneut, diesmal ein bisschen lauter.

Knieriem grinste. »Ich nehme an, Bröskamp wird hier aussagen.«

»Sein Name steht auf der Zeugenliste«, bestätigte der Richter.

»Dann warten wir mal ab, was er dazu sagt.« Knieriem warf die Haare nach hinten und schaute Wilhelm herausfordernd an.

»Sie wollen sich zu diesem Thema nicht weiter äußern?«

»Nein.«

»Gut.« Wilhelm blätterte wieder. »Kommen wir zum 4. März dieses Jahres, dem Tag, an dem …«

»Auch dazu möchte ich mich nicht äußern«, unterbrach Knieriem ihn.

»Das ist schade.« Wilhelm wirkte ehrlich enttäuscht. »Ich hatte gehofft, wir könnten das Verfahren ein wenig abkürzen und auf einige Zeugenaussagen verzichten.«

»Tut mir leid, Euer Ehren.« Knieriems Ton bewegte sich an der Bruchkante zur Arroganz. »Aber ich habe meinen Anwalt gebeten, eine Stellungnahme abzugeben.«

»Einverstanden.« Wilhelm fixierte mich. »Dann lassen Sie mal hören, Herr Wilsberg.«

»Vielen Dank, Herr Vorsitzender.« Ich schlug meine Mappe auf und versuchte zu ignorieren, dass mich rund fünfzig aus beruflichen Gründen oder reiner Neugierde Anwesende erwartungsvoll anguckten. »Zu dem, was am 4. März und an den Tagen danach geschehen ist, möchte sich mein Mandant wie folgt einlassen: Mein Mandant räumt ein …« Meine Ausführungen waren kaum origineller als die der Staatsanwältin, sie orientierten sich, wie ich Knieriem versprochen hatte, an seiner zweiten Aussage bei der Polizei. Der Streit mit Ulla wegen Bröskamp, Knieriems Empörung, sein kopfloser Aufbruch und die mehrstündige Wanderung durch Münsters Innenstadt, an die er sich nur bruchstückhaft erinnerte, das Entsetzen, als er bei seiner Rückkehr die tote Ulla vorfand, die Erkenntnis, dass man ihn für den Mörder halten würde, und schließlich die fatale Fehlentscheidung, die Leiche beiseitezuschaffen. »Mein Mandant sieht ein, dass das ein schwerwiegender Fehler war. Er bereut zutiefst, die Verwandten, Freunde und Arbeitskollegen von Ulla Hülsken über Tage hinweg getäuscht und ihr Leid damit vergrößert zu haben. Ihm ist klar, dass er durch seine Falschinformationen die Arbeit der Ermittlungsbehörden behindert und die Suche nach dem wahren Täter erschwert hat. Und ihm ist nicht zuletzt bewusst, dass er durch dieses Fehlverhalten den Verdacht auf sich selbst gelenkt hat.« Ich machte eine Pause. »Das rechtfertigt jedoch nicht, Frank Knieriem für einen überführten Mörder zu halten, wie uns vorhin die Staatsanwältin weismachen wollte. Leider haben sich sowohl die Behörden wie auch die Öffentlichkeit zu einem sehr frühen Zeitpunkt der Ermittlungen ausschließlich auf Frank Knieriem als den einzig möglichen Täter fokussiert. Es wurden keinerlei weitere Spuren verfolgt, keine anderen Motive für möglich erachtet …«

»Entschuldigung, Herr Wilsberg«, unterbrach Richter Wilhelm mich. »Sie sollten sich die Wertungen für Ihr Plädoyer aufsparen. Wir befinden uns zunächst einmal in der Phase der Beweisaufnahme.«

»Danke für den Hinweis«, sagte ich. »Zur Beweisaufnahme gehört allerdings auch, was nicht ermittelt wurde. Und das ist eine ganze Menge.«

»Fahren Sie bitte fort, aber bleiben Sie bei den Fakten«, ermahnte Wilhelm mich. »Alles andere interessiert uns im Moment nicht.«

»Der Richter hat dich ja ganz schön runtergeputzt«, meinte Shirin, als wir uns in der Mittagspause auf dem Flur des Landgerichts über den Weg liefen.

»Damit habe ich gerechnet«, gab ich zu. »Doch was blieb mir anderes übrig als die Flucht nach vorn? An dem, was die Staatsanwältin vorgetragen hat, ist kaum etwas auszusetzen. Also musste ich ein bisschen auf die Kacke hauen.«

»Hältst du es denn ernsthaft für möglich, dass Knieriem den Mord nicht begangen hat?«

Ich schaute mich um. »Erstens darf ich dir die Frage nicht beantworten und zweitens schon gar nicht hier und jetzt.«

»Heute Nachmittag habe ich keine Zeit«, sagte Shirin. »Ich muss zur Uni.«

»Hier verpasst du auch nicht viel. Es geht hauptsächlich um Verfahrensfragen. Wann wir tagen und wie welche Zeugen gehört werden.«

Shirin kniff die Augen zusammen. »Dann müssen wir uns wohl woanders treffen.«

»Gute Idee«, sagte ich. »Du könntest versuchen, mich mit Alkohol abzufüllen, um mich zum Reden zu bringen.«

»Okay. Hast du heute Abend was vor?«

Auf die Frage war ich vorbereitet. »Was hältst du von dem Italiener an der Kreuzkirche? Das ist gleich bei mir um die Ecke.«

Shirin runzelte die Stirn. »Heißt das, du willst mich anschließend zu dir abschleppen?«

Mein Lachen klang ein wenig gezwungen. »Niemals würde ich auf so schmutzige Gedanken kommen. Das heißt nur, dass es für mich praktisch ist. Außerdem machen sie da ausgezeichnete Pasta.«

»Die Pasta könnte ich natürlich mal testen. Sagen wir, um acht?«

»Ich werde da sein«, versprach ich.

Nach dem Prozesstag fuhr ich bei meiner Kanzlei vorbei, um mich zu erkundigen, ob irgendwas Wichtiges meine Aufmerksamkeit verlangte.

»Eigentlich nicht«, sagte Sigi, meine ehemalige Sekretärin und jetzige Bürovorsteherin.

»Was heißt ›eigentlich‹?«

»Dass Carlo Ponti angerufen hat, um dich daran zu erinnern, dass du ihm versprochen hast, den – ich zitiere wörtlich – ›Jungs vom Stinkblatt ein knallhartes Ding um die Ohren zu ballern‹.«

Ich stöhnte. »Ich hab's ihm für morgen versprochen.«

»Und ich sagte, es gibt nichts Wichtiges.«

»Gut.« Ich dachte nach. »Pass auf, ich diktiere gleich den Brief. Du kannst ihn morgen früh abtippen und, nachdem ich ihn unterschrieben habe, per Einschreiben zum Hafen schicken. Vorab faxt du ihnen schon mal eine informelle Kopie rüber. Da werden sie mächtig Angst kriegen und sich die Köpfe heiß diskutieren. Spätestens am Nachmittag sind sie dann gesprächsbereit.«

Sigi guckte mich skeptisch an. »Warum sagst du das so, als ob du morgen früh nicht da wärst? Soweit ich weiß, hast du keinen Termin.«

»Weil ich tatsächlich nicht da sein werde. Ich muss mal ausschlafen. In den letzten Tagen habe ich meinem Bett nur Kurzbesuche abgestattet.«

»Verstehe. Daran ist bestimmt diese …«

»Nein, daran ist Knieriem schuld.«

»Der Prozess, richtig. Wie ist es denn heute gelaufen?«

»Beschissen. Aber das war vorauszusehen.« Ich ging zu meinem Büro. »Wir sehen uns dann morgen Nachmittag.«

Als ich nach Hause kam, hatte ich noch eine Stunde Zeit bis zu meiner Verabredung mit Shirin. Ich setzte mich auf meinen Lieblingssessel, machte die Augen zu – und schlief prompt ein.

Viertel vor acht wachte ich auf, hetzte unter die Dusche, zog frische Klamotten an, in denen ich nicht wie ein Anwalt aussah, und öffnete um fünf nach acht die Tür zum Restaurant. Shirin saß an einem Tisch am Fenster. Wieder mal Zweiter.

»Sorry«, sagte ich, »soll nicht zur Gewohnheit werden. Ich war so müde, dass ich zu Hause kurz eingeschlafen bin.«

»Wir können unser Essen auch verschieben«, bot Shirin an. »Wenn es zu anstrengend für dich ist.«

»Quatsch. Ich fühle mich fit wie ein Turnschuh. Die knallharten Börsenhaie haben das doch zum Kult erhoben, fünf Minuten am Schreibtisch schlafen, danach arbeiten sie wieder zwölf Stunden weiter.«

»Aber nur mit Kokain in der Nase.« Shirin lachte. »Ich hoffe, du brauchst so was nicht.«

»Harte Drogen kommen mir nicht ins Haus. Alkohol und ab und zu mal ein Joint, das andere Zeug lehne ich ab.«

»Da bin ich ja beruhigt.« Sie schlug die Karte auf. »Was kannst du empfehlen?«

»Alles. Obwohl ich immer Spaghetti Frutti di Mare nehme.«

»Igitt, ich hasse Meeresfrüchte.« Sie schlug die Karte zu. »Dann bestelle ich einfach Nudeln mit Tomatensoße.«

»Die Lasagne ist ebenfalls nicht zu verachten.«

»Ich bin zwar keine gläubige Muslimin, aber ich mag Schweinefleisch nicht. Wahrscheinlich weil es das in meiner Kindheit und Jugend nie gab.«

»Spaghetti Frutti di Mare, come sempre, Signore?«, fragte der Kellner, der sich neben unserem Tisch aufgebaut hatte. Ich wusste, dass er Portugiese war, und er wusste, dass ich das wusste, doch Restaurant-Italienisch gehörte in jeder gediegenen deutschen Trattoria zur Folklore, egal aus welchen Ländern das Personal stammte.

»Come sempre«, sagte ich. »Außerdem ein Glas vom roten Hauswein und eine große Flasche Wasser. Der Hauswein ist übrigens auch zu empfehlen«, riet ich Shirin.

Sie nahm den weißen Hauswein zu ihrer Pasta. »Du kannst Italienisch?«

»Nein«, sagte ich. »Rafael, der Kellner, auch nicht. Deutschen Gästen schmeckt's angeblich besser, wenn sie mit Signora und Signore angeredet werden.«

Wir schwiegen einen Moment.

Dann fiel mir ein neues Thema ein. »Du arbeitest neben deinem Studium?«

»Hat Ilona das erzählt?«

»Falls Ilona deine Mitbewohnerin ist, ja.«

»Ich arbeite hinter der Theke. An zwei Abenden in der Woche.«

»Und wo?«

»Im Restaurant des *Bad*.«

»Bei Carlo Ponti? Ist er als Chef nicht ziemlich anstrengend?«

»Ich sehe ihn kaum. Höchstens mal, wenn er seine Musikerkumpel zum Essen einlädt. Hajo managt das Restaurant, abends dreht er ab und zu eine Runde, ansonsten hängt er mit Ponti herum. Für den normalen Betrieb sind die Schichtleiter zuständig.«

Rafael brachte unsere Getränke und ich hob mein Glas. »Schön, dass es geklappt hat.«

»Finde ich auch.« Diesmal nutzte Shirin die Chance, das Thema zu wechseln. »Du wolltest mir verraten, ob du Knieriem für unschuldig hältst.«

»Wollte ich das?«

»Wir sind unter uns und ich schweige wie eine Gruft, versprochen.«

Ich lachte.

»Hab ich was Falsches gesagt?«

»Nur unwesentlich. Es heißt ›wie ein Grab‹.«

»Entschuldigung.« Shirin war beleidigt. »Ich habe erst mit fünfzehn Deutsch gelernt.«

»Und du sprichst Deutsch, als hättest du es im Kindergarten aufgesogen. Mein Fehler, dass ich gelacht habe.«

»Also, was ist? Beantwortest du meine Frage?«

Ich nickte. »Ehrlich gesagt, kann ich mir nicht vorstellen, dass er seine Freundin *nicht* umgebracht hat. Es spricht einfach zu viel gegen ihn.«

»Und du behauptest vor Gericht trotzdem, dass er unschuldig ist?«

»Das ist meine Rolle. Jeder Angeklagte hat ein Recht darauf, so verteidigt zu werden, wie er sich das vorstellt. Und Knieriem wollte nicht auf das hören, was ihm mein Vorgänger geraten hat, nämlich, ein Geständnis abzulegen und auf Totschlag zu plädieren. Das würde ihm vermutlich eine Verurteilung wegen Mordes und ein paar Jahre Gefängnis ersparen.« Ich zuckte mit den Schultern. »So what? Sein Wille, seine Strafe.«

»Das heißt, du hast ihm ebenfalls zu einem Geständnis geraten?«

»Logisch. Aber er besteht darauf, die Sache durchzuziehen.«

»Wieso?«

»Keine Ahnung. Entweder er ist total borniert oder …«

»Oder?«

»Es gibt diese Restchance, dass er wirklich unschuldig ist. Hast du ihn heute während des Prozesses beobachtet? Er wirkt völlig ruhig, ohne jeden Selbstzweifel.«

Shirin dachte nach. »Wäre das nicht eine fantastische Gelegenheit für dich?«

»Wie meinst du das?«

»Zu beweisen, dass er die Tat nicht begangen hat? Stell dir vor, du erreichst einen Freispruch. Du wärst plötzlich berühmt, oder? Ein Star unter den Verteidigern.«

Ich lächelte. »Nette Idee. Ich weiß nur nicht, wie ich das anstellen soll.«

»Spaghetti Frutti di Mare e Spaghetti alla Napoletana per

la Signora«, sagte Rafael und stellte die dampfenden Teller auf den Tisch.

Ich war froh über die Unterbrechung. Den ganzen Abend über Knieriem zu reden hätte mir noch die Laune verdorben.

»Wie wäre es, wenn du zur Abwechslung mal was über dich erzählst«, schlug ich nach den ersten Bissen vor. »Wie war dein Leben im Iran, bevor du nach Deutschland ausgewandert bist?«

»Du meinst die Islamische Revolution? Chomeini und so?«

»Hast du das bewusst mitbekommen?«

»Natürlich, ich war Teenager und bin zur Schule gegangen. Wir waren gegen den Schah, wie die meisten demokratisch Gesinnten. Wir wollten westlich leben, mit freien Wahlen, Presse- und Kunstfreiheit. Dann wurde es noch schlimmer, statt Freiheit bekamen wir Chomeini und seinen Gottesstaat. Die Frauen durften nur noch verschleiert auf die Straße, Kinos wurden niedergebrannt, weil sie Hollywoodfilme gezeigt hatten. Meine Eltern besaßen damals ein Haus im Norden Teherans. Fast eine Villa, mit großem Garten. Da konnte ich so sein und mich so kleiden, wie ich wollte. Sobald ich das Haus verließ, musste ich ein Kopftuch tragen und einen knielangen Mantel. Nur ja keine Haut zeigen, sonst hätte es Ärger gegeben.«

»Gab es nicht anfangs einen Präsidenten, der Reformen durchsetzen wollte?«

»Abolhassan Banisadr? Ja, aber der ist schnell an seine Grenzen gestoßen. Viele hofften, die Ayatollahs würden sich wieder nach Ghom zurückziehen, den Koran studieren und sich damit begnügen, kluge Ratschläge zu erteilen. Chomeini hatte ja verfügt, dass Geistliche keine Regierungsämter übernehmen sollten. Ein Trick, denn er behielt sich damit selbst die letzte Entscheidung vor. Die Iraner durften zwar ein Parlament und den Präsidenten wählen, doch die hatten nie wirklich etwas zu sagen. Meiner Mutter war das von Anfang an klar. Als die ersten Generäle und Politiker verhaftet und hingerichtet wurden, sagte sie: ›Wir müssen hier weg.‹«

»Und was meintest du?«

»Ich wollte bleiben, in der Hoffnung, dass es wieder besser wird. Ich war naiv. Zum Glück hat sich meine Mutter durchgesetzt. Als UNO-Mitarbeiter konnte mein Vater Papiere für uns besorgen. Ein paar Wochen später sind wir dann von Teheran nach Deutschland gezogen.«

»Wie war das für dich?«

»Schrecklich. Ich konnte ja kein Wort Deutsch, meine Mitschüler haben mich gemobbt. Das glatte Gegenteil vom dem, was ich in der Teheraner Schule erlebt hatte. Da war ich nämlich die Prinzessin, wurde von allen bewundert wegen der Sachen, die mein Vater in den Niederlanden für mich gekauft hatte. Meine Mutter wurde allerdings auch enttäuscht. Sie hatte geglaubt, sie könnte hier als Wissenschaftlerin arbeiten, nach einem Jahr hat sie dann eine Stelle weit unter ihrer Qualifikation gefunden. Und ich habe Tag und Nacht Deutsch gelernt, deutsches Fernsehen geguckt und so. Ich bin ehrgeizig, weißt du? Als ich mein Abitur gemacht habe, war ich eine der Besten meines Jahrgangs.«

Shirin hatte ihre Spaghetti kaum angerührt. Es war nicht zu übersehen, dass die Erinnerung alte Wunden aufgerissen hatte.

Sie lächelte. »Tut mir leid, dass ich keine lustigen Geschichten auf Lager habe.«

»Meine Schuld. Ich hätte dich nicht ausfragen sollen.« Ich legte eine Hand auf ihre. »Immerhin weiß ich jetzt eine ganze Menge über dich.«

Sie zog die Hand nicht weg. »Ich habe sowieso keinen großen Hunger. Aber ich könnte noch einen Wein vertragen.«

Wir tranken mehr Wein und redeten über unverfänglichere Themen wie Musik, Filme und die zahlreichen DDR-Flüchtlinge, die inzwischen über Ungarn und andere Ostblockstaaten in die Bundesrepublik kamen. Meinen toten Punkt hatte ich längst überwunden, von Müdigkeit spürte ich nichts mehr. Als Rafael anfing, die übrigen Tische für den nächsten Tag zu decken, sahen wir ein, dass wir gehen mussten.

Rund um die Kreuzkirche war es ruhig geworden. Wir schlenderten über den Bürgersteig.

»Ein schöner Abend«, sagte Shirin.

»Finde ich auch.«

Sie blieb stehen, wir schauten uns an. Dann stellte sie sich auf die Zehenspitzen und küsste mich auf den Mund. »Und was machen wir jetzt? Gehen wir zu dir? Du wohnst doch gleich um die Ecke.«

11

»Wilsberg. Was für eine Überraschung«, sagt Knieriem mit einem breiten Grinsen. Es ist keine freundliche Begrüßung. Eher so wie ein Mafiapate einen Spitzel begrüßt, für den das Killerkommando schon die Betongamaschen anrührt. »Mit dir habe ich nicht gerechnet.«

Irgendwann in den letzten dreißig Jahren, in denen wir uns nicht begegnet sind, ist Knieriem vom Sie zum Du übergegangen.

Aber die Verhältnisse haben sich seit unserer letzten Begegnung auch gewaltig verändert. Damals war er als Angeklagter auf mich als Anwalt angewiesen, heute liegt es in seiner Hand, was mit mir passiert.

»Es wäre gelogen, wenn ich behaupten würde, dass ich mich freue.«

»Mach dir nichts draus.« Knieriem schlägt mir auf die Schulter. »Jen hat mir erzählt, dass du dich ordentlich ins Zeug gelegt hast. Spitze, Wilsberg, echt. Anscheinend habe ich es dir zu verdanken, dass ich hier stehe.«

»Ich bemühe mich stets um die beste Lösung, das wissen Sie ja.«

Knieriem stutzt. »Ja, das ist eine der Sachen, die ich in meinem Leben nie vergessen werde.« Er senkt die Stimme. »Wir reden noch darüber, Wilsberg. Nicht jetzt, ich schätze, es wird sich noch die eine oder andere Gelegenheit ergeben. Erst mal muss ich ein paar Dinge regeln.«

»Was haben Sie vor? Sie wollen doch nicht ewig im Kaufhaus bleiben?«

»Nein, bestimmt nicht. In spätestens zwei Stunden sind wir weg.« Er kichert. »Oder tot.«

»Was hat er gesagt?«, fragt Thomas.

»Er hat dich erkannt, oder?«, will Christine wissen.

»Natürlich hat er mich erkannt«, bestätige ich. »Und er denkt, dass die Aktion in zwei Stunden beendet sein wird.«

»Und wie?«, fragt Thomas.

»So vertraut sind wir nicht miteinander. Waren wir nie. Knieriem hat einen Plan. Und eines muss man ihm lassen: Seine Pläne gehen meistens auf.«

»Schnauze!«, faucht Nummer zwei. »Halt endlich die Klappe! Und ihr auch!« Damit meint er Thomas und Christine.

»Hast du den Schuss nicht gehört?« Ich schaue genervt zu ihm auf. »Dein Boss kann mich gut leiden. An deiner Stelle würde ich mich bedeckt halten.«

Nummer zwei ist schlagartig verunsichert, seine Augen kullern fast aus den Höhlen.

»Arschloch«, knurrt er, leiser als bisher, der anschließende Abgang wirkt fast wie eine Flucht.

Christine prustet, als er weit genug entfernt ist. »Der hatte Schiss.«

»Hoffentlich erkundigt er sich nicht, ob ich die Wahrheit sage. Sonst könnte es unangenehm werden.«

Nummer zwei steuert tatsächlich auf Knieriem und Nummer eins zu, die angeregt miteinander plaudern, biegt dann aber rechtzeitig ab. Wahrscheinlich ist ihm klar geworden, dass er außer einer Blamage nichts gewinnen kann.

»Glück gehabt«, sagt Thomas.

Ich knöpfe mein Hemd weiter auf und krempele die Ärmel hoch. Meine Jacke habe ich schon vor längerer Zeit ausgezogen. Da die Geiselnehmer zusammen mit den Rolltreppen und den Aufzügen auch die Klimaanlage ausgestellt haben, wird die Luft immer stickiger. Hinzu kommt ein beißender Uringestank. Seit dem tödlichen Zwischenfall in der Toilette darf niemand mehr unsere Etage verlassen. Als die Ersten anfingen, in die Ecken zu pinkeln, besorgten die Geiselnehmer ein paar

Eimer. Mit Deckeln zwar, dennoch stinkt es mittlerweile wie in einem Toilettenhäuschen auf einem Autobahnparkplatz. Auch deshalb hoffe ich, dass Knieriem mit seiner Prognose recht hat.

Das Telefon klingelt. Sofort stoppt das Gemurmel zwischen den Kleiderständern. Knieriem hebt den Kopf. Wittert er die Mischung aus Angst und Hoffnung? So muss sich pure Macht anfühlen: He, Leute, ich kann es klingeln lassen, bis ihr durchdreht.

Er zeigt sich gnädig und wartet nur bis zum zehnten Klingeln. Dann marschiert er los und nimmt ab.

»Ja?« Corinna Haferkamp, falls sie nicht abgelöst wurde, redet auf ihn ein. Knieriem hört geduldig zu und schaut dann in meine Richtung. »Nein. Wilsberg hat Feierabend. Sie reden mit mir oder gar nicht, verstanden?« Anscheinend keine Einwände, denn er nickt. »Gut. Passen Sie auf, in zwei Stunden stehen zwei gepanzerte Fahrzeuge vor der Tür, schusssichere, abgedunkelte Scheiben, drei Sitzreihen. Außerdem …« Diesmal folgen Einwände, die von ihm abgewürgt werden. »Mir egal, wie Sie das schaffen. Anstatt zu jammern, sollten Sie lieber loslegen. Weiter im Text. Bis dahin haben Sie zehn Millionen Euro in Bitcoin überwiesen, ich schicke Ihnen die Adresse der Wallet, an die das Geld geht.« Es hagelt Fragen. Eine ganze Reihe, denn Knieriem hievt sich auf die Theke und macht es sich bequem. »Richtig. Wir nehmen fünf Geiseln mit. Fünf. Nicht verhandelbar. Die anderen bleiben im Kaufhaus. Ich denke, das ist für Sie ein gutes Geschäft.« Er lacht. »Mir ist klar, dass Sie die Fahrzeuge verwanzen und uns verfolgen. Aber Sie werden uns nicht stoppen, denn dann sind die fünf Geiseln tot. Das riskieren Sie nicht. Meine Leute und ich haben nichts zu verlieren, jeder ist bereit zu sterben.« Er lauscht einer Frage. »Natürlich, sobald wir in Sicherheit sind, kommen auch die fünf restlichen Geiseln frei.« Knieriem wirft die Haare nach hinten. »Sie haben mein Wort, das muss genügen.« Er wird ungeduldig. »Quatschen Sie mir kein Ohr ab. Die Sache ist total simpel: zwei Autos, zehn Millionen, zwei Stunden. Kriegen Sie das nicht hin, können Sie sich ja vorstellen, was exakt eine Viertelstunde später passiert. Ohne Vorwarnung. Ende der Durchsage.«

Knieriem legt auf und lacht. »Es läuft.« Dann schaut er mich an. »Was ist, Wilsberg? Überlegst du schon, wer die fünf Geiseln sind, die uns begleiten?«

Es geht also um Geld und nichts anderes. Hätte ich mir denken können.

12

Oktober 1989

Ich wachte davon auf, dass sich Shirin anzog und die Glocken der Kreuzkirche läuteten. Es musste noch ziemlich früh sein.

»Du gehst schon?«

»Ich muss. Nach Hause und Sachen für die Uni holen. Um neun habe ich ein Seminar.«

Ich schlug die Bettdecke zurück. »So früh studieren nur Streber. Soll ich dir einen Kaffee kochen?«

Shirin kam auf meine Seite des Betts und gab mir einen flüchtigen Kuss. »Ich bin in Eile. Bleib ruhig liegen.«

»Und wann sehen wir uns …?«

»Heute und morgen Abend muss ich arbeiten. Bestimmt bald.«

Und weg war sie. Ein paar Sekunden später hörte ich die Wohnungstür zuschlagen.

Stöhnend ließ ich mich aufs Bett fallen. An Schlaf war nicht mehr zu denken.

Sigi schaute überrascht auf, als ich die Kanzlei betrat. »Aus dem Bett gefallen? Oder traust du mir nicht zu, deine Aufträge ordnungsgemäß und zu deiner vollsten Zufriedenheit zu erledigen?«

»Weder noch«, antwortete ich. »Mein Schlafrhythmus ist anscheinend nachhaltig zerrüttet. Und da ich schon mal wach war, dachte ich, ich könnte auch zum Büro fahren.«

»Du siehst müde aus.« Sigi betrachtete mich mitfühlend. »Ist daran wirklich nur Frank Knieriem schuld? Oder liegt es doch an dieser …?«

»Sie heißt Shirin.«

»Heißt das, ihr seid jetzt …?«

»Das weiß ich noch nicht«, sagte ich. »Aber ich werde es

vermutlich bald herausfinden.« Ich ging zu meinem Büro. »Hast du den Text abgetippt?«

»Liegt auf deinem Schreibtisch!«, rief Sigi mir hinterher. »Und ja, ich habe ihn schon an die Redaktion gefaxt!«

»Gut. Dann mach noch eine Kopie für Carlo Ponti und leg eine saftige Rechnung dazu. Der Kerl hat genug Kohle. Übrigens darfst du heute alle Telefonanrufe zu mir durchstellen, auch die angenehmen.«

Ich setzte den aus der Biobäckerei mitgebrachten Kaffeebecher samt Brötchentüte auf dem Schreibtisch ab und ließ mich in meinen Bürosessel fallen. Mein Gott, war ich müde! Mühsam richtete ich mich auf und nahm einen Schluck Kaffee, an dem ich mir prompt die Zunge verbrannte. Der Schmerz weckte meine Lebensgeister und ich überflog das Abmahnschreiben an Pontis Quälgeister. Nachdem ich keine Fehler entdeckt hatte und die Mixtur aus Drohung und ausgestreckter Hand immer noch gelungen fand, unterschrieb ich und überließ Sigi das Werk zur weiteren Verarbeitung. Dann griff ich zur Tageszeitung, die ebenfalls auf meinem Schreibtisch lag. Im Stadtrat hatten sich CDU und FDP auf eine Koalition geeinigt, sodass der Wiederwahl des bisherigen Oberbürgermeisters nichts mehr im Weg stand, und auch für das altehrwürdige Café *Schucan* am Prinzipalmarkt zeichnete sich eine Verlängerung ab. Ein Kosmetikkonzern hatte das Café gekauft und geschlossen, um daraus einen Duft- und Cremeladen zu machen. Doch nach anhaltenden Bürgerprotesten war der Konzern eingeknickt, in einigen Wochen sollte das *Schucan* in verkleinerter und vermutlich seines altväterlichen Charmes gänzlich beraubter Form wiedereröffnet werden. Ich gähnte.

Und schrak hoch, als das Telefon klingelte – ich war kurz eingeschlafen. »Ja?«

»Da ist so ein Willi Wühlich in der Leitung«, sagte Sigi. »Von dem Magazin am Hafen.«

»Okay. Stell ihn durch.« Ich hörte ein Klicken. »Wilsberg.«

»Hallo!«, sagte eine forsche Stimme. »Hier ist Willi Wühlich. Ihre Sekretärin hat Ihnen sicher schon gesagt ...«

»Meine Bürovorsteherin.«

»Was?«

»Frau Bach ist nicht meine Sekretärin, sondern meine Bürovorsteherin.«

»Ach so, ja natürlich.« Willi Wühlich geriet aus dem Kon-
zept. »Es geht um ... um ...«

»Mir ist schon klar, um was es geht.« Ich ließ den knallharten Anwalt raushängen. »Aber was wollen Sie mir sagen?«

»Wir ... äh ... würden gerne ... äh ... mit Ihnen reden.«

»Ich höre.«

»Also, nicht jetzt, ich meine, nicht am Telefon. Ich kann
das auch nicht allein entscheiden. Wir sind ein Kollektiv.«

»Ich habe davon gehört«, bestätigte ich. »Sie denken dem-
nach an ein Treffen in größerer Runde?«

»Ja, wenn das machbar wäre.«

»Und möglichst bald?«, hakte ich nach.

»Wir könnten zu Ihnen kommen. Sie haben an der Hammer
Straße Ihr Büro, habe ich gesehen.«

»Meine Kanzlei«, korrigierte ich. »Und für größere Ver-
sammlungen sind die Räumlichkeiten ungeeignet.« Ich musste
den Magazinleuten ja nicht auf die Nase binden, dass ich in
den Hinterräumen einer Bäckerei logierte.

»So viele sind wir nun auch wieder nicht.« Wühlich lachte
ein wenig verlegen. »Falls es Ihnen nichts ausmacht, wir haben hier einen großen Raum – für unsere Redaktionssitzun-
gen.«

»Gut. Warten Sie. Ich schau mal in meinen Terminkalen-
der.« Ich drückte ihn in die Warteschleife und trank den kalt
gewordenen Kaffee aus. Dann las ich noch einen Artikel in der
Tageszeitung über das Flüchtlingschaos, das sich diesseits und
jenseits des löchrig gewordenen Eisernen Vorhangs anbahnte.
Anschließend holte ich Wühlich in die Leitung zurück. »Sie

haben Glück«, verkündete ich. »Ich habe gerade von meiner Bürovorsteherin erfahren, dass heute Nachmittag ein Termin ausfällt. Ich könnte gegen fünfzehn Uhr bei Ihnen sein und hätte eine halbe Stunde Zeit. Ist Ihnen das recht?«

»Ja, auf jeden Fall.« Er klang erleichtert. »Wir sind da.«

Um Viertel vor drei machte ich mich auf den Weg. Zu Fuß. Von der Hammer Straße war es nicht weit bis zum münsterschen Hafen und doch fühlte es sich auf den letzten fünfhundert Metern an wie eine Expedition in die industrielle Frühgeschichte. Der Hafen mit Anschluss an den Dortmund-Ems-Kanal lag zwar mitten in der Stadt, war aber irgendwann in den Sechziger- oder Siebzigerjahren in Vergessenheit geraten. Kaum noch ein Schiff legte hier an, viele Silos und Lagerhäuser standen leer und verwandelten sich langsam in Ruinen. Bis vor Kurzem jedenfalls, denn mittlerweile hatte die alternative und linke Szene Münsters das Areal entdeckt, hauptsächlich wegen der niedrigen Mieten und Immobilienpreise. Einige Gruppen oder Kollektive hatten die Gelder ihrer Erbtanten zusammengeworfen, marode Lagerhäuser gekauft und in Eigenarbeit renoviert. So wimmelte es hinter den roten Backsteinwänden aus der Kaiser- und Nachkriegszeit inzwischen von Verlagen, Druckereien und Ökogroßhandlungen. Seit ein paar Jahren war ich nicht mehr hier gewesen und stellte jetzt staunend fest, wie rasant sich die Veränderung vollzog.

Auch der Verlag, in dem das Magazin der Carlo-Ponti-Verächter erschien, hatte ein Domizil am Hafenweg bezogen. Fast direkt am Wasser, wie ich durch ein Flurfenster sah, als ich in den zweiten Stock hinaufstieg. Zwischen Gebäude und Hafenbecken gab es nur einen schmalen Kai, auf dem gerade eine Industriebahn romantisch bimmelnd entlanggondelte.

Obwohl ich, wie geplant, fünf Minuten zu spät erschien, dauerte es noch einmal fünf Minuten, bis Willi Wühlich alle wichtigen Frauen und Männer zusammengetrommelt und wir uns gemeinsam in einem fensterlosen Raum mit riesigem Holztisch und schlichten Stühlen ringsherum versammelt hatten. Ich war froh, dass ich am Morgen daran gedacht hatte, ein Hemd und ein Sakko anzuziehen, so unterschied ich mich wenigstens modisch von den Magazinmachern, bei denen verblichene Jeans zu schlabbrigen Pullovern und wallendem Haupthaar (Frauen) beziehungsweise Fünftagebärten (Männer) dominierten. Willi Wühlich selbst trug eine besonders farbenfroh geringelte Pulloverversion, die allerdings hervorragend mit seiner schulterlangen Prinz-Eisenherz-Frisur harmonierte. Altersmäßig gehörten wir offensichtlich alle derselben Generation an, vermutlich war ich der einen oder dem anderen schon mal an der Uni oder bei einer Mensafete am Aasee über den Weg gelaufen. Wühlich stellte seine Kolleginnen und Kollegen vor, es waren eine Karin und eine Gabi, ein Christian und ein Rainer dabei, die Nachnamen hatte ich nach kurzer Zeit schon wieder vergessen.

»Nun«, sagte ich, »meinen Namen kennen Sie ja. Ich vertrete als Anwalt die Interessen von Carlo Ponti.«

»Wollen Sie eigentlich einen Kaffee?«, fragte Gabi.

»Ja. Gerne«, sagte ich.

Es dauerte wieder fünf Minuten, dann hatten alle entweder einen Becher Kaffee oder ein Glas Wasser in Griffweite, auch etliche selbst gedrehte Zigaretten wurden angezündet.

»Wir sollten jetzt mal anfangen.« Willi Wühlich schaute auf seine Armbanduhr. »Herr Wilsberg hat nicht ewig Zeit.«

»Richtig«, sagte ich. »Ich denke, wir können uns die Vorrede sparen. Sie haben mein Schreiben gelesen – was ist Ihre Position dazu?«

Die Magazinleute schauten sich an, schließlich übernahm Rainer, ein Halbglatzen- und Nickelbrillenträger, das Wort. »Wir sind der Überzeugung, dass der Artikel in unserem Heft durch die Presse- und Meinungsfreiheit gedeckt ist. Wir sehen daher keinen Grund, etwas zurückzunehmen.«

Ich ließ das einen Moment im Raum stehen. »Sie wollen es also auf einen Prozess ankommen lassen?«

»Wenn nötig, ja. Aber es steht Carlo Ponti selbstverständlich frei, für die nächste Ausgabe eine Gegendarstellung zu schreiben.«

Ich nickte. »Ich fürchte, das wird nicht ausreichen.« Rainers Kolleginnen und Kollegen sahen nicht so aus, als wären sie felsenfest davon überzeugt, auf der sicheren Seite der Rechtsauslegung zu sein, deshalb nahm ich der Reihe nach mit allen Augenkontakt auf, als ich weiterredete. »Für alles, was Sie in dem Artikel behaupten, müssen Sie in einem Gerichtsverfahren Beweise und Zeugen vorbringen. Ansonsten«, die verstohlenen Blicke bestärkten mich in der Vermutung, dass ich auf der richtigen Spur war, »handelt es sich um Verleumdungen und üble Nachreden, die mitnichten durch die Presse- und Meinungsfreiheit gedeckt sind. Und das ist noch nicht alles.« Ich legte eine kleine Pause ein, um den nächsten Paukenschlag vorzubereiten. »Die strafrechtliche Relevanz der Angelegenheit ist tatsächlich eher untergeordnet, nach meiner Einschätzung würde der oder die presserechtlich Verantwortliche mit einer geringen Geldstrafe davonkommen. Was jedoch viel schwerer wiegt, ist der wirtschaftliche Schaden, der meinem Mandanten durch die Veröffentlichung entstanden ist. Ich muss Ihnen ja nicht sagen, dass Carlo Ponti einen großen Event- und Gastronomiebetrieb leitet, der ganz wesentlich vom Ruf und von der überregionalen Strahlkraft seines Besitzers abhängt. Zerstören Sie Pontis Integrität, führt das zwangsläufig zu einem Rückgang beim Publikum und damit zu Umsatzeinbußen.«

»Wie wollen Sie das denn berechnen? Zu Konzerten gehen immer mal mehr und mal weniger Leute«, sagte Karin.

»Auf Mark und Pfennig ist das sicher nicht festzusetzen«, gab ich zu. »Aber es gibt Vergleichszahlen aus den vorherigen Monaten und Jahren. Carlo Ponti könnte diese Verluste in einer Zivilklage geltend machen, da sind wir schnell bei einer Summe im fünf- oder sechsstelligen Bereich.« Jetzt wurden die Schweißringe unter den Achseln der Magazinleute beinahe sekündlich größer. Und ich hatte noch ein Ass im Ärmel.

»Auch wenn diese oder jene Behauptung, die Sie in dem Artikel aufstellen, nicht gänzlich falsch ist – allein die Tatsache, dass Sie Carlo Ponti keine Gelegenheit gegeben haben, sich zu den Vorwürfen zu äußern, ist ein schwerer handwerklicher Fehler, der Ihnen im Prozess zum Nachteil gereichen wird. Darauf gebe ich Ihnen mein Wort.«

Das saß. Ich nahm einen Schluck kalten Kaffee und wartete. Willi Wühlich räusperte sich. »Nun, also, Sie sagen, es ist so. Es kann aber auch ganz anders sein.«

»Das entscheidet letztlich das Gericht«, warf ich ein. »Und bis dahin summieren sich Anwalts- und Verfahrenskosten, zusätzlich zu einer möglichen Entschädigung.«

Wühlich zog heftig an seiner Zigarette. »Vielleicht lässt sich ja vermeiden, dass es zu einem Prozess kommt. Ich meine, Sie sind hier, um zu reden. Das heißt, Sie wollen verhandeln. Gibt es eine Möglichkeit, die Sache irgendwie friedlich beizulegen?«

»Die gibt es in der Tat«, sagte ich. »Und ich muss zugeben, ich bin beeindruckt, wie besonnen Carlo Ponti in dieser für ihn schwierigen Situation reagiert hat. Er ist trotz allem, was geschehen ist, bereit, Ihnen die Hand zu reichen. Er glaubt, dass Sie und er grundsätzlich auf derselben Seite stehen, dass es in einer Stadt wie Münster ein Magazin wie Ihres geben sollte und dass bei einem Rechtsstreit nur beide Seiten verlieren können. Ich ziehe meinen Hut vor einer solchen Einstellung, obwohl«, ich lächelte gönnerhaft, »mein Honorar bei einem Prozess wesentlich höher ausfallen würde.«

»Ganz so selbstlos ist Ponti bestimmt nicht«, sagte Rainer misstrauisch. »Was verlangt er dafür, dass er Sie nicht von der Kette lässt?«

»Nicht viel. Wir erwarten, dass Sie mit Carlo Ponti ein

Interview führen. Zwei Seiten in der nächsten Ausgabe. Die Vorwürfe können thematisiert werden, der Schwerpunkt sollte allerdings auf Pontis Engagement für das kulturelle Leben der Stadt liegen. Und Pontis Antworten müssen vor Drucklegung von uns autorisiert werden.«

»Also ein Gefälligkeitsinterview?«, sagte Rainer.

»Nun warte doch mal.« Gabi wedelte den Zigarettenrauch zur Seite. »Was wir daraus machen, ist immer noch unsere Sache.«

»Eben«, stimmte ich zu, »es liegt an Ihnen, wie Sie die Sache anpacken. Sie müssen sich auch nicht sofort entscheiden. Ich erwarte Ihre Antwort bis Montagmorgen um neun Uhr. Sollte ich nichts hören oder die Antwort negativ ausfallen, werden wir die nächsten juristischen Schritte einleiten, angefangen mit der Aufforderung, eine Unterlassungserklärung zu unterschreiben. Von da an wird's teuer.«

»Wir reden darüber«, sagte Willi Wühlich. »Sie hören von uns.«

»Gut.« Ich stand auf. »Dann wäre ja alles geklärt.«

Rainer brachte mich zur Tür. »Sie sind der Anwalt von Frank Knieriem, oder?«

»Stimmt.«

»Ihr Name kam mir gleich bekannt vor.«

»Sie interessieren sich für Mordprozesse?«

»Na ja, ich bin bei uns in der Redaktion für Kriminalität und so zuständig. Manchmal gucke ich mir auch einen Prozess an.«

Ich lächelte. »Dann sehen wir uns ja vielleicht vor Gericht.«

Ich wollte gehen, doch Rainer ließ nicht locker. »Ich habe ein bisschen recherchiert. Sie vertreten auch Demonstranten und Leute aus der alternativen Szene. Wie passt das damit zusammen, dass Sie uns fertigmachen wollen?«

Nicht blöd, der Mann.

»Sie haben einen völlig falschen Eindruck«, sagte ich. »Ich

will niemanden fertigmachen. Aber Sie sollten so vernünftig sein, auf meinen Vorschlag einzugehen. Es wäre für alle Seiten das Beste.«

Draußen vor der Tür steckte ich mir einen Zigarillo an. Im Großen und Ganzen war es super gelaufen. Jetzt musste nur noch der Rest klappen.

Als ich die Kanzlei betrat, sagte Sigi: »Dieser Willi Wühlich hat angerufen. Sie nehmen deinen Vorschlag an. Du musst ja ziemlich überzeugend gewesen sein.«

»In der Tat.« Ich rieb meine Hände. »Es war einer meiner besseren Auftritte.«

»Bevor ich's vergesse«, sagte Sigi. »Ein Mieze Sowieso hat angerufen, er hat was vom Gericht gekriegt. Und die Mutter der Tierbefreierin wünscht deinen Rückruf.«

»Oh«, sagte ich. »Darum kümmere ich mich nächste Woche. Jetzt fahre ich nach Hause und lese Knieriem-Akten.«

»Natürlich«, meinte Sigi schnippisch.

»Was willst du damit sagen?«

»Dass man am Freitagabend nichts Besseres tun kann, als Akten zu lesen.« Sie packte ihre Sachen zusammen. »Ich gehe jedenfalls tanzen.«

»Würde ich auch gerne mal wieder.«

»Nur zu. Ist für Anwälte nicht verboten.« Sie stiefelte an mir vorbei. »Du schließt die Tür ab.«

Auf dem Nachhauseweg kaufte ich im Supermarkt in der Nähe des Buddenturms meine Wochenration an Aufschnitt, Obst und Fertiggerichten. Dann löste ich das Sigi und mir selbst gegebene Versprechen ein und nahm mir die Knieriem-Akten vor. Eine ermüdende Aufgabe, die sich zusammen mit der eh schon vorhandenen Grundmattigkeit zu dem dringenden Bedürfnis steigerte, mich aufs Sofa zu legen und kurz wegzudösen.

Nach einem rustikalen Abendessen, bestehend aus Brot,

Käse, Wurst und Kräutertee, fragte ich mich ernsthaft, ob ich mit der Selbstkasteiung des Aktenlesens fortfahren sollte. Ohnehin dachte ich sowieso die ganze Zeit an Shirin. Warum fuhr ich also nicht zum *Bad* und redete mit ihr?

»He!«, sagte Shirin. Ihr Lächeln hatte etwas Halbgefrorenes.

»He!«, sagte ich. »Wie geht's dir?«

»Gut. Alles okay.«

Ich bestellte ein Bier und als sie es vor mich auf die Theke stellte und immer noch sehr geschäftsmäßig wirkte, fragte ich: »Ist irgendwas?«

»Nein. Aber …«

»Aber was?«

»Georg, ich mag dich. Wirklich. Das heißt nicht, dass du irgendwelche Ansprüche stellen kannst. Es würde mich echt nerven, wenn du jetzt jeden Abend hier herumsitzt und mir bei der Arbeit zuguckst.«

»Na?« Eine schwere Pranke klatschte auf meine Schulter. »Hältst du unsere Thekenfrau von der Arbeit ab?« Hajo schob sich auf den Hocker neben meinem. »Hast du schon irgendwas unternommen wegen dem Kackartikel?«

»Ich war heute im Hafen und habe mit ihnen geredet. Es läuft gut. Ich denke, Anfang nächster Woche können wir den Sack zuschnüren.«

»Das wird Carlo freuen. Er ist heute Abend nicht da. Irgendwas mit seiner Band.«

Da hatte ich ja noch mal Glück gehabt. »Macht nichts. Ich bin sowieso privat hier.«

Hajo schaute von mir zu Shirin. »Verstehe.«

»Siehst du, was ich meine?«, sagte Shirin, nachdem Hajo gegangen war. »Kaum bist du fünf Minuten da, fängt das Getratsche an. Hajo ist eine elende Plundertasche.«

»Plaudertasche.«

Shirins grüne Augen funkelten wütend.

»Okay.« Ich hob die Hand. »Ich geh ja schon, bevor du mich schlägst. Wiedersehen würde ich dich trotzdem gerne.«

»Morgen muss ich auch arbeiten.«

»Ich weiß. Und was ist mit Sonntag?«

»Ich rufe dich an.«

Ich legte drei Mark auf die Theke und rutschte vom Hocker. »Ich bin da und zu allem bereit.«

Dann stand ich draußen und atmete zwischen zwei Zigarillozügen die kalte Nachtluft ein. Es war zu spät, um Akten zu lesen, und zu früh, um zu schlafen.

13

Die zwei Stunden sind um. Die Polizei hat Probleme, gepanzerte Wagen zu beschaffen, so viel habe ich vom letzten Telefonat mitbekommen. Knieriem bleibt ruhig. Aber das bedeutet nicht viel. Kann sein, dass er der Polizei eine Verlängerung gewährt. Ebenso möglich, dass er in einer Viertelstunde die erste Geisel erschießt. Das wäre vermutlich ich.

Wir schwitzen alle, entweder wegen der Hitze oder wegen der Angst. Ein ungesunder Mief, der noch lange in den herumliegenden Kleiderstapeln hängen bleiben wird. Ich wische mir die Stirn trocken. So oder so geht es demnächst zu Ende. Ein tröstlicher Gedanke. Irgendwie.

Knieriem, der auf der Kassentheke sitzt, springt herunter und stolziert durch den Mittelgang. Auftakt zum Finale.

»Hat jemand Lust, mit mir einen kleinen Spaziergang zu machen? Nur mal kurz vor die Tür, frische Luft schnappen. Ist ganz schön stickig hier, oder?« Er schaut sich um. »Na? Freiwillige vor!«

Niemand meldet sich.

»Wenn keiner will, muss ich mir jemanden aussuchen.« Er läuft in die Richtung, die von mir wegführt. Eine Finte, das ist mir klar. Schon dreht er um, kommt auf mich zu. »Wie wäre es denn«, er schaut erst mich an, dann zu Christine, »mit Ihnen, gnädige Frau? Wollen Sie mich begleiten?«

Christine zuckt zusammen. »Ich?«

»Ja. Sie.« Knieriem streckt die Hand aus. »Ich helfe Ihnen auf.«

Christine guckt mich an, ihre Lider flattern.

»Nehmen Sie mich«, sage ich. »Ich melde mich freiwillig.«

»Zu spät, Wilsberg. Das hättest du dir früher überlegen sollen.« Er greift nach Christines Arm und zieht sie hoch.

»Und wenn ich es recht bedenke, bist du auch gar nicht ge-eignet, Wilsberg. Wie sieht das denn aus, wenn ich einem alten Sack wie dir die Pistole an den Kopf halte? Da sagen die bei der Polizei doch nur: Ein bisschen Schwund ist immer, soll er den alten Knacker erschießen. Aber so eine attraktive Frau wie …« Er fasst Christine unters Kinn und drückt ihren Kopf in den Nacken. »Wie heißen Sie?«

»Christine. Christine Lambert.«

»Ah. Eine Französin.«

»Mein Vater ist Franzose. Ich bin in Münster geboren.«

»Wie schön für Sie.« Knieriem lächelt wie ein geliftetes Reptil. »Darf ich bitten?« Er legt ihr die Hand auf den Rücken und schiebt sie vorwärts. »Bis gleich, Wilsberg!«

Ich kann nicht mehr hinsehen und stütze den Kopf in die Hände.

»Ich bin ein verdammter Feigling«, murmelt Thomas. »Warum habe ich mich nicht gemeldet?«

»Das hätte nichts geändert«, antworte ich. »Er hat Christine schon vorher ausgesucht.«

»Warum glaubst du das?«

»Das war alles Show. Er hätte in jedem Fall Christine ge-nommen.«

»Wieso bist du dir so sicher?«

Ich schaue wieder hoch. Knieriem ist mit Christine bereits auf der Treppe nach unten. »Wie gesagt, ich kenne ihn. Eine lange Geschichte. Erzähle ich dir, wenn das alles vorbei ist …«

»Glaubst du wirklich, es geht gut aus? Kann ich mir im Moment nicht vorstellen.«

»Knieriem ist kein Idiot«, widerspreche ich. »Er will das Geld und er will überleben. Tote Geiseln nützen ihm nichts.«

Thomas lässt sich nicht überzeugen. »Klingt für mich nach Wunschdenken. Der Typ ist eiskalt. So jemand ist mir noch nie begegnet.«

»Eben weil er eiskalt ist, handelt er nicht unüberlegt.« Ich nicke Thomas zu und mache ihm und mir selbst Mut. »Christine wird zurückkehren. Glaub mir.«

»Er ist mit ihr draußen!«, ruft Nummer zwei, der wieder am Fenster steht und die Straße vor dem Kaufhaus beobachtet. »Scheiße! Was …?«

»Was ist?« Nummer eins verliert die Nerven. »Nun sag schon!«

»Die Autos.« Nummer zwei lacht hysterisch. »Die Autos kommen.«

Kollektives erleichtertes Stöhnen.

Nummer eins jubelt. »Yeah!«

»Jetzt steigen die Fahrer aus und gehen weg«, kommentiert Nummer zwei im Stil eines Radioreporters. »Und Frank … Was tut Frank denn da?«

Von draußen sind mehrere Schüsse zu hören.

Totenstille.

»Verdammte Scheiße!«, brüllt Nummer zwei.

»Was?«, schreit Nummer eins.

Nummer zwei lacht. »Frank ist cool. Der hat getestet, ob die Wagen wirklich gepanzert sind. Alles okay.«

Einige Geiseln müssen sich übergeben, man hört ihr Würgen. Auch Thomas ist grau im Gesicht. Ich schließe die Augen und konzentriere mich aufs Atmen.

Christine sieht mitgenommen aus, sie ist sehr blass und kann sich kaum auf den Beinen halten.

Knieriem hält sie am Arm fest, er genießt die Situation.

»So, alle mal herhören! Wir machen jetzt einen Ausflug. Und mit *wir* meine ich mich und meine Leute und fünf von euch. Mir ist klar, dass sich niemand um den Job reißt, obwohl wir bestimmt eine Menge Spaß haben werden.« Er zeigt sein Reptilienlächeln. »Sollte es dennoch Freiwillige geben, nur zu. Ich werde sie in die engere Auswahl nehmen. Was ist mit dir, Christine? Wir haben uns ja schon angefreundet, was?«

Sie schüttelt nur den Kopf.

Ich stehe auf und bewege mich langsam auf die beiden zu.

»Wilsberg!« Knieriem wiehert wie eine Lachkonserve. »Warum wundert mich das nicht?«

»Lassen Sie die Frau hier«, sage ich. »Sie sehen doch, dass sie völlig fertig ist. Sie wird Ihnen unterwegs nur Ärger bereiten.«

Knieriem legt die Stirn in skeptische Falten und zeigt erst auf mich und dann auf Christine. »Habt ihr was miteinander? Seid ihr ein Paar?«

»Nein«, sage ich. »Wir sind uns hier zum ersten Mal begegnet.«

Er schaut Christine fragend an.

Sie nickt. »Das stimmt.«

»Gut.« Knieriem lächelt. »Dann nehme ich euch *beide* mit. Damit ihr euch anfreunden könnt.«

Christine schwankt. Ich fange sie auf.

14

Oktober 1989

»Und Sie hatten das Gefühl, dass der Angeklagte lügt?«, fragte ich Kriminaloberkommissar Stürzenbecher.

Der Beamte, ein zur Korpulenz neigender Mann um die vierzig mit gegeltem Haar, hatte zusammen mit seinem Kollegen Hanewinkel die Vernehmungen Frank Knieriems im Polizeipräsidium durchgeführt. Deshalb saß er an diesem Tag auf dem Zeugenstuhl im Gerichtssaal, mittlerweile seit über zwei Stunden. Zuerst hatte er die Fragen von Richter Wilhelm beantwortet, danach die mengenmäßig wesentlich knapper gehaltenen der Staatsanwältin und jetzt war ich an der Reihe.

Stürzenbecher antwortete ruhig und präzise, offensichtlich war er gut vorbereitet. Auch diesmal zögerte er nicht. »Ja.«

»Wieso?«

»Weil er seine Aussage erst in dem Moment änderte, in dem ihm bewusst wurde, dass seine bisherige Version nicht aufrechtzuerhalten war.«

»Sie meinen die Erstaussage, dass er nichts mit dem Verschwinden seiner Freundin zu tun habe?«

Stürzenbecher nickte. »Richtig. Wir hatten genügend Beweise zusammen, um seine Behauptung zu widerlegen.«

»Die Blutspuren auf den Schuhen?«

»Nicht nur die. Es gab Blutspuren im gesamten Eingangsbereich der Wohnung, die wir trotz oberflächlicher Reinigung mit unseren technischen Mitteln sichtbar machen konnten, verblasste Blutflecke auf der bereits gewaschenen Kleidung des Angeklagten, eindeutig dem Opfer zuzuordnende Blutspuren im Kofferraum seines Autos, zusammen mit Kleiderfasern des Opfers, Reste von Walderde an den Autoreifen …«

»Das haben wir alles schon vom Leiter der Kriminaltechnischen Untersuchung gehört«, sagte ich gelangweilt. »Hier geht es mir um Ihre persönliche Einschätzung. Wie sind Sie darauf gekommen, dass der Angeklagte lügt?«

»Erfahrung«, antwortete Stürzenbecher. »Er zog die neue Version aus der Tasche, als hätte ich ihn nach dem Busfahrplan gefragt. Ohne jegliche sichtbare Emotion.«

»Heißt das, wenn er Emotionen gezeigt hätte, wären Sie eher geneigt gewesen, ihm zu glauben?«

Der Kriminaloberkommissar schluckte. Vermutlich den Ärger herunter, den er gerade gegen mich verspürte.

»Schauen Sie sich den Angeklagten an«, bat ich. »Entdecken Sie bei ihm eine Emotion?«

Stürzenbecher drehte sich betont langsam zu Knieriem um. »Nein.«

»Vielleicht liegt das daran, dass Frank Knieriem ein sehr rational handelnder, kaum zu Gefühlen fähiger Mensch ist. Vielleicht sieht man ihm selten *irgendeine* Emotion an.«

»Und vielleicht erklären Sie uns, wohin das führen soll«, schaltete sich der vorsitzende Richter ein. »Zur Schuldfähigkeit werden wir noch das Gutachten der psychologischen Sachverständigen hören. Als Polizist ist Herr Stürzenbecher auf diesem Gebiet kein ausgewiesener Experte.«

»Das erkläre ich gerne«, sagte ich. »Vor gut dreißig Jahren ereignete sich hier in Münster der Fall Rohrbach. Für die ermittelnden Kriminalbeamten stand sehr schnell fest, dass nur Maria Rohrbach die Mörderin ihres Mannes sein konnte, weil sie sich bei den Vernehmungen so auffallend gefühllos verhielt. Obwohl sie bei der Polizei und später im Prozess ihre Unschuld beteuerte, wurde sie aufgrund von Indizien verurteilt. Erst Jahre später stellte sich heraus, dass die wissenschaftlichen Gutachten stümperhaft falsch waren. Die Polizei hatte wegen ihres Vorurteils jedoch versäumt, irgendwelche anderen Spuren zu verfolgen, der wahre Mörder von Hermann Rohrbach konnte daher nie gefasst werden.«

»Vielen Dank für den historischen Exkurs«, sagte Richter Wilhelm. »Ich erinnere mich an den Fall. Allerdings sind die Parallelen zu unserem Prozess sehr überschaubar. Schließlich haben sich die kriminalwissenschaftlichen Methoden seit den Fünfzigerjahren wesentlich verbessert.«

»Keine Frage«, stimmte ich ihm zu. »Nur sind Vorurteile heute noch genauso wirksam wie damals. Ein Mann, der sich angesichts des Todes seiner Freundin unemotional verhält, macht sich automatisch verdächtig. Als der Angeklagte von seinem Spaziergang zurückkehrte und Ulla Hülsken tot in der Wohnung vorfand, reagierte er nicht so, wie es die meisten von uns sicher tun würden: entsetzt, voller Trauer, wütend, verzweifelt. Er handelte rational und überlegte, was passieren würde. Und ihm wurde bewusst, dass man ihn des Mordes verdächtigen würde. Also entschloss er sich, die Leiche zu beseitigen, um von sich abzulenken. Ein schwerer Fehler, das ist unbestritten. Aber alle Beweise, die von der Spurensicherung und den ermittelnden Beamten vorgelegt werden, belegen nur, dass er versucht hat, den Mord zu vertuschen. Sie belegen nicht, dass er den Mord auch *begangen* hat. Und weil die Polizei sehr schnell überzeugt war, den Täter gefasst zu haben, hat sie – ähnlich wie im Fall Rohrbach – versäumt, andere Spuren zu verfolgen.«

»Das ist nicht wahr«, widersprach Stürzenbecher. »Wir sind allen Hinweisen nachgegangen. Wir haben sämtliche Spuren ausgewertet, wir haben zahlreiche Vernehmungen durchgeführt und Alibis überprüft. Es haben sich lediglich keine anderen Verdachtsmomente ergeben.«

Vor Stürzenbecher war am Morgen bereits eine Expertin vom Rechtsmedizinischen Institut der Universität Münster als Zeugin aufgetreten. Die Ärztin hatte die Leiche von Ulla Hülsken obduziert und die Todesursache untersucht. Sehr schwierig sei das nicht gewesen, erklärte die Frau und aktivierte den Beamer, mit dem sie Fotos auf die im Gerichtssaal aufgebaute Leinwand projizierte. Wir sahen den entblößten, von blauvioletten Flecken übersäten Oberkörper der Toten in Total- und Nahaufnahmen. Die Hämatome stammten eindeutig von mindestens zehn kräftigen, prämortal ausgeführten Faustschlägen, erläuterte die Rechtsmedizinerin, tödlich seien diese nicht gewesen. Ein Klick und das nächste Foto erschien. Eine Ansicht vom Hinterkopf der Leiche mit blut- und erdverschmierten Haaren. »Als Todesursache kommt primär diese Verletzung infrage. Ein Schädel-Hirn-Trauma, verursacht durch einen Schlag mit einem stumpfen Gegenstand.«

Nach der Rechtsmedizinerin hatte der Leiter der KTU, der Kriminaltechnischen Untersuchung, einer Spezialabteilung des münsterschen Polizeipräsidiums, ausgesagt. Wieder sahen wir Fotos, diesmal vom Tatort, von der Kleidung des Angeklagten, vom Inneren seines Autos, von der Ausgrabungsstelle im Boniburger Wald. Der Spurenspezialist lieferte viele schlüssige Erklärungen, die die These von der Täterschaft Knieriems untermauerten. Nur eine Sache fehlte. Die darauf abzielende Frage hatte ich dem KTU-Leiter nicht gestellt. Ich hatte sie mir aufgehoben. Um sie jetzt Kriminaloberkommissar Stürzenbecher zu stellen.

»Herr Stürzenbecher, wenn ich Sie recht verstehe, sind Sie der Überzeugung, dass die Indizienkette ausreicht, um die Täterschaft des Angeklagten zu beweisen.«

Stürzenbecher schaute mich mit kalten Augen an. »Nicht nur ich bin dieser Überzeugung, auch die Staatsanwaltschaft ist es, sonst hätte sie keine Anklage erhoben.«

»Richtig.« Ich nickte. »Die Staatsanwältin hat sich Ihrer Meinung angeschlossen.« Ich ließ das einen Moment stehen. »Dann erklären Sie mir doch eines: Wir haben heute Morgen von der Rechtsmedizinerin gehört, dass Ulla Hülsken mit einem stumpfen Gegenstand erschlagen wurde. Mit dem berühmten stumpfen Gegenstand, der in solchen Situationen als

Tatwaffe verwendet wird. Um welchen Gegenstand handelt es sich eigentlich?«

»Das wissen wir nicht.«

»Ach«, tat ich erstaunt, »Sie wissen es nicht. Und wieso nicht?«

»Weil wir ihn nicht gefunden haben.«

»War der Gegenstand aus Holz? Oder aus Metall?«

»Das konnte bei der Obduktion nicht festgestellt werden.«

»Hm«, machte ich. »Das ist merkwürdig, oder? Sie haben die Wohnung auf den Kopf gestellt, um ihn zu finden, nehme ich an?«

»Natürlich. Und nicht nur die Wohnung. Wir haben überall danach gesucht.«

»Und die Tatwaffe nicht entdeckt?«

»Nein«, sagte Stürzenbecher, nun doch ein wenig gereizt.

»Ist das nicht ein Indiz, das den Angeklagten entlastet?«

»Keineswegs«, widersprach der Polizist. »Der Angeklagte hatte genügend Zeit, um die Tatwaffe verschwinden zu lassen. Er kann sie vergraben, verbrannt, in eine fremde Mülltonne gesteckt oder im Aasee versenkt haben, sodass wir sie wahrscheinlich niemals finden werden.«

»Oder eine andere Person hat Ulla Hülsken erschlagen und die Tatwaffe mitgenommen«, sagte ich.

Stürzenbecher guckte genervt.

Nach dem Ende des Prozesstags begleitete ich Knieriem, der von zwei Justizwachtmeistern eskortiert wurde, zum Transporter, der ihn zurück in die JVA bringen sollte.

»Nicht schlecht, Wilsberg«, lobte Knieriem mich. »Wie Sie diesen Stürzenbecher in die Mangel genommen haben, alle Achtung.«

Ich gab mich bescheiden. »Ein kleiner Pluspunkt. Die Sache mit der Tatwaffe sät ein paar Zweifel, aber das wird nicht reichen.«

»Mir ist da übrigens was eingefallen«, sagte Knieriem. »Bei meinem Spaziergang, Sie wissen schon …«

Ich war ganz Ohr. »Sie erinnern sich an etwas?«

»Ja. Auf der Promenade. Da bin ich einer alten Dame mit einem kleinen Hund begegnet. Dackel oder so was, das Vieh hat an meiner Hose geschnüffelt.«

»Die alte Dame hat Sie also bemerkt?«

»Vermutlich. Ja.«

»Können Sie die Frau beschreiben?«

»Nicht wirklich. Ziemlich klein, ziemlich runzlig, wie alte Frauen eben so sind.«

»Was hatte sie an?«

»Weiß ich nicht mehr.«

»Trug sie eine Brille?«

»Ich glaube nicht.«

»Haarfarbe?«

»Grau. Oder blond. Also graublond.«

»Warum fällt Ihnen das erst jetzt ein?«

Knieriem stöhnte. »Keine Ahnung. Letzte Nacht, als ich nicht schlafen konnte, hatte ich plötzlich dieses Bild vor Augen. Von dem Köter, der auf mich zuläuft.«

Wir hatten den Gefangenentransporter erreicht. Die Justizwachtmeister schoben Knieriem ins Innere.

»Machen Sie was draus, Wilsberg!«, rief Knieriem noch.

Dann fiel die Wagentür zu und der Transporter setzte sich in Bewegung.

Eine alte Frau mit Hund. Davon gab es in Münster garantiert viele. Nicht mitgerechnet die alten Damen aus Warendorf, Coesfeld oder Steinfurt, die gelegentlich nach Münster kamen, um im Dom zu beten oder Verwandte zu besuchen, und dabei ihren Hund an der Leine führten.

Shirin war an diesem Tag nicht beim Prozess gewesen, dringende Unitermine hatten sie abgehalten. Stattdessen wollte sie am Abend bei mir kochen, ein persisches Gericht aus ihrer Heimat, die Zutaten würde sie selbst mitbringen, hatte sie angekündigt. Ich musste mich nur um die Getränke kümmern und vorher vielleicht noch ein bisschen aufräumen und putzen.

Nach meinem Debakel im *Bad* hatte zwischen Shirin und mir knapp zwei Tage Funkstille geherrscht. Erst am Sonntag gegen Mittag rief sie an. Gut gelaunt, als hätte es nie eine Missstimmung gegeben, schlug sie einen gemeinsamen Spaziergang vor, irgendwas mit Natur, ich solle die Strecke aussuchen, in Münsters Umgebung würde ich mich sicher besser auskennen als sie.

Wir fuhren zum Venner Moor, einem der Klassiker unter den Ausflugszielen. Zwischen Sumpf und Farnen hatten wir über alles Mögliche geredet, nur nicht über das, was am Freitagabend passiert war. Wahrscheinlich musste ich mich einfach damit abfinden, dass es Bereiche in Shirins Leben gab, die sie nicht mit mir teilen wollte.

Gegen neunzehn Uhr sah meine Wohnung einigermaßen vorzeigbar aus, auch die Küche entsprach wieder den Mindestvorschriften der Hygieneverordnung. Schon erstaunlich, wie viel Dreck sich ansammelt, wenn ein einzelner, allein lebender Mensch wegen Arbeitsüberlastung wochenlang das Putzen versäumt. Jetzt konnte Shirin kommen. Und sie kam, pünktlich wie immer.

Es gab Safranreis mit gebratenem Hühnchen, Linsen und Kräutern, die unaussprechliche Namen trugen und noch nicht das Gewürzregal eines mittelprächtig sortierten deutschen Supermarkts erreicht hatten, sondern auf verschlungenen Wegen über befreundete Iranreisende in Shirins Hände gelangt waren. Irgendwann in nicht allzu ferner Zukunft, wenn meine wohlhabende, gourmetaffine Kreuzviertelnachbarschaft den Geschmack entdeckt hatte, würden sie sicher zur Standardausstattung jeder Akademikerküche gehören. Die deutschen Sannyasins hatten es schließlich auch bis Indien geschafft, warum sollten Gewürze aus Indien, Iran und Afghanistan nicht den umgekehrten Weg antreten?

»Es schmeckt köstlich«, sagte ich. »Ein bisschen scharf, aber nicht zu scharf.«

Shirin lachte. »Das Originalrezept *ist* scharf. Ich kenne inzwischen die mitteleuropäische Empfindlichkeit. Meine Mitbewohnerinnen jammern immer, wenn es ›zu hot‹ ist, also nehme ich von allen Gewürzen nur die Hälfte.«

»Und wo hast du das gelernt?«

»Von meiner iranischen Oma. Manchmal habe ich die Ferien bei ihr verbracht, wenn meine Eltern ins Ausland reisen wollten.« Sie schaute mich an. »Und wie war dein Tag?«

»Gar nicht mal so schlecht.« Ich erzählte von meinem Achtungserfolg bei der Zeugenbefragung. »Und das ist noch nicht das Beste. Knieriem hatte eine Eingebung.«

»Wie jetzt?«

»Ihm ist eingefallen, dass er zur Tatzeit einer alten Frau mit Hund begegnet ist.«

»Das ist gut, oder? Ich meine, für dich.«

»Falls ich die alte Dame finde, ja. Die Betonung liegt auf *falls*.«

Shirin blickte zum Schlafzimmer. »Das müssen wir feiern. Hast du Lust?«

Hatte ich.

Später, die Sonne war schon untergegangen, ich hatte eine meiner Lieblingsplatten von den Allman Brothers aufgelegt und das matte Licht der Stehlampe schimmerte auf ihren nackten Brüsten, sagte Shirin: »Wie wäre es, wenn ich dir helfe?«

»Helfen wobei?«

»Die alte Dame mit dem Hund zu finden. Ich könnte abends über die Promenade laufen und alle Hundebesitzerinnen anquatschen.«

»Das würdest du tun?«

»Es wäre ein Job, oder? Hast du kein Budget für so was?«

»Eigentlich nicht. Vielleicht hat Knieriem noch was auf dem Konto.«

»Ich verlange auch nicht viel. Zehn Mark die Stunde?« Shirin drehte sich auf die Seite. »Das ist ein fairer Preis, finde ich. Und wir könnten noch mehr Zeit miteinander verbringen. Als deine Mitarbeiterin müsste ich dir doch regelmäßig Bericht erstatten.«

»Stimmt«, sagte ich. »Das könnten wir ganz zwanglos handhaben. Hier im Bett zum Beispiel.«

»Nur, wenn du mal was anderes als diesen altmodischen Südstaatenrock auflegst. Hast du nichts Aktuelleres?«

»Wie findest du *Layla* von Eric Clapton und Derek and the Dominos?«

Shirin machte einen kehligen Laut. »Du bist echt alt, Georg.«

15

Wir fahren. Richtung Norden, auf der B 54. Die führt bis Gronau und dann weiter in die Niederlande. Oder zur A 31, auf der man nach Ostfriesland kommt. Wohin die Reise geht, verrät Knieriem nicht. Christine und ich sitzen auf der zweiten Bank, hinter uns hockt Nummer zwei, eine Pistole in der Hand und Gefährlichkeit ausschwitzend. Den Platz hinter dem Lenkrad nimmt Nummer eins ein, neben ihr sitzt Knieriem. Das Auto ist ein aufgemotzter Mercedes-Geländewagen, tonnenschwer, ein halber Panzer, wahrscheinlich nur durch eine Granate aufzuhalten. Baugleich mit dem Fahrzeug hinter uns, in dem Nummer drei und Nummer fünf zusammen mit Thomas Marder und einem Paar mittleren Alters folgen. Thomas hat sich freiwillig gemeldet, das Paar wurde von Knieriem ausgesucht. Anschließend ging es nicht sofort nach unten und zu den Wagen, sondern erst einmal in die Umkleide. Wir mussten die gleichen schwarzen Uniformen und Masken anziehen, die auch die Geiselnehmer trugen, was es der Polizei erschwerte, zwischen Tätern und Opfern zu unterscheiden. Um die Maskerade komplett zu machen, bekamen wir sogar Maschinenpistolen umgehängt. Ohne Munition, das hätte Knieriem gar nicht betonen müssen, unwahrscheinlich, dass einer von uns auf die Idee verfallen wäre, es auszuprobieren. »Besser, ihr spielt überhaupt nicht an den Waffen herum«, riet uns Knieriem noch, »die Polizei könnte das missverstehen und denjenigen abballern. Das wollen wir doch nicht, oder?«

Niemand wurde erschossen. Wir liefen im Pulk zu den Wagen, stiegen ein und fuhren los, durch die menschenleere, weiträumig abgesperrte münstersche Innenstadt. So waren wir zügig auf die Steinfurter Straße und von dort aus auf die B 54 gelangt. Inzwischen werden wir von Polizeiautos begleitet, die vor und hinter uns fahren, außerdem kreist über uns ein Hubschrauber. Knieriem scheint das nicht zu stören, er liegt entspannt in seinem Sitz und schaut sich auf dem Smartphone Videos über die Geiselnahme an, die er abfällig oder ironisch kommentiert, je nachdem, für wie kompetent oder lächerlich er die Berichte hält.

Ich drücke unauffällig Christines Hand. Nach dem Schock der Schießerei auf der Straße hat sie sich ganz gut gefangen, sie zittert nicht mehr und hat wieder etwas Farbe im Gesicht. Christine nimmt einen Schluck Wasser aus der Plastikflasche, die wir von Nummer eins als Proviant erhalten haben, sieht aus dem Fenster und lächelt ganz kurz.

Nicht kurz genug.

»Ich wusste, dass zwischen euch was läuft«, sagt Knieriem. Er guckt immer noch auf sein Handy, anscheinend verfügt er über einen Rundumblick, dem nichts entgeht, nicht einmal in seinem Rücken.

Ich lasse Christines Hand los.

»Wie wollen Sie eigentlich die Polizei abschütteln?«, frage ich, weil es mir sinnvoll erscheint, das Thema zu wechseln.

»Gar nicht. Die dürfen ruhig wissen, wo wir hinfahren.«

»Und dann?«

»Tja, Wilsberg, das wüsstest du wohl gerne.« Knieriem dreht sich zu uns um. »Vielleicht gibt's ja den großen Showdown.«

»Glaube ich nicht«, sage ich. »Sie haben nicht zehn Millionen Euro verlangt, bloß um sie einem Tierheim zu schenken oder ein paar abgedrehte rechte Spinner damit glücklich zu machen – das Geld wollen Sie selber ausgeben. Und dafür müssen Sie der Polizei entkommen.«

Knieriem zeigt sein Reptiliengrinsen. »Wie kannst du so was behaupten, Wilsberg? Es geht mir immer nur um die Sache. Nicht wahr, Jen?«

»Ja, Frank«, sagt Nummer eins. Sie trägt eine verspiegelte

Sonnenbrille und verzieht keine Miene, sodass ich nicht beurteilen kann, wie ernst die Antwort gemeint ist.

»Ein Narzisst wie Sie kennt nur eine Sache, für die es sich lohnt, sich zu engagieren«, sage ich. »Das ist Ihr Scheißbedürfnis nach Macht und Anerkennung.«

Nun drückt Christine meine Hand, kurz und kräftig, als Warnung. Ich nicke, weiter werde ich nicht gehen.

Knieriem winkt ab. »Psychogequatsche. Das hat mich schon im Gefängnis nicht beeindruckt.«

»Sie haben eine Therapie absolviert?«

Er gluckst. »Aus Spaß. Ich wollte sehen, was die Psychotante draufhat. Und weil es so verdammt langweilig im Gefängnis ist. Nach vier oder fünf Sitzungen hat sie gemerkt, dass ich sie verarsche. Da ist sie zickig geworden. Aus war's mit der abgeklärten Frau Doktor. Ganz ehrlich, Wilsberg? Wütend gefiel sie mir gleich besser. Ich hätte glatt Bock gehabt, sie in meine Zelle mitzunehmen, auf ein Stündchen oder so, nur wir zwei. Leider hatten die Schließer was dagegen.«

»Und die Frau Doktor vielleicht auch«, wende ich ein.

Knieriem lacht. »Täusch dich nicht, Wilsberg. Insgeheim stehen diese Akademikertussis auf stinkende, brutale Kerle wie mich.«

»Boah, Frank!«, sagt Nummer eins und verzieht nun doch ihr hageres, sommersprossiges Gesicht unter den gelben Haaren.

Hinter uns lacht sich Nummer zwei schlapp.

»Was denn, Jen?«, sagt Knieriem. »Ich hab oft genug erlebt, wie mich diese Brillenschlangen anhimmeln.«

»Du hast selber mal studiert«, gibt Nummer eins zurück. »Schon vergessen?«

»Aber nie ernsthaft. Die Streber an der Uni fand ich immer zum Kotzen.«

Wir erreichen die Auffahrt zur A 31. Rechts auf dem Standstreifen wartet ein Polizeiwagen mit eingeschaltetem Blaulicht unsere Entscheidung ab. Nummer eins setzt den Blinker. Es geht auf die Autobahn.

»Also nicht die Niederlande, sondern Ostfriesland?«, starte ich einen neuen Versuch.

Knieriem kichert. »Kennst du dich da aus?«

»Ein bisschen. Von Münster bis Norddeich Mole sind's ja nur gut zwei Stunden mit der Bahn.«

»Wart's ab, Wilsberg.« Knieriem widmet sich wieder seinem Smartphone. Die Audienz ist beendet.

16

Oktober 1989

»Du begleitest mich«, sagte Carlo Ponti.

»Ich glaube nicht, dass das nötig ist«, widersprach ich. »Es ist so weit alles geklärt und ich muss dringend …«

»Papperlapapp«, unterbrach Ponti mich. »Du kannst mich nicht mit den Seegers allein lassen – wofür bezahle ich dir so ein Schweinemoos?«

»Das sind übrigens nicht nur Männer, die besetzen ihre Arbeitsstellen paritätisch, habe ich gehört.«

»Umso besser, mit Kalinen komme ich klar. Also, Schorsch, in einer halben Stunde im Hafen.«

»Carlo?«

Tuten, Ponti hatte aufgelegt. Ich warf den Hörer auf den Schreibtisch. Der Typ war wirklich eine Landplage. Zum Glück hatte Sigi bei der Rechnungsstellung die Gebührenordnung voll ausgeschöpft.

»Was ist los?«, rief Sigi aus dem Nebenraum, die Tür stand offen. »Nervt mein Ex?«

»Gewaltig.« Ich erhob mich und schnappte mein Jackett vom Kleiderhaken. »Er will, dass ich ihm beim Interview mit den Magazinleuten den Rücken stärke. Als wäre es so schwierig, ein paar Fragen zu beantworten. Die reinste Diva.«

»Manchmal wundere ich mich selber über meinen Männergeschmack«, sinnierte Sigi laut. »Obwohl, das mit Carlo Ponti war wirklich sehr schnell zu Ende, quasi bevor es richtig angefangen hatte.«

»Ich gehe zu Fuß«, verkündete ich. »Dann kann ich unterwegs ein bisschen über den Knieriem-Fall nachdenken.«

»Der nächste Verhandlungstag ist doch erst übermorgen.«

»Er ist *schon* übermorgen«, sagte ich. »Und ich habe immer noch nichts in der Hand.«

»Du hast eine alte Frau mit Hund.«

»Die sich ein halbes Jahr lang nicht bei der Polizei gemeldet hat. Für wie wahrscheinlich hältst du es, dass wir sie finden?«

»*Wir?*« Sigi runzelte die Stirn. »Ich bin nicht dabei, falls du darauf hoffst.«

»Ich rede von mir und meiner Assistentin.«

»Du hast eine Assistentin? Interessant.« Sie schaute mich erwartungsvoll an. »Ist es die, von der ich annehme, dass sie es ist?«

»Ja.«

»Und wann stellst du sie mir mal vor?«

»Sobald sich die Gelegenheit ergibt.« Ich machte mich aus dem Staub, bevor Sigi weitere Fragen stellen konnte.

Weil sein Oldtimer für eine Parkbucht viel zu breit war, parkte Carlo Ponti auf gleich zwei Privatparkplätzen, an denen Schilder mit Piktogrammen von abgeschleppten Autos abschreckend wirken sollten. Was bei Ponti nicht gelungen war.

Als er mich sah, stieg er aus und schüttelte seine lange Mähne. »Da bist du ja, Schorsch, flott wie immer.«

Ich zeigte auf die Schilder. »Du solltest dir lieber einen legalen Parkplatz suchen.«

»Legal, illegal, scheißegal.« Ponti stakste in seinen Cowboystiefeln zur Haustür. »So eine Karre wie meine lässt niemand abschleppen. Die dürfen sich geehrt fühlen, dass ich das Schmuckstück bei ihnen abstelle.«

Am oberen Ende der Treppe erwartete uns Willi Wühlich.

»Mensch, Willi, du alter Heino.« Ponti boxte Wühlich spielerisch vor die Brust. »Wie kannst du mir so einen Ärger bereiten? Wie lange kennen wir uns …?«

»Ich habe den Artikel nicht selber geschrieben«, verteidigte sich Wühlich, »aber …«

»Weiß ich doch, du Seeger.« Noch ein Boxhieb, dann marschierte Ponti weiter. »Hey, ihr habt eine coole Location.«

Er schnalzte. »Der Hafen ist im Kommen, sag ich schon seit Jahren. Eigentlich müsste ich mir hier auch was zulegen.«

»Hier entlang«, sagte Wühlich und geleitete uns in den Konferenzraum, den ich schon kannte.

Diesmal hatten sich bereits alle versammelt, auch Kaffee, Wasser und Tabakwaren standen bereit. Entweder hatte seit meinem letzten Besuch ein Effizienz-Workshop stattgefunden – oder Carlo Ponti war einfach wichtiger als ich. Bei den anwesenden Magazinleuten handelte es sich um die bewährte Runde. Christian, Rainer und Gabi waren wieder dabei, nur Karin fehlte, dafür nahm eine Praktikantin namens Stefanie teil, die sofort Pontis Wohlwollen erregte.

»Also gut«, sagte ich, als der Small Talk verebbte, »wir alle wissen, um was es geht. Ich schlage daher vor, dass wir mit dem Interview beginnen. Meine Bitte ist, bei allen Äußerungen im Hinterkopf zu behalten, dass wir einen Rechtsstreit vermeiden wollen. Ich plädiere dringend dafür, auf Provokationen und gegenseitige Vorwürfe zu verzichten.«

»Gibt es eine Liste von Fragen, die wir nicht stellen dürfen?«, fragte Rainer spöttisch.

»Nein«, sagte ich schnell, damit Ponti keine Gelegenheit erhielt, sich aufzuregen. »Sie dürfen alles fragen. Es geht mir eher um den Ton und die Bereitschaft, die Position des jeweils anderen zu akzeptieren.«

»Lass mich mal was klarstellen, Schorsch«, sagte Ponti. »Vielleicht wissen ja nicht alle, woher ich stamme.«

»Ich glaube, das ist allen Beteiligten bekannt.«

Ponti hob einen Arm, um zu demonstrieren, was er von meinem Einwand hielt, nämlich nichts. Gleichzeitig lächelte er die Praktikantin an. »Meine Familie lebt in Kattenvenne. Ein kleines Kaff, nicht die große Welt. Mein Vater war Schweinezüchter, auf die altmodische Art, Antibiotika, Mastfutter, das volle Programm. Und wenn's nach ihm gegangen wäre, hätte ich den Hof übernehmen sollen. Ich hab gleich gesagt: ›Nee, mach ich nicht, das ist nicht mein Ding.‹ Ich wollte da raus, schon immer, seit ich mich erinnern kann. Mit zwölf habe ich mir ein gebrauchtes Schlagzeug zusammengespart. Das habe ich im Schweinestall aufgestellt. Die Schweine mochten meine Musik, ehrlich. Die waren total happy. Mein Vater zuerst nicht – bis er merkte, dass die Schweine schneller fett werden, wenn ich für sie spiele.« Ponti schaute in die Runde. »Versteht ihr? Ich komme von ganz unten, ich bin nicht mit einem goldenen Löffel im Mund aufgewachsen. Ich hab mich hochgekämpft. Das, was ich heute besitze, habe ich mir selbst aufgebaut. Stück für Stück. Wie ihr. Und deswegen finde ich das gut, was ihr hier macht. Respekt. Und glaubt mir, ich bin für Love, Peace und Brotherhood, ich bin einer von euch. Und jetzt stellt eure Scheißfragen!«

Ein Eingangsstatement zum Herzerweichen. Entsprechend höflich und nett waren dann auch die Fragen, die gestellt wurden. Sie boten Ponti die Chance, seine Qualitäten zu betonen, über die Entstehungsgeschichte und die aktuelle Entwicklung des *Bad* zu reden und eine Menge Namen fallen zu lassen. Wen er alles kannte, mit wem er schon mal auf der Bühne gestanden hatte und wer ihn unbedingt bei seinen Studioaufnahmen dabeihaben wollte. Die Sache mit dem Oberbürgermeister und der CDU wurde thematisiert, aber nur, um von Ponti postwendend zu einem großen Missverständnis erklärt zu werden. Irgendwann hörte ich nur noch mit halbem Ohr zu und beschäftigte mich im aktiven Teil meines Gehirns mit anderen Themen, mit der Art meiner Beziehung zu Shirin zum Beispiel oder allgemeinen Fragen des Zeitmanagements – am nächsten Tag stand nämlich die Urteilsverkündung im Tierbefreierprozess auf dem Programm, eine weitere Ablenkung vom Knieriem-Fall, die mir gar nicht in den Kram passte.

Ein vorwurfsvoller Unterton in Pontis Stimme brachte mich in die Gegenwart zurück. »Schorsch?«

»Ja?«

»Bist du noch bei uns, oder was?«

Die belustigten Mienen der Magazinleute ließen darauf schließen, dass ich etwas verpasst hatte. »Ich höre zu.«

»Und was sagst du zu meiner Frage?«, bohrte Ponti hinterhältig.

Welche Frage?

»Äh …«, machte ich. »Könntest du sie noch mal wiederholen?«

Allgemeines Gelächter.

Nur Ponti guckte böse. »Von einem Consigliere erwarte ich ein bisschen mehr Aufmerksamkeit.«

»Wir sind ja nicht bei der Mafia. Wie war die Frage?«

»Ob ich hier und jetzt Werbeanzeigen fürs *Bad* in Auftrag geben darf. Oder ob man mir deswegen Bestechung anhängen kann.«

»Bestechen kannst du sowieso nur jemanden, der in irgendeiner Form für den Staat tätig ist. Und wenn du die Anzeigen nicht an die Bedingung knüpfst, dass das Interview in deinem Sinne ausfallen muss, ist auch moralisch nichts dagegen einzuwenden.«

»Das wollte ich hören, Schorsch.« Ponti stand auf und gab allen die Hand, besonders ausgiebig schüttelte er die der Praktikantin. »Hat mich sehr gefreut. Schau mal vorbei, im *Bad*, meine ich, auf 'nen Drink oder so.«

Die Praktikantin schien nicht übermäßig beeindruckt zu sein, aber das kriegte Ponti gar nicht mehr mit, er war schon auf dem Weg nach draußen.

»Nur fürs Protokoll«, sagte ich, »das Interview muss vor der Drucklegung autorisiert werden. Also bitte jeweils ein Fax an Carlo und an mich.«

Vor dem Haus wartete Ponti mit verschränkten Armen. »Was war das für eine Scheiße, Schorsch? Das stellst du mir doch nicht in Rechnung, oder?«

»Tut mir leid«, sagte ich. »Ich habe im Moment eine Menge

um die Ohren. Wichtig ist das Ergebnis. Außerdem habe ich die Sache eingefädelt. Was denkst du, warum die alle so freundlich zu dir waren?«

Ponti grinste und klatschte mir eine Pranke vor die Schulter. »War nur Spaß, Schorsch. Ist super gelaufen. Wie fand'st du denn die Nummer mit dem Schweinezüchter?«

»Die war erfunden?«

»Natürlich. Kattenvenne stimmt, mein Vater war allerdings Lehrer am Gymnasium. Und von wegen Schlagzeug, mein alter Herr hat mich zum Klavierunterricht gezwungen. Zum Glück, muss ich sagen, heute bin ich ihm dankbar dafür.«

Wir schlenderten zum Parkplatz.

»Wär blöd, wenn das auffliegt«, bemerkte ich.

»Wie denn? Meinst du, die fahren nach Kattenvenne und fragen rum?« Plötzlich blieb Ponti stehen. »Scheiße, scheiße, scheiße!«

Jetzt sah ich es auch: Sein Oldtimer war weg, auf den beiden Parkplätzen standen andere Autos.

»Sind die verrückt geworden?«, fluchte Ponti. »Was ist das für ein Dreck?«

»Ich kann dich leider nicht mitnehmen«, sagte ich, »ich bin zu Fuß da. Aber vom Hansaring fährt ein Bus.«

Als ich in die Kanzlei kam, saß Mieze auf einem der Besucherstühle. Ohne Matze.

»Ich habe gesagt, dass du keine Zeit hast«, verteidigte sich Sigi. »Trotzdem wollte er unbedingt auf dich warten.«

»Was gibt's denn so Dringendes, Herr Buschmann?«, fragte ich.

»Ich hab so'n Wisch vom Gericht gekriegt, dass ich da antanzen soll.«

»Ein Verhandlungstermin?«

»Ich schätze, ja.«

»Dann folgen Sie mir.« Ich öffnete die Tür zu meinem Büro

und ließ ihn auf dem Stuhl vor dem Schreibtisch Platz nehmen. »Zeigen Sie mir den Brief.«

Er fummelte ein mehrfach zusammengefaltetes, mit Fett- und anderen Flecken übersätes Schreiben aus dem Inneren seiner Lederjacke und schob es mir über den Schreibtisch.

Ich bekam einen Schreck. »Das ist ja schon übernächste Woche.«

»Na ja.« Er rutschte auf dem Stuhl herum. »Es lag bei meinen Eltern. Schon 'ne ganze Weile. Ich bin da offiziell gemeldet.«

»Und Ihre Eltern haben Sie nicht informiert?«

Er knetete seine Hände. »Wir haben nicht den besten Draht.«

»Okay.«

Mieze zeigte auf das Schreiben. »Und was heißt das jetzt?«

»Dass Sie vom Angeschuldigten zum Angeklagten geworden sind.«

Er guckte mich verständnislos an. »Häh?«

»Dass das Gericht die Vorwürfe für ausreichend hält, um ein Hauptverfahren gegen Sie zu eröffnen.«

»Sie meinen, ich werde verknackt?«

»Nein, das meine ich nicht«, sagte ich. »Erst einmal muss ja Ihre Schuld bewiesen werden. Wie sieht's eigentlich mit Vorstrafen aus?«

»Als Jugendlicher habe ich mal geklaut.«

»Das ist verjährt.«

Mieze überlegte. »Ich bin bei einer Alkoholkontrolle erwischt worden. Und unser Nachbar hat uns wegen Ruhestörung angezeigt.«

»Hat jemand einen Schaden erlitten? Gab es Gerichtsverfahren?«

»Nein. Nur Punkte in Flensburg und eine Geldstrafe.«

»Das zählt nicht.« Ich strich über das zerfledderte Schreiben. »Nach meiner Einschätzung müssen Sie schlimmstenfalls mit einer Bewährungsstrafe rechnen, wahrscheinlicher ist eine Geldstrafe. Aber, wie gesagt, noch ist alles offen. Das Gericht muss sich nicht zwangsläufig der Auffassung der Staatsanwaltschaft anschließen. Wir könnten argumentieren, dass Sie vor lauter Lebensfreude Mehl in die Luft geworfen und dabei zufällig den Polizisten getroffen haben. Und was Sie dann später zu ihm gesagt haben, ist Ihnen so rausgerutscht, weil Sie wegen der überharten Festnahme unter Schmerzen litten.«

Mieze schaute mich mit großen Augen an. »Genau so war's.«

»Sehen Sie? Das ist die eine Möglichkeit. Die andere …«

»Gibt's noch eine?«, fragte Mieze.

»Ja. Ich könnte mit der Staatsanwaltschaft reden und einen Strafbefehl aushandeln. Dann kämen Sie ohne Prozess und Prozesskosten davon. Allerdings müssten Sie Ihre Schuld anerkennen und eine Strafe zahlen.«

Mieze dachte nach. »Ich nehme das Erste.«

»Sehr schön.« Ich gab ihm die Hand. »Dann sehen wir uns demnächst vor Gericht.«

Nachdem Mieze gegangen war, schlenderte ich zu Sigi hinüber. »Sag mal, wir haben uns doch in der Strafsache Michael Buschmann bei Gericht gemeldet – wieso haben wir da nichts erhalten?«

»Haben wir.« Sigi zog eine Schublade auf und holte einen dicken Umschlag heraus. »Ich wollte dich nicht damit behelligen, du hast so einen gestressten Eindruck gemacht.«

»Na toll«, maulte ich. »Die Verhandlung ist schon übernächste Woche. Und bis dahin muss ich mir eine Verteidigungsstrategie überlegen.«

»Oh.«

»Das habe ich auch gedacht.« Ich nahm ihr den Umschlag ab. »Falls ich wieder mal in Versuchung gerate, einen neuen Fall zu übernehmen, halt mich bloß davon ab.«

Sigi nickte. »Versprochen. Aber du darfst dich dann nicht

bei mir beschweren. Übrigens hat die Mutter der Tierbefreierin wieder angerufen. Sie möchte noch vor der Urteilsverkündung mit dir reden.«

»Abgelehnt«, entschied ich. »Ich treffe sie morgen im Gericht. Das ist früh genug.«

»Werde ich ihr ausrichten.«

»Nein, sag ihr … Ach, egal, sag ihr, was du willst.« Ich wandte mich ab und zog die Akte aus dem Umschlag. »In der nächsten Stunde …«

»Keine Anrufe«, ergänzte Sigi. »Außer von deiner Assistentin?«

»Genau.« Ich schloss die Tür hinter mir und widmete mich den Ermittlungen, die Polizei und Staatsanwaltschaft gegen Michael Buschmann alias Mieze angestrengt hatten. Und nach einer Weile hatte ich eine Idee, wie ich das Verfahren zu Miezes Gunsten drehen könnte.

Den Abend verbrachte ich allein zu Hause. Nicht ganz allein, denn Frank Knieriem war allgegenwärtig. Auf allen freien Flächen im Wohnzimmer einschließlich des Fußbodens lagen Protokolle und Berichte herum, in denen ich nach Querverweisen und Widersprüchen suchte. Und wenn ich mal eine Pause vom drögen Amtsdeutsch machte, fragte ich mich, warum sich Shirin nicht meldete. Ich rief bei ihrer WG an, es nahm niemand ab. Vielleicht hatte sie ihre Mitbewohnerinnen in die Suche nach der alten Dame mit Hund eingespannt.

Auch am nächsten Morgen wartete Shirin nicht vor dem Saal des Amtsgerichts auf mich.

Dafür die komplette Familie Conradi, von der mich Mutter Cordula als Erste entdeckte. »Herr Wilsberg! Wieso rufen Sie nicht zurück, wenn ich Sie darum bitte?«

»Guten Morgen«, sagte ich. »Es tut mir sehr leid, aber zurzeit nehmen mich andere Fälle stark in Anspruch. Und in

Ihrer Sache können wir nichts mehr beeinflussen, wir müssen einfach das Urteil abwarten.«

»Wer redet denn von *beeinflussen*?«, meckerte Cordula Conradi. »Wir möchten, dass Sie uns in dieser schwierigen Situation *unterstützen*. Meine Tochter leidet.«

Ich fand, Julia Conradi sah so trotzig aus wie immer. Dazu passte ihr geknurrtes »Mama!«.

Ich zog meine Robe aus der Tasche. »Ich kann Ihnen nur in juristischer Hinsicht beistehen, für alles andere sind Sie selbst wesentlich kompetenter.«

Mutter Cordula stemmte die Hände in die Hüften und schnappte nach Luft. »Also …«

»Nun lass gut sein«, sagte Vater Walter müde.

Kurz darauf begann die Urteilsverkündung. Wir standen auf, als der Richter und die beiden Schöffen einzogen, und setzten uns wieder, als sie sich setzten. Gerade rechtzeitig erschien auch Shirin, offensichtlich gut gelaunt winkte sie mir zu. Fast hätte ich den entscheidenden Moment verpasst, der Richter listete bereits die Strafen auf, Julia Conradi kam mit zwölf Monaten auf Bewährung davon. Innerlich atmete ich auf, zwölf Monate waren kein Freispruch, aber auch keine Katastrophe, das doppelte Strafmaß ohne Bewährung wäre genauso gut möglich gewesen. Julia sah das anders. Ihr einziger Kommentar lautete: »Sauerei.«

Im Anschluss redete der Richter fast eine Stunde. In seiner Begründung folgte er zunächst der Argumentation der Staatsanwaltschaft und hielt den Vorwurf des Bandendiebstahls für erwiesen. Erst danach beschäftigte er sich mit der Motivation der Angeklagten, an der er weniges lobenswert und vieles kritikwürdig fand. Tierschutz schön und gut, doch die Natur sich selbst zu überlassen, auf Medikamententests an Tieren, auf Viehzucht, Milchproduktion und Jagd zu verzichten, wie einige Angeklagte gefordert hatten, die zur Regulierung der Tierpopulation die Wiederansiedlung von Bären, Wölfen und

Luchsen propagierten, sei schlichtweg naiv und weltfremd. Das Siegeslächeln in den Gesichtern der Staatsanwältin und des Staatsanwalts, das bei der Verkündung der Strafen etwas eingefroren gewirkt hatte, wurde wieder breiter. Und entsprechend größer die Unruhe auf den Bänken der Angeklagten und der Zuschauer. Es wurde geraunt, gestöhnt und mit den Zähnen geknirscht, auch Julia Conradi äußerte gemurmelte Empörung. Schließlich, auf der Zielgeraden, fand der Richter noch ein paar strafmildernde Aspekte, vor allem nahm er den Angeklagten ihren tierschützerischen Idealismus ab und begründete damit, dass das Gericht weit unterhalb der von der Staatsanwaltschaft geforderten Strafen geblieben sei.

»Das darf doch wohl nicht wahr sein – hat der Mann überhaupt nichts verstanden?«, ereiferte sich Cordula Conradi, als wir wieder auf dem Flur standen. »Wir gehen selbstverständlich in Berufung.«

»Wir haben eine Woche Zeit, uns das zu überlegen, und sollten uns mit den anderen Angeklagten und deren Rechtsbeiständen absprechen«, riet ich. »Wenn überhaupt, macht nur ein gemeinsames Vorgehen Sinn.«

»*Wenn überhaupt?*« Die Zornesadern auf Cordula Conradis Stirn schwollen weiter an. »Schlagen Sie etwa vor, dieses Unrechtsurteil anzunehmen?«

»Wie gesagt, ich möchte, dass wir in Ruhe darüber nachdenken. Nicht alles an dem Urteil ist schlecht. Wie Sie bemerkt haben, ist der Richter deutlich von den Forderungen der Staatsanwaltschaft abgewichen, und zwar zugunsten der Angeklagten. Das kann sich in der nächsthöheren Instanz ändern, falls auch die Staatsanwaltschaft in Berufung geht. Es ist nicht nur ein milderes, sondern ebenso ein härteres Urteil möglich.«

»Dann ziehen wir eben vors Bundesverfassungsgericht«, trumpfte Mutter Conradi auf.

»Mach dir nichts vor, Mama«, schaltete sich Julia ein. »In diesem Land gibt es keine Gerechtigkeit.«

»Wir fahren jetzt nach Hause und diskutieren das in Ruhe, wie Herr Wilsberg vorgeschlagen hat«, entschied Walter Conradi. Zum ersten Mal spürte ich so etwas wie Sympathie für den Mann.

Den Journalisten und Kamerateams, die vor dem Eingang lauerten, ging ich aus dem Weg. Lieber gar nichts sagen als ausweichendes Wischiwaschi.

Shirin stand unter einem Baum an der Straße.

Ich gab ihr einen Kuss. »Siehst du, das ist juristisches Knäckebrot. Nicht so glamourös wie beim letzten Mal.«

»Akzeptiert deine Mandantin das Urteil?«

»Sie und ihre Mutter sind dagegen, der Vater dafür. Ich vermute, ja.«

Shirin lächelte. »Möchtest du denn mal was Positives hören?«

»Du lädst mich zum Essen ein?«

»Nein. Ich habe die alte Frau mit Hund gefunden.«

17

Das Land ist bald zu Ende. Noch ein paar Kilometer und wir erreichen die Küste. Die Sonne ist längst untergegangen, nur die Blaulichter der Streifenwagen vor und hinter uns erhellen die Nacht. Was hat Knieriem vor? Eine Fähre kapern und nach Norderney oder Juist übersetzen? Unwahrscheinlich, auf einer Insel kann man nicht untertauchen, da ist alles sehr übersichtlich. Wir kommen zur Mole, an der die Fähren anlegen. Nummer eins fährt vorbei. Natürlich, der Jachthafen.

»Ein Bootsausflug?«, frage ich.

Knieriem lacht. »Du hast es erfasst, Wilsberg.«

»Das wird die Polizei nicht zulassen.«

»Werden wir ja sehen.«

Nummer eins hält auf dem Kai, hinter uns stoppt der zweite Wagen. Etwas entfernt versammeln sich die Polizeiautos, über uns kreist der Hubschrauber. Auf dem Wasser des Wattenmeers liegt dichter Nebel. Ein glücklicher Zufall für die Geiselnehmer – oder hat Knieriem auch das Wetter eingeplant? Sollte es gelingen, aus der Hafeneinfahrt herauszukommen und der Skipper sich im Wattenmeer auskennen, wird es für die Polizei schwierig, das Boot zu verfolgen. Denn zwischen Festland und Inseln gibt es jede Menge Untiefen, ohne genaue Ortskenntnisse kann man leicht an einer Sandbank hängen bleiben. Selbst bei gutem Wetter brauchen die großen Fähren nach Juist mehr als eine Stunde für die kurze Strecke.

»Zieht die Masken übers Gesicht und hängt euch die Waffen um!«, kommandiert Knieriem.

Christine und ich gehorchen.

»Und jetzt raus! Bleibt dicht bei uns! Wer versucht wegzulaufen, wird erschossen.«

Wir steigen aus. Ich sehe, dass bei den Polizeiwagen einige Scharfschützen in Stellung gegangen sind, nehme die Hände hoch und raune Christine zu, das Gleiche zu tun. Nur ja nicht den Eindruck erwecken, wir würden die Waffen benutzen.

»Los! Schneller!«, treibt uns Knieriem an.

Wir traben über den Holzsteg. Die Insassen des zweiten Fahrzeugs sind inzwischen ebenfalls ausgestiegen, ich entdecke Thomas zwischen Nummer drei und Nummer fünf. Dann fallen Schüsse.

»Weiter! Nicht stehen bleiben!«, brüllt Knieriem.

Er läuft auf eine größere Jacht am Ende des Stegs zu, die zwar genauso unbeleuchtet ist wie die anderen Boote, aber anscheinend auf uns wartet. Der Motor läuft bereits, hinter dem Steuerrad sitzt jemand.

Nummer zwei hält sich nicht an die Anweisung seines Chefs. Er dreht sich um und feuert Richtung Polizeiautos.

»Lass das, du Idiot!«, schreit Nummer eins.

Nummer zwei schießt im Rückwärtsgehen weiter. »Wir können unsere Leute nicht im Stich lassen.«

Knieriem kümmert sich nicht um seine Leute, etwas anderes hätte ich von ihm auch nicht erwartet. Er streckt die Hand aus, um Christine auf das Deck der Jacht zu ziehen. Ich folge mit einem großen Schritt, hinter mir hüpft Nummer eins an Bord.

»Ablegen!«, befiehlt Knieriem.

»Wartet!« Nummer zwei hat es jetzt eilig. Die Jacht entfernt sich langsam vom Steg. Als Nummer zwei zum Sprung ansetzt, fällt ein Schuss. Nummer zwei stürzt aufs Deck und bleibt liegen. »Ich bin getroffen! Scheiße, die haben mich erwischt.«

Ich drücke Christine nach unten und werfe mich neben sie. Das Boot dreht sich und steuert auf die Hafenausfahrt zu. Bevor der Nebel dichter wird, sehe ich, dass Nummer drei am Boden liegt und Nummer fünf gerade festgenommen wird.

Thomas und die beiden anderen Geiseln sind anscheinend unverletzt.

»Thomas geht es gut«, flüstere ich Christine zu.

Sie nickt.

»Wir schaffen das auch.«

Sie nickt wieder.

18

Oktober 1989

Hilde Schulze-Fahle wohnte in einem Haus an der Goldstraße, nicht weit von der Justizvollzugsanstalt und nicht weit von der Promenade entfernt. Eigentlich war die Wohnung viel zu groß für eine alleinstehende ältere Frau mit Dackel, aber sie hatte sich keine kleinere suchen mögen, nachdem zuerst die Kinder eigene Familien gegründet hatten und dann der Ehemann verstorben war, schließlich wohnte sie seit mittlerweile vierzig Jahren hier. Und wo sollte sie auch hin mit all ihren Möbeln und Erinnerungen?

Die Familiengeschichte im Zeitraffer hatte ich in der letzten Viertelstunde erfahren, in der ich auf dem bequemen Sofa im Wohnzimmer saß und aus Höflichkeitsgründen den dünnen Kaffee trank, den die Hausherrin zusammen mit einem sehr trockenen Keks serviert hatte. Dass die alte Dame in der Vergangenheit lebte, konnte man unschwer erkennen, wenn man sich im Wohnzimmer umguckte. Alle Kommoden, Regale, überhaupt alle freien Flächen waren vollgestellt mit Familienfotos, auf denen man die Kinder größer, den Ehemann gebrechlicher und die Hunde kleiner und handlicher werden sah. Geblieben war am Ende Lili, ein inzwischen sieben Jahre altes Dackelweibchen, das faul auf seiner Decke neben der Tür lag.

Shirin, die neben mir auf der Couch hockte, kannte die Geschichten wahrscheinlich schon von ihrem letzten Besuch, sie lächelte, nickte an den richtigen Stellen und warf gelegentlich ein erstauntes »Aha« ein. Als Thekenfrau hatte sie vermutlich reichlich Erfahrung mit Menschen, die jeden Tag das Gleiche erzählten, spätestens nach dem fünften Bier.

»Und hier ist es doch so schön«, sagte Hilde Schulze-Fahle und zeigte zum Fenster.

Shirin und ich begutachteten den Ausblick auf ein bisschen Grün und dahinter aufragende Gefängnismauern.

»Ja, sehr schön«, sagte ich. »Aber weshalb ich eigentlich …«

»Ich weiß«, unterbrach die Dackelbesitzerin mich, »Sie sind wegen diesem Mann hier. Ihre Assistentin hat mir alles erzählt.«

»Frank Knieriem«, präzisierte ich. »Er steht derzeit wegen einer Mordanklage in Münster vor Gericht und ich bin sein Anwalt.«

»Ich habe davon gelesen«, bemerkte die alte Dame. »Ich lese jeden Tag die Zeitung, vor allem den Lokalteil, was in der übrigen Welt passiert, ist ja meistens furchtbar.«

»Wie wahr«, bestätigte ich. Dass das Gefängnis vor ihrem Fenster nicht ganz zu ihrer heilen Münsterwelt passte, ließ ich lieber unerwähnt. »Worauf ich jedoch hinauswill, ist Ihre Begegnung mit ebenjenem Frank Knieriem am Samstag, dem 4. März. Shirin, ich meine, meiner Assistentin haben Sie gesagt, dass Sie ihn an diesem Tag gegen neunzehn Uhr auf der Promenade gesehen haben.«

»Richtig.« Hilde Schulze-Fahle beugte sich vor. »Möchten Sie noch einen Kaffee?«

»Oh, nein danke.« Mit einem Seitenblick registrierte ich, dass sich Shirin nicht erbarmt hatte, die dünne Brühe zu trinken, ihre Tasse war noch voll.

»Oder noch einen Keks?«

»Später vielleicht.« Ich schob meine Tasse demonstrativ zur Seite. »Was ich nicht verstehe, Frau Schulze-Fahle: Warum sind Sie nicht zur Polizei gegangen? Es gab damals einen Aufruf in den Medien, dass sich Zeugen melden sollen.«

Sie senkte den Blick. »Ich habe mich nicht getraut.«

»Wieso?«

»Ach, wissen Sie, Herr Wilsberg«, sie wischte einen imaginären Fussel von ihrem dunkelblauen Rock, »ich bin noch gut zu Fuß, Lili kann das bestätigen, nicht wahr, Lili?« Das

Dackelweibchen hob erwartungsvoll den Kopf und ließ ihn wieder auf die Decke sinken, als sein Frauchen keine Anstalten machte, sich zu einem Ausflug in die Welt der vielen Gerüche und angepinkelten Bäume aus dem Sessel zu erheben. »Das Gassigehen mit Lili und die Treppe hier herauf zum ersten Stock bereiten mir keine Probleme. Aber die Augen … Die Augen sind nicht mehr so gut wie früher. Zeitunglesen klappt noch gut, nur sobald etwas weiter entfernt ist …«

»Sie tragen eine Brille«, wandte ich ein.

»Ich bräuchte längst eine neue. Ich bin immer zum Optiker *Kaltenbach* gegangen, bis der vor drei Jahren geschlossen hat, ganz plötzlich, von heute auf morgen. Verstehen Sie, Herr Wilsberg?« Sie hob den Kopf, auf ihrem Gesicht lag ein Verständnis erheischendes Lächeln. »Ich wollte nichts Falsches sagen. Ich hätte mich ja irren können.«

»Und jetzt sind Sie sich sicher?«

»Ich habe ihr ein Foto von Knieriem gezeigt«, sagte Shirin.

»Da erinnerte ich mich«, fuhr Hilde Schulze-Fahle fort. »Der Mann war wütend. Ich hatte richtig Angst um Lili, weil die an seinem Hosenbein geschnüffelt hat. Zum Glück ist er weitergegangen.«

»Ausgezeichnet.« Ich lehnte mich zurück. »Das hilft uns enorm.«

»Muss ich jetzt vor Gericht aussagen?«

»Ich fürchte, das lässt sich nicht vermeiden. Ich werde Sie als Zeugin vorladen.«

»Wird man mir da nicht Vorwürfe machen? Weil ich nicht eher etwas gesagt habe?«

»Nein, das glaube ich nicht«, beruhigte ich sie. »Sie sind eine ehrbare Bürgerin. Und Sie hatten einen guten Grund, sich zurückzuhalten. Niemand wird Ihnen daraus einen Strick drehen. Und sollte doch jemand wagen, Sie zu kritisieren, stehe ich Ihnen zur Seite. Sie können sich auf mich verlassen.«

Sie schien nicht überzeugt. »Ich habe ein bisschen Angst.«

»Sie können unbesorgt sein«, versicherte ich ihr. »Nur eines würde ich gerne noch wissen: Gehen Sie jeden Abend mit Lili Gassi?«

»Natürlich.«

»Immer dieselbe Strecke?«

»Mehr oder weniger. Da kennen wir uns aus, nicht wahr, Lili?«

Diesmal antwortete Lili mit einem kurzen, trockenen Bellen.

»Könnten Sie Frank Knieriem nicht auch am Freitagabend oder am Sonntagabend gesehen haben? Warum sind Sie so überzeugt, dass es ausgerechnet der Samstag war?«

Die alte Dame schaute zu Shirin. Ich auch.

»Frau Schulze-Fahle guckt jeden Abend die *Tagesschau*«, erklärte Shirin.

»Jeden Abend«, wiederholte die alte Dame.

»Also habe ich mir im Zeitungsarchiv angesehen, was an diesem Tag passiert ist.«

»So ein Tennisendspiel«, sagte die Kronzeugin, »und Boris war nicht dabei, weil er krank geworden ist, der Arme.«

»Und was noch?«, fragte Shirin im Stil einer strengen Geschichtslehrerin.

»In Westberlin hat man Polen abgeschoben. Über hundert, weil sie Schwarzmarktgeschäfte gemacht haben.«

»Richtig«, sagte Shirin.

»Und das haben Sie an dem Tag im Fernsehen gesehen, als Ihnen Frank Knieriem über den Weg gelaufen ist?«, vergewisserte ich mich.

Hilde Schulze-Fahle strahlte. »Genau.«

»Wahnsinn!«, lobte ich Shirin, als wir wieder auf der Straße standen. »Wie hast du das so schnell geschafft? Du hast nur einen einzigen Tag gebraucht, oder?«

Shirin gab sich bescheiden. »Reines Glück. Ich bin einfach

die Promenade rauf und runter und habe jede Frau mit Hund angequatscht. Wenn auch nur die entfernteste Chance bestand, dass sie an jenem Abend unterwegs gewesen waren, habe ich ihnen das Foto von Knieriem gezeigt. Schulze-Fahle war die neunte oder zehnte, mit der ich ins Gespräch gekommen bin. An ihrer Reaktion habe ich gleich gemerkt, dass bei ihr etwas läutet.«

»Klingelt«, korrigierte ich.

Shirins Augen blitzten. »Meinetwegen. Also habe ich nach-gebohrt. Ob der Hund zu dem Typen gelaufen ist. Ob der Mann mies drauf war. Und dann rückte sie nach und nach mit der Wahrheit heraus. Natürlich hat sie sich mit Händen und Füßen gewehrt, eine Aussage zu machen. ›Was sollen die Leute denken?‹ – in der Art. Aber ich habe nicht lockergelassen und an ihr Gewissen appelliert. Dass vielleicht ein Unschuldiger verurteilt wird und sie dafür verantwortlich wäre. Und schließ-lich ist sie weich geworden.«

»Würde ich wahrscheinlich auch, wenn du mich bearbei-test.«

»Das können wir ja heute noch testen.« Shirin gab mir einen Kuss. »Fantastisch, oder? Du hast es geschafft. Knieriem wird freigesprochen und du steigst zum Staranwalt auf. Die Man-danten werden sich um dich reißen. Wann lässt du die Frau vorladen? Schon zum nächsten Verhandlungstag?«

»Nicht so voreilig«, wiegelte ich ab.

Shirin war enttäuscht. »Wieso?«

»Weil sie unsere einzige Trumpfkarte ist. Die möchte ich nicht zu schnell ziehen. Zumal sie nicht die perfekte Zeugin abgibt.«

»Wie meinst du das?«

»Die Gute ist kurzsichtig und hat sich ein halbes Jahr be-deckt gehalten, weil sie Knieriem nicht eindeutig erkannt hat. Kannst du dir vorstellen, wie die Staatsanwältin sie in die Man-gel nimmt? Anschließend wird Frau Schulze-Fahle nicht mal mehr beschwören können, ob Lili eine Hündin oder ein Rüde ist. Was haben wir von einer Zeugin, die am Ende umfällt?«

»Du musst sie aussagen lassen.«

»Klar. Bloß hätte ich lieber noch was in der Hinterhand. Besser gesagt, in der Vorderhand.«

»Häh?«, machte Shirin.

»Prozessstrategie. Zuerst müssten ein Beweisstück oder eine Zeugenaussage auftauchen, die Zweifel säen, ob der Ablauf, wie ihn Kripo und Staatsanwaltschaft darstellen, richtig ist. Dadurch würde die Anklage ins Wanken geraten, jedoch noch nicht fallen. Und dann kommt der große Auftritt von Frau Schulze-Fahle. K.o. für die Staatsanwaltschaft und Sieg der Verteidigung auf ganzer Linie.«

»Und was soll dieser andere Beweis sein?«

»Keine Ahnung«, gab ich zu. »Aber überleg mal, wir wissen jetzt, dass Knieriem den Mord nicht begangen haben kann. Die Nachbarn haben um neunzehn Uhr einen Streit in der Wohnung gehört. Sie sind davon ausgegangen, dass es sich um die Stimmen von Knieriem und Ulla Hülsken handelt. Zu dieser Zeit schnüffelte Lili allerdings an Knieriems Hose.«

»Ein anderer Mann«, sagte Shirin.

»Eben. Und wer kommt dafür infrage?«

»Ullas Arbeitskollege, mit dem sie was hatte. Wie heißt der noch?«

»Gert Bröskamp.«

»Hast du nicht was von einem Alibi erzählt?«

»Und genau das muss ich ankratzen. Rate mal, wer bei der morgigen Verhandlung der zweite Zeuge ist!«

Gert Bröskamp war nervös. Was auf die allermeisten nicht professionellen Zeuginnen und Zeugen in großen Prozessen zutraf. Kaum jemandem fiel es leicht, in dieser Respekt einflößenden Umgebung mit Menschen in seltsamen Kostümen und beobachtet von zahlreichen Zuschauern über persönlichste Dinge zu reden. Doch Bröskamp war noch einen Tick nervöser als der Durchschnitt. Er verhaspelte sich ständig und musste sich auf Rückfragen in etlichen unbedeutenden Details korrigieren. Dabei verfügte er über jahrelange Erfahrung, vor Menschenansammlungen zu sprechen und in leere, ausdruckslose Gesichter zu blicken. Als Sport- und Erdkundelehrer spielte er Tag für Tag vor Schulklassen den Alleinunterhalter.

Vor Bröskamp hatte eine Freundin von Ulla Hülsken ausgesagt und ihre Sache im Sinne der Anklage gut und für die Verteidigung problematisch gemacht. Was sie über die im Laufe der Zeit giftiger und gewalttätiger werdende Beziehung zwischen Ulla und dem Angeklagten berichtete, musste den Anwesenden abwechselnd Wellen des Mitgefühls und der Empörung durch die Körper jagen, soweit sie nicht von Amts wegen zur strikten Neutralität und mimischen Reglosigkeit verpflichtet waren. Wer für die Verwandlung der einstmals großen Liebe in eine von Eifersucht und Vorwürfen geprägte Höllenvorstufe verantwortlich war, stand für die Zeugin außer Frage. Sie scheute sich nicht, Knieriem direkt in die Augen zu blicken, während sie wiedergab, was Ulla ihr über die täglichen Demütigungen erzählt hatte. Demütigungen nicht nur verbaler Art, unter langärmeligen Pullovern und Blusen hatte Ulla immer häufiger blaue Flecke versteckt.

Knieriem reagierte auf die Schilderungen so, wie er immer reagierte: mit einer Kälte, die mich in dem überhitzten Saal beinahe zum Frösteln gebracht hätte.

Bröskamp, der danach aufgerufen wurde, wirkte weitaus weniger überzeugend als Ullas Freundin. Zu floskelhaft seine Beteuerungen, dass er in Ulla verliebt gewesen sei und die Sorgen um sie ihn gequält hätten. Das, was er dem Gericht auftischte, entsprach höchstens einem Teil der Wahrheit, da war ich mir ziemlich sicher. Nachdem er sich an den Fragen des vorsitzenden Richters und der Staatsanwältin abgearbeitet und keine größeren Fehler begangen hatte, war ich an der Reihe. Und erst einmal ließ ich ihn ein bisschen schmoren.

»Herr Bröskamp …«

»Ja?«

»Ich kann mich des Eindrucks nicht erwehren, dass Sie uns nicht alles erzählen.«

Unter seiner Sportlehrerbräune wurde der mittelgroße Mann, der sich mit einer Fönfrisur ein paar Zentimeter größer schummelte, merklich bleicher.

Ich verschränkte die Hände, stützte den Kopf darauf und wartete.

»Haben Sie auch eine Frage, Herr Verteidiger?«, erkundigte sich Richter Wilhelm spöttisch.

»Ja, die habe ich. Herr Bröskamp, Sie haben ausgesagt, dass Sie Ulla Hülsken zuletzt am Freitagmorgen in der Schule gesehen haben. Dort wirkte sie – ich zitiere Ihre Worte – ›fahrig und eingeschüchtert‹. Mussten Sie nicht befürchten, dass sich am Wochenende die Lage zuspitzen würde? Dass sich etwas Schlimmes ereignen könnte?«

»Doch. Und genau das ist ja auch passiert.«

»Trotzdem haben Sie keinen Versuch unternommen, mit Ulla Hülsken in Kontakt zu treten. Sie haben weder angerufen noch sind Sie persönlich zur Wohnung gegangen.«

»Was hätte das denn gebracht?« Bröskamps Stimme überschlug sich. »Er hätte Ulla dafür büßen lassen.«

»Mit *er* meinen Sie den Angeklagten?«

»Wen sonst?«

Knieriem schnaufte verächtlich. Ich gab ihm mit einer Handbewegung zu verstehen, dass er sich zurückhalten sollte.

»Stattdessen«, wandte ich mich wieder an den Zeugen, »haben Sie mit einem Kumpel in aller Seelenruhe etliche Gläser Bier getrunken. In einem Lokal«, ich blätterte in den Unterlagen, als müsste ich die Adresse suchen, »das nur ein paar Hundert Meter von der Wohnung Ihrer Freundin entfernt ist.«

»Seiner Möchtegernfreundin«, murmelte Knieriem.

»Warum sind Sie nicht mal hingegangen und haben sie gefragt, ob Sie ihr helfen können?«

Gert Bröskamp schaute auf den Boden, seine Stimme war kaum zu verstehen. »Im Nachhinein sagt sich das so leicht.«

»Würden Sie bitte lauter sprechen!«, verlangte Richter Wilhelm.

»Im Nachhinein ist man immer schlauer«, sagte Bröskamp lauter. »Ja, ich hätte hingehen oder, besser noch, die Polizei anrufen sollen. Aber in der Situation …«

»Wie lange waren Sie in der Kneipe?«, fragte ich.

»Bis zwanzig Uhr«, antwortete Bröskamp sofort.

»Und Sie sind nicht zwischendurch mal kurz weg gewesen?«

Bröskamp hob den Kopf und schaute über mich hinweg. »Nein.«

»Danke«, sagte ich. »Keine weiteren Fragen.«

Mittags begleitete ich Knieriem bis zu dem Raum, in dem er während der Verhandlungspause von zwei Justizwachtmeistern bewacht wurde.

»Könnte ich meinen Mandanten kurz unter vier Augen sprechen?«, fragte ich die Wachtmeister.

»Wir dürfen Sie nicht allein lassen«, sagte der ältere der beiden Uniformierten.

»Sie könnten ein paar Meter zur Seite gehen«, schlug ich vor.

Der Wachtmeister warf einen Kontrollblick auf Knieriems Hand- und Fußfesseln. »In Ordnung. Fassen Sie ihn nicht an. Auch nicht die Fesseln.«

Knieriem grinste. »Was gibt's denn so Wichtiges, Wilsberg?«

»Ich habe die alte Frau mit Hund gefunden.«

Er starrte mich mit offenem Mund an. »Echt?«

»Ja.«

»Und warum ist sie nicht hier?«

»Sie erscheint früh genug.« Ich erklärte ihm flüsternd meine Überlegungen.

Knieriem hörte mit unbewegter Miene zu und sagte dann: »Und wie geht's jetzt weiter? Im Prozess, meine ich. Was unternehmen Sie als Nächstes?«

»Falls Bröskamp der Täter ist, hat er vorhin gelogen, dann war er nicht die ganze Zeit im Lokal. Deshalb werde ich beantragen, dass sein Alibi vorgeladen wird.«

Knieriem nickte. »Sie sind der Anwalt, Wilsberg. Tun Sie, was Sie für richtig halten. Aber sorgen Sie dafür, dass ich aus dem verdammten Knast rauskomme. So schnell wie möglich.«

Am Abend holten Shirin und ich uns zwei Pizzen und aßen sie in meiner Wohnung aus der Hand.

Shirin war im Gerichtssaal gewesen und stellte die Frage, mit der ich mich auch schon beschäftigt hatte. »Was weißt du über den Zeugen, der Bröskamp das Alibi gibt?«

»Er heißt Lutz Kötterheinrich«, sagte ich. »Die beiden kennen sich von früher, aus dem Studium, haben sich seitdem nicht aus den Augen verloren, sie waren zusammen in einem Sportverein und machen einmal im Jahr eine Radtour, entweder zu zweit oder gemeinsam mit anderen.«

»Gute Kumpels also?«

»Kann man so sagen.«

»Aber gut genug, um einen Meineid zu schwören?«

Ich wackelte mit dem Kopf. »Gegenüber der Polizei ist er standfest geblieben. Bröskamp sei nur einmal zum Klo gegangen, ansonsten hätten sie von achtzehn bis zwanzig Uhr zusammengesessen. Der Kellner, der die beiden bedient hat, konnte sich auch nicht erinnern, dass Bröskamp mal längere Zeit weg gewesen wäre. Was nicht viel bedeutet – welcher Kellner hat schon alle Gäste ständig im Blick?«

»Wo waren sie?«

»In einer Traditionskneipe am Alten Steinweg, da hängen an der Wand noch Bibelfliesen.«

Shirin stieß einen Schwall Luft aus. »Puh! Das sind zu Fuß nur ein paar Minuten bis zu Ullas Wohnung.«

»Bröskamp musste nicht nur hin und zurück, sondern auch noch einen Streit mit Ulla führen und sie umbringen – unter zwanzig, fünfundzwanzig Minuten ist das kaum möglich. Seine Abwesenheit wäre vielleicht nicht dem Kellner aufgefallen, Kötterheinrich allerdings schon.«

»Er lügt also bewusst?«

»Falls Bröskamp tatsächlich unser Mörder ist. Komm!« Ich wischte mir die Finger ab. »Wir schauen uns noch mal alles an, was in den Akten zu finden ist.«

Eine Stunde später lagen jede Menge Papiere auf dem Wohnzimmerboden verteilt, hauptsächlich die Vernehmungsprotokolle von Bröskamp, Kötterheinrich und dem Kellner.

Shirin und ich hockten davor und lasen schweigend, bis sie plötzlich ausrief: »Guck mal hier!«

»Was?«

»Die Polizeibeamten haben notiert, wie viel an dem Abend getrunken wurde. Sieben große Pils. Das heißt, einer der beiden hat ein Glas mehr getrunken als der andere. Normalerweise, wenn zwei Männer an meiner Theke sitzen, trinken sie fast immer im gleichen Rhythmus. Die ungerade Zahl spricht dafür, dass Kötterheinrich eine Weile allein am Tisch saß.«

»Stimmt«, sagte ich. »Das ist mir gar nicht aufgefallen.«

Shirin strahlte. »Denkst du, ich werde mal eine gute Rechtsanwältin?«

19

April 2022

Nummer zwei jammert. Er hat einen Streifschuss am rechten Arm abbekommen, sicher schmerzhaft, aber nicht lebensbedrohlich. Nummer eins hat ihn verarztet und einen Verband angelegt.

Jetzt sitzt er mit uns unter Deck und starrt Christine und mich vorwurfsvoll an, als wären wir persönlich dafür verantwortlich, dass er getroffen wurde. »Fuck. Scheißbullen.«

»Haben Sie nicht zuerst geschossen?«, wende ich ein.

Christine gibt mir einen leichten Stoß mit dem Ellenbogen. Soll wohl heißen: Provozier ihn nicht auch noch. Da hat sie natürlich recht. Nummer zwei trägt eine Pistole im Gürtel – und schießen kann er vermutlich auch mit links. Wir wären ihm hilflos ausgeliefert, denn unsere Arme sind auf dem Rücken gefesselt, die Beine stecken in einer Seilschlinge. Gut verknotet hocken wir in der gemütlichen Sitzecke der Kajüte. Knieriem will kein Risiko eingehen. Seit wir seine letzten Geiseln sind, ist unser Wert für ihn gestiegen. Allerdings glaube ich, dass er mit mir noch andere Pläne hat. Doch es geht ja nicht nur um mich, Christine hätte eine Chance verdient. Also halte ich mich besser zurück.

Nummer zwei fokussiert den Blick auf mich. »Was hast du gesagt?«

»Nichts.«

»Willst du mich verarschen?«

»Käme mir nicht in den Sinn.«

Nummer zwei fummelt die Pistole aus dem Gürtel. »Soll ich dir mal zeigen, wie sich so eine Schusswunde anfühlt?«

»Ihrem Boss würde es gar nicht gefallen, wenn Sie seine Lebensversicherung beschädigen.«

»Drauf geschissen.« Nummer zwei richtet die Pistole auf

mich. So wie er zittert, ist ein Treffer ins Herz ebenso wahrscheinlich wie ein Loch in der Bordwand.

Wie aufs Stichwort steigt Knieriem die paar Stufen zur Kajüte herunter.

»Steck deine Knarre weg!«, herrscht er Nummer zwei an.

»Der Typ hat mich angemacht«, verteidigt sich Nummer zwei.

Knieriem baut sich vor ihm auf. »Weißt du, was dich von diesem kleinen sandscheißenden Wattwurm unterscheidet, der hier überall im Boden steckt? Der Wurm übertrifft dich locker an Intelligenz. Und jetzt geh rauf!«

»Frank, ich …«

»Geh rauf, hab ich gesagt.«

Nummer zwei steht stöhnend auf und schleppt sich demonstrativ leidend die kurze Treppe hinauf. Könnte komisch sein, wenn die Situation etwas entspannter wäre.

»Idiot«, knurrt Knieriem ihm hinterher. Dann dreht er sich zu uns um, auf seinem Gesicht erscheint das Reptilienlächeln. »Und wie geht's euch beiden?«

»Wo fahren wir hin?«, frage ich.

»Wir schippern ein bisschen durchs Wattenmeer – mit einem Zwischenstopp vor Memmert.«

»Klingt nach einem interessanten Ausflugsprogramm.«

Knieriem setzt sich neben mich und tippt sich an den Kopf. »Ich hatte viel Zeit, mir das auszudenken. Du glaubst gar nicht, wie viele spannende Bücher es im Knast gibt. Sogar Seekarten findest du da. Ich habe eine Weile in der Bibliothek gearbeitet, Buchspenden sortieren, einordnen, an die Knackis ausleihen. Die besten Sachen habe ich selbst gelesen.«

»Vielleicht sollte man bei der Auswahl der Bücher für Gefängnisbibliotheken zukünftig etwas vorsichtiger sein.«

»Ach komm, Wilsberg. Das nennt sich ›sozialintegrative Maßnahme‹. Die Charity-Club-Leute standen Schlange, um uns karitativ zu beglücken.«

»Und was machen wir auf Memmert?«, kehre ich zum Thema zurück.

»Wart's einfach ab.« Knieriem klatscht mir mit der flachen Hand gegen den Hinterkopf. »Und genieß die Zeit. Wer weiß, wie viel dir davon noch bleibt?«

Nummer eins steckt ihren Kopf durch die Öffnung zur Kajüte. »Da ist ein Boot hinter uns.«

Knieriem bleibt gelassen. »Das kann noch nicht die Wasserschutzpolizei sein, die müssen erst von Emden oder Wilhelmshaven rüberschippern. Wahrscheinlich ein Privatboot, das die Bullen gekapert haben.«

»Und was sollen wir tun?«, erkundigt sich Nummer eins.

»Weiterfahren. Sobald wir aus den Prielen raus sind, hängen wir sie ab.«

Der Kopf von Nummer eins verschwindet.

»Und wenn nicht?«, frage ich.

Knieriem steht auf und lockert seine Schultern. »Wünsch ihnen das nicht. Wenn sie uns am Arsch kleben bleiben, müssen wir sie leider versenken.«

Christine atmet hörbar ein.

Knieriem grinst. »Tut mir schrecklich leid, Lady. Ich habe mir den ganzen Quatsch nicht ausgedacht, um in letzter Minute klein beizugeben. Mit den Millionen möchte ich meinen Ruhestand genießen.«

»Ich dachte, Sie wollen damit Ihre tolle Bewegung finanzieren«, werfe ich ein.

Er lacht. »Hast du mir abgenommen, was ich im Fernsehen erzählt habe?«

»Ich nicht. Aber vielleicht Ihre Leute.«

Er schüttelt den Kopf und stapft nach oben. »Spinner.«

»Kennst du dieses Memmert?«, fragt Christine.

»Eine kleine, unbewohnte Insel neben Juist. Mitten im Naturschutzgebiet.«

»Was können die da wollen?«

Ich schaue aus dem schmalen Kajütenfenster. Der Nebel ist so dicht, dass man nur ein paar Meter weit auf die Wasseroberfläche gucken kann. »Soweit ich weiß, gibt's da nichts außer Sand, Gräsern, jeder Menge Vögel und einem einsamen Inselvogt.«

»Vielleicht haben sie vor, sich auf der Insel zu verstecken.«

»Unwahrscheinlich. Sie müssten ihr Boot versenken, weil es sonst aus der Luft leicht zu erkennen wäre. Und dann kommen sie nicht mehr weg.«

20

Oktober 1989

»Sie wissen, dass Sie verpflichtet sind, die Wahrheit zu sagen?«, belehrte ich den Zeugen und wiederholte damit nur, was ihm schon Richter Wilhelm lang und breit erklärt hatte. Ich zweifelte auch nicht daran, dass der Zeuge das verstanden hatte, ich wollte ihn nur noch ein bisschen mehr verunsichern, ihm den letzten Rest Selbstsicherheit rauben, mit dem er im Gerichtssaal erschienen war. »Sie möchten doch nicht wegen eines Meineids ins Gefängnis gehen, oder?«

Hermine Pöhler, die Staatsanwältin, schüttelte den Kopf. Sie hatte auf eine Befragung des Zeugen verzichtet und deutlich gemacht, dass sie seine Vorladung für überflüssig hielt. Es gebe keinen Grund, an den Ermittlungen der Polizei zu zweifeln, außerdem stehe nicht Gert Bröskamp vor Gericht, sondern Frank Knieriem, das Ganze sei ein leicht zu durchschauendes Ablenkungsmanöver der Verteidigung. Zum Glück hatte sich Richter Wilhelm – aus welchen Gründen auch immer – auf meine Seite geschlagen und der Vorladung von Lutz Kötterheinrich zugestimmt. Und so saß Kötterheinrich, Bröskamps Studienfreund, Wanderkumpel, Trinkkumpan und Alibigeber, jetzt auf dem Zeugenstuhl. Kalkweiß, verschwitzt, ein Nervenbündel.

»Kommen Sie bitte zur Sache!«, ermahnte der vorsitzende Richter mich.

»Sehr gerne«, sagte ich Richtung Richterbank. Und zu Kötterheinrich: »Sie waren am Abend des 4. März mit Ihrem Freund Bröskamp in einer Gaststätte am Alten Steinweg, richtig?«

»Ja«, wisperte Kötterheinrich.

»Lauter, bitte!«

»Ja.«

»Und Sie haben ordentlich getrunken. Bestimmt hatten Sie sich eine Menge zu erzählen?«

»Ja.«

»Wer von Ihnen hatte eigentlich mehr Durst? Sie oder Bröskamp?«

Kötterheinrich guckte mich verständnislos an. »Was?«

»Hat nicht einer von Ihnen mehr getrunken als der andere?«

»Wieso?« Er begriff immer noch nicht, worauf ich hinauswollte.

»Oder haben Sie die Gläser gekippt, so wie Freunde das tun? Runter mit dem Zeug und dann die nächste Runde bestellen?«

»So wird es gewesen sein.«

»*Wird es gewesen sein?* Bitte antworten Sie präzise: War es so oder war es nicht so?«

»Woher soll ich das jetzt noch so genau wissen?«

»Herr Kötterheinrich«, sagte ich gedehnt, »der Abend wird Ihnen sicher in Erinnerung geblieben sein. Es war der Abend, an dem Bröskamps Freundin …«

Knieriem knurrte.

»… Bröskamps Kollegin Ulla Hülsken, um die er sich große Sorgen machte«, korrigierte ich mich, »mutmaßlich ums Leben gekommen ist. Da bleibt einem normalerweise jedes Detail im Gedächtnis haften. Die Polizei hat Sie ausführlich dazu befragt. Und Sie haben zu Protokoll gegeben, dass Sie die ganze Zeit mit Bröskamp zusammen waren.«

»Richtig.«

»Wirklich die ganze Zeit? Ohne Unterbrechung?«

»Einmal ist Gert aufs Klo gegangen, glaube ich.«

»Wie lange?«

Hermine Pöhler murmelte etwas, das sich wie »Was für ein Schwachsinn?« anhörte.

»Wie lange?«, beharrte ich.

»Fünf Minuten vielleicht.«

»Und in diesen fünf Minuten haben Sie ein großes Bier, einen halben Liter, um genau zu sein, allein getrunken?«

Kötterheinrich sah mich stumm an, Schweißtropfen sammelten sich an seinem Kinn.

»Kommen Sie bitte auf den Punkt«, forderte Wilhelm.

Ich schlug meine Mappe auf und wandte mich an Kötterheinrich. »Ich habe hier die Rechnung der Gaststätte, sie ist als Beweis in den Akten. Danach haben Bröskamp und Sie an dem Abend sieben Halblitergläser Bier konsumiert. Folglich muss einer von Ihnen mehr getrunken haben als der andere.«

»D-dann war ich d-das wohl«, stammelte Kötterheinrich.

»Sie haben Bröskamps Pinkelpause genutzt, um ein Extraglas zu bestellen – und es auszutrinken?«

Kötterheinrich sagte nichts mehr.

»Herr Kötterheinrich«, schaltete sich Richter Wilhelm ein, »beantworten Sie bitte die Frage.«

»Er war länger weg.«

»*Wer* war länger weg?«, insistierte ich.

»Gert. Gert Bröskamp.«

»Wie lange?« Langsam kam ich mir vor wie ein Papagei, der Gefallen an dieser Zweiwortkombination gefunden hatte.

»Zwanzig Minuten vielleicht. Könnte auch eine halbe Stunde gewesen sein.«

Ich blieb unerbittlich. »Zwanzig Minuten? Oder eher eine halbe Stunde?«

»Eher eine halbe Stunde.«

Knieriem klopfte mir anerkennend auf die Schulter.

Nach der Pause wurde Gert Bröskamp erneut in den Zeugenstand gerufen. Er sah noch bleicher aus als bei seinem ersten Auftritt, natürlich hatte er in der Zwischenzeit erfahren, was im Gerichtssaal vorgefallen war. Er wusste, dass er eine Erklärung für die ominöse halbe Stunde liefern musste. Eine sehr gute Erklärung.

Nachdem Richter Wilhelm ihn noch einmal darauf hingewiesen hatte, dass er nur dann die Aussage verweigern dürfe, wenn er sich dadurch selbst belasten würde, ansonsten aber alle Fragen wahrheitsgemäß beantworten müsse, nickte Bröskamp. »Ich will aussagen.«

»Gut. Dann sagen Sie uns, was Sie in der halben Stunde gemacht haben, in der Ihr Freund Kötterheinrich allein am Tisch saß.«

»Ich war bei Ulla.«

Durch die Zuhörerreihen ging ein Raunen. Knieriem gluckste belustigt. Ich warf ihm einen scharfen Blick zu.

»Erzählen Sie uns das bitte genau«, verlangte Wilhelm.

»Ich bin zu ihrer Wohnung, ich musste wissen, wie es ihr geht, das ließ mir keine Ruhe. Als sie die Tür öffnete, sah ich sofort, dass etwas passiert war. Sie hatte geweint, wirkte vollkommen aufgelöst. Erst wollte sie mich gar nicht reinlassen. Frank könne jeden Moment zurückkehren, sagte sie, dann würde er uns beide …« Bröskamps Stimme versagte.

»Lassen Sie sich Zeit«, bot Wilhelm an.

Gert Bröskamp sammelte sich.

»… umbringen«, fuhr er fort. »Er hatte sie geschlagen, ich habe die blauen Flecke gesehen, als ihr T-Shirt verrutscht ist.«

»Sie waren also in der Wohnung?«

»Ja, ich habe mich nicht abwimmeln lassen. Ich sagte: ›Ulla, du darfst dir das nicht gefallen lassen. Geh mit mir zur Polizei und zeig ihn an. Du kannst bei mir unterkommen oder wir finden einen anderen sicheren Ort, an dem er dich nicht findet.‹«

»Und weiter?«, fragte Wilhelm.

Bröskamp kämpfte mit den Tränen.

»Sie wollte nicht. ›Er findet mich überall‹, sagte sie. ›Ich muss das auf meine Weise zu Ende bringen.‹« Er holte Luft.

»Dann hat sie mich weggeschickt.«

»Und Sie sind gegangen?«

»Ja. Ulla hatte Angst. Knieriem wollte angeblich nur eine Schachtel Zigaretten aus dem Automaten ziehen. Sie hat mich beschworen zu verschwinden.«

»Wie lange waren Sie in der Wohnung?«

»Fünf Minuten etwa. Ich habe nicht auf die Uhr geschaut.«

»Und warum haben Sie das nicht gleich gesagt? Warum haben Sie der Polizei und uns eine Lüge aufgetischt?«

Bröskamp ließ den Kopf hängen. »Ist das nicht verständlich? Ich habe mich geschämt für meine Feigheit. Ich fühlte mich mitschuldig an ihrem Tod.«

»Und Sie hätten sich selbst belastet, nicht wahr?«, warf ich ein.

Richter Wilhelm runzelte tadelnd die Stirn. »Erst einmal stelle ich die Fragen. Sie kommen später an die Reihe, Herr Wilsberg.«

»Entschuldigung«, sagte ich.

Bröskamp sah mich zornig an. »Ich bin nicht stolz auf das, was ich getan habe. Aber ich wollte Ulla retten. Warum, um Himmels willen, hätte ich sie umbringen sollen?«

»Dass der Zeuge Bröskamp seine Aussage in einem wesentlichen Punkt geändert hat, ist zweifellos ein misslicher Umstand«, räumte Staatsanwältin Pöhler ein. »Das ändert nichts daran, dass die Beweise gegen den Angeklagten nach wie vor erdrückend sind. Deshalb vertritt die Staatsanwaltschaft die Auffassung, der Prozess sollte wie geplant fortgesetzt werden.«

Nach der Aussage von Bröskamp war die Verhandlung für eine gute Stunde unterbrochen worden. Das Gericht, bestehend aus den drei Berufsrichtern und zwei Schöffen, hatte sich zur Beratung zurückgezogen und anschließend verkündet, den Prozess für zwei Wochen unterbrechen zu wollen, um allen Parteien die Gelegenheit zu geben, die neuen Entwicklungen eingehend zu prüfen. Ich hatte nichts dagegen, Hermine Pöhler schon.

»Nur der Angeklagte hatte ein Motiv«, fuhr Staatsanwältin Pöhler fort. »Das Opfer ist schon vor dem Mord von ihm gewalttätig angegriffen und bedroht worden. Er hatte die Zeit und die Gelegenheit, die Tat zu begehen. Seine DNA befindet sich überall am Opfer, wie auch umgekehrt die Opfer-DNA an der Kleidung des Angeklagten zu finden ist. Die Vertuschung der Tat und die Beseitigung der Leiche hat er selbst eingeräumt. Das alles spricht für sich und reicht völlig aus, um den Angeklagten des Mordes zu überführen.«

»Das sind doch alte Hüte«, hielt ich dagegen. »Die DNA-Spuren erklären sich schlüssig aus dem, was der Angeklagte, wie Sie gerade erwähnt haben, längst zugegeben hat. Ja, er hat die Leiche seiner Lebenspartnerin vergraben, eine Kurzschlusshandlung, die er heute ehrlich bereut. Die Frage ist eher, hat man überhaupt nach anderen Spuren gesucht? Gab es Spuren, die sich nicht eindeutig dem Angeklagten zuordnen lassen? Und hat man sie mit der DNA von Gert Bröskamp abgeglichen? Immerhin wissen wir inzwischen, dass sich Bröskamp an dem Tag, an dem Ulla Hülsken mutmaßlich zu Tode gekommen ist, in ihrer Wohnung aufgehalten hat.«

»Falls es andere Spuren gegeben hätte, wären sie in dem Bericht der Kriminalpolizei erwähnt worden«, gab die Staatsanwältin giftig zurück.

»So einfach ist das nun nicht«, schaltete sich Richter Wilhelm ein. »Die Kammer ist nach ausgiebiger Diskussion zu der einheitlichen Meinung gelangt, dass bezüglich der genauen Zeitabläufe etliche Unklarheiten existieren. Wir wollen den Prozess nicht aufgrund von Annahmen und Spekulationen fortsetzen und den Ermittlungsbehörden die Gelegenheit geben, ihre bisherigen Erkenntnisse zu überprüfen und ge-

gebenenfalls zu korrigieren. Zwei Wochen dürften dafür ausreichen.«

Ich hob eine Hand.

»Herr Wilsberg«, sagte Wilhelm leicht genervt. »Sie haben noch etwas Wesentliches beizutragen?«

»Ich glaube schon«, sagte ich lässig. »Bevor wir uns in die Verhandlungspause verabschieden, würde ich gerne den bereits aufgetauchten Unstimmigkeiten eine weitere hinzufügen. Dann können die Ermittlungsbehörden diese gleich mitbearbeiten.«

Hermine Pöhler stöhnte.

Wilhelm war ebenfalls nicht amüsiert. »Fahren Sie fort, Herr Wilsberg.«

»Lassen Sie mich kurz ausholen«, spannte ich sie weiter auf die Folter. »Bislang geht die Anklage davon aus, dass es sich bei dem lautstarken Streit, den die Nachbarn am 4. März gegen neunzehn Uhr hörten, um eine Auseinandersetzung zwischen dem Angeklagten und dem Opfer handelte. Dass der Streit abrupt endete und von da an Stille herrschte, legt für die Staatsanwaltschaft die Vermutung nahe, dass wir es hier mit dem Tatzeitpunkt zu tun haben.«

»So ist es«, bestätigte Hermine Pöhler.

»Andererseits«, redete ich weiter, »hat der Angeklagte stets beteuert, dass er an diesem Tag zwischen achtzehn und zwanzig Uhr dreißig durch die Stadt gelaufen ist.«

»Wofür es nicht den geringsten Beweis gibt«, maulte die Staatsanwältin.

»Vor nicht einmal zwei Stunden haben wir gehört, dass der Zeuge Bröskamp den Angeklagten *nicht* in der Wohnung gesehen hat.«

»Weil er Zigaretten aus dem Automaten ziehen wollte. Dafür braucht man keine zweieinhalb Stunden.«

»Aber mal angenommen«, holte ich zum finalen Schlag aus, »eine Zeugin hätte den Angeklagten um neunzehn Uhr, also exakt zu dem Zeitpunkt, an dem der Streit respektive die Tat stattgefunden hat, an einer Stelle der Promenade gesehen, die sich circa zwei Kilometer von seiner Wohnung entfernt befindet.«

»Und diese Zeugin können Sie aufrufen?«, erkundigte sich Wilhelm.

»Ja, sie wartet draußen.«

21

April 2022

Wir dümpeln vor Memmert. Vermutlich. Der in der Nacht kaum zu erkennende schmale Uferstreifen, auf dem sich ein paar Büsche erahnen lassen, könnte sich auch sonst irgendwo in der Nordsee befinden. In diesem Fall neige ich dazu, Knieriem zu glauben, er hat keinen triftigen Grund, mich anzulügen. Und Memmert ist so einsam, dass hier nicht auffällt, wenn wir von unserem Boot in ein anderes umsteigen. Danach sieht es nämlich aus. Vor ein paar Minuten hat sich dieses zweite Boot – offensichtlich nicht dasjenige, das uns verfolgt hat, denn es wurde von Knieriem, Nummer eins und Nummer zwei freudig begrüßt – genähert und ankert jetzt neben uns auf der Meerseite.

»Sie geben unser Boot auf, damit die Wasserschutzpolizei es findet und sich eine Weile damit beschäftigt«, teile ich Christine meine Gedanken mit. »Währenddessen ist Knieriem mit seinen Leuten längst an Land.«

»Dann könnten sie uns doch hier zurücklassen, oder?«

»Könnten sie. Ja.«

Die gerade aufgeflammte Hoffnung in Christines Gesicht verschwindet wieder. »Du glaubst das nicht?«

»Nein. Knieriem wird uns erst gehen lassen, wenn er in Sicherheit ist.«

Christine mustert mich. »Da ist noch was anderes zwischen euch.«

»Ich war mal sein Anwalt.«

»Das hast du schon gesagt. Das meine ich nicht. Warum willst du nicht darüber reden?«

»Weil wir bislang keine Zeit dazu hatten. Das ist …«

»… eine lange Geschichte, ich weiß. Jetzt *haben* wir Zeit und wir sind allein.«

Ich schlucke. »Also gut ...«

Von oben kommt Nummer eins herunter. »Hoch mit euch. Wir wechseln das Boot. Ihr werdet nasse Füße kriegen. Aber keine Sorge, das Wasser ist nicht tief.«

»Wir sind doch nur Ballast«, greife ich Christines Vorschlag auf, ein Versuch kann ja nicht schaden. »Wenn Sie uns hierlassen, sparen Sie sich einen Haufen Ärger.«

»Keine Chance.« Nummer eins schneidet unsere Fußfesseln auf. »Der Chef möchte euch um sich haben.«

Wir klettern die schwankende Treppe hinauf. Unsere Hände sind immer noch fest verschnürt, der Abstieg ins Wasser gestaltet sich schwierig.

»Los, los! Schneller!«, kommandiert Knieriem, der bereits auf dem zweiten Boot ist.

Das Wasser reicht mir bis zu den Oberschenkeln. Und es ist eisig. Nach ein paar Schritten sind wir an der Bordwand. Knieriem zieht uns hoch, zuerst Christine, dann mich. Hinter dem Steuerrad steht eine gedrungene Gestalt, die uns den Rücken zukehrt und die Kapuze eines schweren Regenmantels über den Kopf gezogen hat. Es könnte eine Frau sein, denke ich. Knieriem beendet meine Überlegungen, indem er Christine und mich wieder unter Deck befördert. Das neue Boot wirkt größer und luxuriöser als das erste, vielleicht ist es auch hochseetauglicher, wer weiß, wo die Reise hingeht.

Nummer eins ist uns gefolgt und verschnürt erneut unsere Beine, die sich nur langsam vom Kälteschock erholen.

»Nette Jacht«, sage ich. »War bestimmt nicht billig.«

»Ist nur geliehen, also keine Flecken machen«, witzelt Nummer eins.

Ich schaue auf die Pfütze, die sich um meine Füße bildet. »Ich tue mein Bestes.«

Nummer eins richtet sich auf. Ich bilde mir ein, einen Hauch von Mitleid in ihrem Blick zu erkennen. »Könnte auch sein, dass das nicht so wichtig ist.«

»Weil Sie das Boot nicht zurückgeben wollen?«

Nummer zwei poltert die Stufen herunter. »Verdammtes Dreckswasser.«

»Du fragst zu viel, Wilsberg«, sagt Nummer eins. Möglicherweise ist es kein Mitleid, sondern Verachtung, das liegt manchmal dicht beieinander.

»Jen«, jammert Nummer zwei, »kannst du mir die Schuhe ausziehen? Meine Füße frieren ab.«

»Das schaffst du auch mit einer Hand«, sagt Nummer eins und steigt nach oben.

Nummer zwei müht sich ächzend an den Schuhbändern ab. Ich drehe den Kopf zu Christine. Die signalisiert mit einem aufmunternden Lächeln, dass es ihr gut geht. Ich lächle zurück.

»Das Lachen wird euch noch vergehen.« Nummer zwei hat uns beobachtet.

»Was haben Sie eigentlich vor – wenn das alles vorbei ist?«

Nummer zwei glotzt mich an. »Erst mal Gras über die Sache wachsen lassen, denke ich. Und chillen. Ich kenne eine kleine Insel, da ist es das ganze Jahr über warm. Nette Leute, genug Alkohol, alles easy, solange man Kohle hat. Da halte ich es eine Weile aus. Und dann mal sehen.«

»Und Knieriem ist damit einverstanden?«

»Warum nicht?« Nummer zwei schüttelt den Kopf. »Ich bin nicht blöd. Frank will auch ein schönes Leben. Soll er, hat lange genug im Knast gesessen. Was ich mache, muss ihn nicht interessieren.«

»Glauben Sie?«

»Scheiße, Mann!« Nummer zwei hat endlich die Schuhe abgestreift und zieht sich die nassen Socken aus. »Ich habe mir für die Bewegung eine Kugel in den Arm schießen lassen. Jetzt ist mir die Bewegung was schuldig.«

»Sie stellen für Knieriem ein Risiko dar«, sage ich. »Sie wissen, was er vorhat. Sie könnten anfangen zu erzählen, nach ein paar Bier oder was immer man auf Ihrer tollen Insel trinkt.

Jemand gibt anschließend der Polizei einen Tipp – und schon sitzen Sie im Knast. Auslieferungshaft. In Deutschland bietet man Ihnen an, den Kronzeugen zu spielen. Geringere Haftstrafe, wenn Sie gegen Knieriem aussagen. Denken Sie wirklich, Knieriem hat diese Möglichkeit nicht einberechnet?«

»Frank weiß, dass ich nicht quatsche.«

»Na klar. Aber er hat gerne alles unter Kontrolle.«

Nummer zwei wird sauer. »Halt deine verdammte Klappe. Sonst …«

»Georg«, sagt Christine warnend.

»Schon gut, ich sage nichts mehr.«

Mein erstes Ziel habe ich erreicht. Nummer zwei ist verunsichert. Den Gedanken, dass er sich in Gefahr befindet, wird er so schnell nicht wieder los, der nagt weiter. Ich muss ihm ein bisschen Zeit lassen und dann weiterbohren, versuchen, ihn umzudrehen. Zusammen mit Nummer zwei könnten Christine und ich es schaffen. Gegen die drei da oben.

»Eine Frage noch«, sage ich. »Wer ist denn die Frau am Steuerrad?«

»Die kenne ich nicht«, rutscht es Nummer zwei heraus.

Also doch. Eine Frau.

22

»Wieso sitze ich immer noch in der Zelle?«, beschwerte sich Knieriem. »Die alte Oma hat mich gesehen, damit ist doch alles geklärt.«

»So läuft das nicht«, widersprach ich. »Die Justiz darf man nicht scheuchen. So ein Prozess ist eine aufwendige Sache. Nicht nur für die Staatsanwaltschaft und die Verteidigung, sondern auch für das Gericht. Die Berufsrichter bereiten sich vor, prüfen, wägen ab, diskutieren über die Beweise, lesen Vergleichsurteile. Zeugen werden vorgeladen, Verhandlungstage monatelang im Voraus festgelegt – so etwas wirft man nicht einfach über den Haufen, nur weil eine Überraschungszeugin auftaucht, das will sorgfältig überlegt sein. Die Gefahr, sich der Lächerlichkeit preiszugeben, ist auf allen Seiten groß. Bis der Tanker stoppt, vergeht Zeit.«

»*Die* haben vielleicht Zeit – ich nicht. Ich will raus hier, Wilsberg.« Knieriem schaute sich im kargen Besprechungsraum der Justizvollzugsanstalt um. »Diese Wände machen mich krank.«

»Das verstehe ich«, räumte ich ein. »Und ich verspreche, dass ich mich um eine schnelle Lösung bemühe. Aber es wäre besser, wenn wir die Staatsanwaltschaft im Boot hätten. Die könnte sonst gegen eine vorläufige Haftentlassung Beschwerde einlegen und Sie sind möglicherweise schneller wieder im Knast, als Ihnen lieb ist.«

»Was hat diese Frau Staatsanwältin denn noch zu melden?«, maulte Knieriem.

»Einiges. Abgesehen von der Frage, ob die Aussage von Frau Schulze-Fahle wirklich Ihre Unschuld in Bezug auf den Mord beweist, stehen noch ein paar andere Delikte auf dem Zettel. Das Vergraben der Leiche beispielsweise. Und Sie haben Ulla Hülsken geschlagen, vor dem Mord, nicht wahr?«

Knieriem winkte ab. »Kleine Stupser, nichts Wildes.«

»Die Rechtsmedizinerin hat das anders dargestellt.«

Er starrte mich wütend an. »Auf welcher Seite stehen Sie eigentlich?«

»Ich versuche nur, Ihnen zu verdeutlichen, wie die Lage aussieht. Unterm Strich haben wir gute Karten. Allerdings sollten wir die Gegenseite nicht provozieren. Wir müssen die Nerven behalten und abwarten.«

Knieriem warf seine Haare nach hinten. »Sie haben gut reden. Sie spazieren hier raus und kuscheln nett mit Ihrer Freundin. Ich gucke die ganze Zeit die Wand an.«

Ich stand auf. »Mein Privatleben lassen wir besser raus, das geht Sie nichts an.«

»Denken Sie, ich habe die Frau nicht gesehen, die an fast jedem Verhandlungstag kommt und Sie anhimmelt? Nette Maus, aber ein bisschen jung für Sie, oder?«

»Die Frau«, sagte ich und musste mich beherrschen, nicht laut zu werden, »hat Ihre Alibizeugin gefunden. Sie sollten sich bei ihr dafür bedanken, dass Sie überhaupt die Chance haben, bald ein freier Mann zu sein.«

»Würde ich ja gerne.« Knieriem grinste. »Persönlich, falls Sie nichts dagegen haben.«

Ich ging zur Tür und klopfte. »Wir sind hier fertig. Ich melde mich, wenn ich was Neues erfahre.«

Während der Fahrt zu meiner Kanzlei fluchte ich lautlos vor mich hin. Was bildete sich das blöde Arschloch eigentlich ein? Fast bereute ich, dass wir Frau Schulze-Fahle entdeckt hatten. Geschähe Knieriem recht, wenn er trotz nicht begangenen Mordes noch etliche Jahre im Knast bliebe. Er hatte seine Freundin terrorisiert und auch bei ihrem Tod nur an sich selbst gedacht. Kein Hauch von Mitgefühl, nur: Wie kann ich mich reinwaschen? Ekelhaft. Widerlich. Der Typ hatte es nicht verdient, dass Shirin und ich uns für ihn ins Zeug legten. Da war mir einer wie Mieze, der Polizisten mit Mehl bewarf, tausendmal lieber. Doch mit harmlosen Spinnern, die kaum weiter als bis zur nächsten Flasche Bier dachten, war kein Renommee zu machen. Und auch kein Geld. Ich brauchte Mandanten wie Knieriem, denen ich außerhalb des Gerichtssaals am liebsten nie begegnen würde. Das gehörte nun mal zu dem Beruf, den ich mir ausgesucht hatte.

Sigi sah mir an, dass ich schlecht drauf war. »Ärger?«

»Knieriem ist so ein mieses Stück …« Ich schüttelte den Kopf. »Ach, vergiss es.«

»Dabei sollte er dir eigentlich die Füße küssen.«

»Stattdessen erwartet er, dass ihm vor dem Gefängnistor der rote Teppich ausgerollt wird. Möglichst heute noch. Der Herr hat Ansprüche, es reicht ihm nicht, dass ich seinen Arsch rette, es ist unter seiner Würde, noch eine Nacht im Knast zu verbringen. Denkst du, er hat sich bei mir bedankt? Nein, er behandelt mich, als wäre ich sein Laufbursche.«

»Bald ist es vorbei«, tröstete Sigi mich. »Dann siehst du ihn nie wieder.«

»Hoffentlich.« Ich gab mir einen Ruck. »Was gibt es sonst Neues?«

»Walter Conradi hat angerufen, der Vater …«

»… der Tierbefreierin Julia Conradi«, ergänzte ich.

»Sie nehmen das Urteil an.«

»Prima. Das brauche ich schriftlich. Von Julia persönlich. Sie ist schließlich volljährig. Und sei nett zu ihm. Er ist in der Familie der Vernünftigste.«

»Ich bin am Telefon immer nett«, sagte Sigi. »Außer vielleicht …«

»… zu deinen Ex-Freunden? Das bringt mich zu der Frage, ob das Interview mit Carlo Ponti schon angekommen ist. Die Leute vom Magazin wollten mir das schicken, damit ich drübergucken kann. Nicht dass Carlo einen neuen Wutanfall kriegt.«

»Persönlich fände ich das gar nicht so schlimm«, kommentierte Sigi.

»Aber wir verkneifen uns ja unsere Gefühle und sehen das rein professionell.«

»Stimmt. Hätte ich fast vergessen. Und zu deiner Frage: Nein, das Interview ist nicht gekommen.«

»Gibt's noch was?«, fragte ich.

»Ja. Die Staatsanwältin vom Knieriem-Prozess hat angerufen.«

»Ach. Hermine Pöhler, sieh an.« Ich grinste. »Hat sie was gesagt?«

»Nein. Sie möchte mit dir persönlich sprechen. Möglichst bald.«

»Ich schätze, sie will uns ein Angebot machen. Das heißt, die Staatsanwaltschaft backt kleine Brötchen.«

»Gehst du darauf ein?«, erkundigte sich Sigi.

»Hängt davon ab, wie gut das Angebot ist. Letztlich entscheidet sowieso Knieriem, ob er annimmt oder ablehnt. Wie ich ihn kenne, akzeptiert er nichts außer Freispruch. Dann ziehen wir es eben bis zum Ende durch. Meinetwegen kann er gerne noch eine Weile die Gitterstäbe zählen.«

Für Hermine Pöhlers Büro am Hindenburgplatz hätte man eigentlich eine Nebelwarnung ausgeben müssen. Die Staatsanwältin saß inmitten von dicken Rauchschwaden. Während im Aschenbecher noch die letzte Zigarette verglühte, hing zwischen ihren Lippen bereits ein neuer Glimmstängel.

»Herr Wilsberg, schön, dass Sie es einrichten konnten.« Sie deutete auf den Besucherstuhl vor ihrem Schreibtisch.

»Darf ich vielleicht das Fenster einen Spaltbreit öffnen, hier ist ein bisschen dicke Luft, finden Sie nicht?«

»Bitte nicht!«, protestierte sie mit ihrer vom Nikotin fermentierten Stimme. »Ich vertrage keine Zugluft.«

»Schade.« Ich setzte mich. »Sie haben es dringend gemacht,

sagt meine Sekretärin.« Bürovorsteherin, korrigierte ich mich in Gedanken.

»Ich wollte es Ihnen mitteilen, bevor Sie es aus den Medien erfahren.« Hermine Pöhler hustete ausgiebig. »Entschuldigung, kleine Erkältung.«

Oder Raucherhusten, dachte ich. »Tut mir leid.«

»Nichts Schlimmes.« Sie zündete sich die Zigarette an. »Möchten Sie auch eine?«

»Nein danke.«

»Also ...«, sie schlug die Mappe zu, in der sie gerade gelesen hatte, »wir haben bei Bröskamp eine Hausdurchsuchung durchgeführt.«

»Und?«

»Vermutlich die Tatwaffe gefunden. Genauere Untersuchungen stehen noch aus, doch alles deutet darauf hin, dass sie benutzt wurde, um Ulla Hülsken zu töten. Es handelt sich um eine Gipsstatue von Annette von Droste-Hülshoff, sie stand im Zimmer von Frau Hülsken, wie uns ihre Freundin bestätigt hat. Das Blut an der Statue stimmt mit der Blutgruppe von Frau Hülsken überein, die präzisere DNA-Analyse läuft noch.«

»Wo haben Sie die Statue gefunden?«

»Im Keller von Herrn Bröskamp.«

Ich lehnte mich zurück und schüttelte den Kopf. »Wie blöd von ihm.«

»Ja.« Pöhler nahm einen tiefen Zug und pustete den Rauch in meine Richtung. »Sie war versteckt, aber nicht besonders geschickt.« Sie sah mich an. »Gratulation. Sie haben gewonnen.«

»Danke.«

Die Staatsanwältin rauchte, ich schwieg. Eigentlich hätte ich jetzt ein Hochgefühl verspüren müssen, stattdessen war ich ein bisschen enttäuscht. Das war fast zu einfach gewesen.

»Mörder werden generell überschätzt«, sagte Pöhler, als hätte sie meine Gedanken erraten. »Die meisten sind ziemlich dumm und begehen Fehler. Sonst wäre die Aufklärungsquote bei Mord und Totschlag ja nicht nahe an hundert Prozent.«

»Bei den Mord- und Totschlagdelikten, die als solche erkannt werden«, relativierte ich. »Und vergessen Sie nicht die engagierten Anwälte und Anwältinnen, die der Staatsanwaltschaft kluge Ratschläge geben.«

»Dafür sind Sie ja da, um mich daran zu erinnern.« Sie zeigte ihre gelb gefärbten Zähne. »Wollen Sie, dass ich Ihnen einen Lorbeerkranz flechte?«

»Nicht nötig, ich genieße meinen Triumph lieber still.«

Die Staatsanwältin drückte die Zigarette aus. »Sollten die weiteren Ermittlungen nichts Gegenteiliges ergeben, werde ich mich einem Antrag auf vorläufige Haftentlassung von Frank Knieriem nicht widersetzen. Und jetzt gehen Sie bitte, Herr Wilsberg. Sie wollen nicht sehen, wie ich in Tränen ausbreche.«

Ich überlegte, ob ich eine Flasche Champagner kaufen sollte, und entschied mich dann doch für Sekt. Noch war nichts endgültig. Aber zum Anstoßen reichte es.

Am Abend kam Shirin vorbei.

»Crazy«, sagte sie, als ich ihr von der neuesten Entwicklung erzählte. »Du hast es geschafft.«

»Ja.« Ich entkorkte die Sektflasche. »Sieht so aus.«

»Du bist so verdammt cool, Georg. Jeder andere würde ausflippen.«

Ich reichte ihr das Sektglas und gab ihr einen Kuss. »Das hebe ich mir für nach dem Urteil auf.«

»Denkst du, es kann noch was passieren?«

»Du kennst ja den Spruch: ›Auf hoher See und vor Gericht weiß man nie …‹«

Shirin seufzte. »Ich verstehe dich nicht.«

»Es ging so schnell und so einfach«, wandte ich ein. »Warum hat Bröskamp die Statue in seinem Keller deponiert, wo die Polizei sie sofort findet? Er hätte sie vergraben oder in den

Aasee werfen können, dann wäre ihm der Mord wahrscheinlich nie nachgewiesen worden.«

»Hätte, hätte.« Shirin verdrehte die Augen. »Du hast gewonnen, Georg. Sieh das endlich ein!«

»*Wir* haben gewonnen«, stellte ich klar. »Ohne dich wäre ich nie so weit gekommen. Du hast die alte Frau mit Hund gefunden.«

»Reines Glück.«

»Ach, wer stapelt denn jetzt tief?«

»Okay.« Shirin stellte ihr Sektglas ab und schlang die Arme um mich. »Was hältst du davon, wenn wir unseren Sieg feiern?«

»Das tun wir doch schon.«

»*Richtig* feiern, meine ich. Ich könnte ein paar Tage freinehmen und wir fahren weg, nach Berlin zum Beispiel, da wollte ich schon länger mal hin. Und sag jetzt nicht, dass du zu viel zu tun hast! Du hast in letzter Zeit Tag und Nacht gearbeitet, dir steht ein bisschen Freizeit zu.«

Ich überlegte.

»Gut. Einverstanden. Aber«, stoppte ich ihren Jubelausbruch, »eine Sache muss ich nächste Woche noch erledigen. Einen Prozess, bei dem es um eine Handvoll Mehl und Polizistenbeleidigung geht, der lässt sich nicht verschieben. Danach können wir fahren. Am Donnerstag.«

»Gedongt«, sagte Shirin. »Wir fahren am Donnerstag.«

»Gebongt«, korrigierte ich und kassierte ein wütendes Grummeln.

23

»Das sind die Niederlande«, sage ich.

Der Nebel hat sich verzogen, wir nähern uns einem Hafen, der Himmel wird langsam grau, ein neuer Tag bricht an.

Ich erkenne einen Schriftzug. »*Delfzijl*. Das liegt auf der anderen Seite der Emsmündung. Wirklich clever von Knieriem. Die niederländische Polizei ist vielleicht noch nicht informiert.«

»Wundert dich das?« Christine wirkt deprimiert.

»Aber sie wird bald informiert sein«, sage ich. »Ich kann mir nicht vorstellen …«

»Hör auf!«, stoppt Christine mich. »Bis jetzt war er der Polizei immer einen Schritt voraus. Warum soll sich das ändern? Niemand wird ihn aufhalten. Und wir sind tot, sobald er uns nicht mehr braucht.«

»Christine …«

»Das hast du doch dem da lang und breit erklärt.« Sie nickt zu Nummer zwei hinüber, der sich Kopfhörer in die Ohren gestopft hat und rechtsradikalen Rock hört, heiseres Gebrüll zu hämmernden Rhythmen, so laut, dass ihm eigentlich das Gehirn wegfliegen müsste – wenn er denn eines hätte. Jeglicher weitere Versuch, ihn in unserem Sinn zu beeinflussen, hat sich damit erledigt.

»Das habe ich nur gesagt …«

»Ich weiß, warum du das gesagt hast. Blöderweise trifft das auch auf uns zu, in gesteigertem Maße. Also mach mir nichts vor, Georg. Wir sind erledigt.«

»Das akzeptiere ich nicht. Ich habe noch nie aufgegeben. Es gibt immer eine Chance.«

Christine holt tief Luft. »Danke. Ich weiß das zu schätzen. Und glaub mir, ich mag dich. Ich mag dich wirklich. Ich wollte, ich hätte deinen Optimismus. Dann könnte ich das hier vielleicht besser ertragen.«

»Wir schaffen das. Du schaffst das.«

»Du nicht?« Christine schaut mich eindringlich an. »Er will dich umbringen, richtig?«

»Damals, als ich sein Anwalt war …«

»Ach, Georg!«

»Du wolltest es wissen.«

Das Boot schrammt an einem Holzsteg entlang. Nummer zwei taucht aus seinen musikalisch untermalten Gewaltfantasien auf und stellt den Krach ab.

»Wir sind da.« Er nimmt die Ohrstöpsel heraus und grinst uns an. »Das neue Leben kann beginnen.«

»In Walhalla? Oder wo wird deine Seele wohl bald landen?«

Nummer zwei friemelt an seinen nassen Socken herum. »Quatsch keinen Müll, Wilsberg. Versuch dein Glück lieber beim Chef. Der steht darauf, dass du ihn volllaberst.«

»Worauf stehe ich?« Knieriem kommt die Treppenstufen herunter.

»Nichts.« Nummer zwei versucht, seinen linken Schuh anzuziehen. »Der Typ wollte mich auf seine Seite ziehen. Kleinen Aufstand anzetteln.«

»Du lässt es nie bleiben, was, Wilsberg?« Knieriem hat seinen Spaß und klopft Nummer zwei auf die Schulter. »Was hat er dir versprochen?«

»Habe ich nicht ganz verstanden. Irgendwas mit Hafterleichterung, glaube ich.«

»Deine Überredungskünste lassen nach.« Knieriem schaut mich an, während er den Nacken von Nummer zwei krault. »Du wirst alt.«

»Scheint so«, sage ich.

Nummer zwei nimmt sich den rechten Schuh vor.

»Geh nach oben, Tim«, befiehlt Knieriem.

»Ich muss nur noch …«

»Nimm deinen Scheißschuh mit!«

»Och nee. Bitte, Frank.« Nummer zwei schaut hoch. »Okay, ich geh ja schon.«

Er humpelt nach oben.

»Und jetzt zu uns.« Knieriem lächelt. »Es geht dem Ende entgegen.« Pause. »Für euch.«

Ich höre, wie Christine trocken schluckt.

»Tut mir leid, Lady, Sie hängen da mit drin.«

»Sie müssen sich nicht an ihr rächen«, sage ich. »Es reicht doch, wenn Sie mich …«

»Sei nicht so verdammt egozentrisch«, unterbricht Knieriem mich. »Es geht ausnahmsweise mal nicht nur um dich, Wilsberg. Ihr seid *beide* überflüssig. Ich brauche euch nicht mehr. Punkt.«

»Lassen Sie die Frau gehen«, bitte ich. »Sie weiß nichts über Ihre Pläne.«

»Sie weiß schon viel zu viel. Und sie wäre nur hinderlich.« Knieriem geht ein paar Schritte auf und ab. »Ich sage euch, was passieren wird, dann könnt ihr euch innerlich darauf einstellen.«

»Halt die Klappe!«, entfährt es Christine. »Ich will nichts hören.«

»Ach, die Lady ist gar nicht so nett, wie sie immer tut.« Er beugt sich zu Christine hinunter und hebt ihr Kinn mit dem Zeigefinger an. »Ihr fahrt wieder auf die See hinaus, dann gibt es einen kleinen Brand und von dem Boot bleibt nicht mehr viel übrig.« Knieriem lacht Christine ins Gesicht. »Die Polizei wird eine Weile brauchen, um die Trümmer und die Leichen rauszufischen. Zeit genug für uns, in aller Ruhe die Koffer zu packen.«

24

Mieze hatte sich chic gemacht. Seine Jeans war frisch gewaschen und kaum zerrissen, die Spitzen seiner Punkfrisur leuchteten noch neongrüner als sonst und statt seiner üblichen speckigen Lederjacke mit Ketten und Nieten trug er ein grau meliertes Jackett, das er vermutlich zum Kilopreis in einem Secondhandladen erstanden hatte.

Er reichte mir eine schwitzefeuchte Hand. »Guten Morgen, Herr Wilsberg.«

Ich musste grinsen. »Sind Sie etwa ein bisschen aufgeregt?«

»Das kannst du wohl sagen. Ich fühl mich scheißkackeblöd.«

»Kein Grund zur Sorge.« Ich gab ihm einen Klaps auf die kratzige Stoffjacke. »Das kriegen wir schon hin.«

Neben Mieze warteten auch Matze und ein dritter Angeklagter, ein spindeldürrer Junge, der von den anderen Spider gerufen wurde, in Begleitung ihrer Rechtsbeistände auf den Prozessbeginn. Mit der Rechtsanwältin und dem Rechtsanwalt, die Matze und Spider vertraten, hatte ich mich darauf verständigt, dass wir auf Freispruch plädieren würden. Einziges Problem bei der Geschichte war, dass Richter Tenhagen den Vorsitz innehatte, ein Richter alter Schule, der für seine harten Urteile gegen jugendliche Straftäter bekannt war. Tenhagen stand kurz vor der Pensionierung, er wollte nicht mehr aufsteigen und musste deshalb auch keine Rücksicht darauf nehmen, dass sein Urteil eventuell von der nächsthöheren Instanz kassiert würde. Er konnte, falls ihm danach war, richtig vom Leder ziehen. Ich riet Mieze, sich sprachlich zu mäßigen und auf Ausdrücke wie »Scheiße«, »Kacke« und »Pisse« zu verzichten, weil das nicht gut ankommen würde.

»Aber wieso denn?«

»Der Richter mag so was nicht. Der ist …«

»Oldschool?«

»Genau. Stellen Sie sich einfach vor, Sie wären wieder in der Schule und vorne säße der strengste Lehrer, den Sie jemals hatten.«

»O Mann, das ist ja voll …«

»Nein, ist es nicht«, sagte ich.

Tenhagen kam zusammen mit der Protokollantin aus dem Richterzimmer in den Saal. Er war ein kleiner Mann, der seine mangelnde Körpergröße mit einer schnarrenden Stimme und einem hochgezwirbelten Kaiser-Wilhelm-Schnurrbart kompensierte. Was bei Matze gleich einen Kicheranfall auslöste. Und bei Tenhagen den ersten Wutausbruch. Nicht der optimalste Prozessbeginn. Ich warf Mieze einen strengen Blick zu. Mieze zog eine Grimasse.

»Auch keine Grimassen«, flüsterte ich.

Nach der Anklageverlesung gaben die Angeklagten mehr oder weniger brav ihre persönlichen Daten zu Protokoll. Mieze hielt sich wacker und formulierte für seine Verhältnisse erstaunlich hochdeutsch. Zur Sache äußerten sich die drei Angeklagten dann nicht mehr. Das hatten wir Anwälte so vereinbart – jeder Satz aus den Mündern unserer Mandanten, da waren wir uns einig, konnte die Lage nur verschlimmern. Stattdessen erklärten wir die Mehlwürfe unisono zu Manifestationen purer Lebenslust, die von den Polizeibeamten leider völlig missverstanden worden seien. Eine Einschätzung, der sich die Polizisten, die anschließend als Zeugen aussagten, trotz hartnäckiger Überredungsversuche nicht anschließen mochten. Sie berichteten von verklebten und brennenden Augen, eine junge Polizistin war sogar mit dem Krankenwagen in die Ambulanz gefahren worden, wo man ihr die Augen ausgewaschen und sie für einen Tag dienstunfähig geschrieben hatte.

»War das nicht etwas übertrieben?«, erkundigte ich mich.

Die Polizistin guckte mich wütend an. »Haben Sie schon

mal Mehl in die Augen bekommen? Ich vermute, nicht. Dann wissen Sie auch nicht, wie sich das anfühlt.«

»Blödsinn«, schaltete sich Spider ein. »Von Matzes Mehl habe ich auch eine Ladung abgekriegt. Das war gar nichts.«

»Sie haben nicht das Wort«, bellte Richter Tenhagen. »Und falls die Verteidigung keine weiteren Fragen hat, können wir die Beweisaufnahme wohl abschließen.«

»Entschuldigung«, meldete ich mich. »Ich habe noch einen Zeugen benannt.«

»Ist das wirklich notwendig, Herr Wilsberg?«, knurrte Tenhagen. »Der Sachverhalt ist meines Erachtens ausreichend geklärt.«

»Das sehe ich anders.«

»Na schön.« Tenhagen wandte sich an den Justizwachtmeister an der Tür. »Rufen Sie den Zeugen herein.«

Der Zeuge hieß Markus Zwerg, Künstlername Monster Jim, ein schmächtiger Jüngling mit hochgegelten roten Haaren in rot-schwarz kariertem Anzug und schwarzem Rüschenhemd. Richter Tenhagen, dessen Gesicht wegen des Schnurrbartungetüms schon im Ruhezustand mürrisch wirkte, bekam schlagartig einen Anflug von Räuber-Hotzenplotz-Griesgrämigkeit. Zwerg war Sänger der Punkband, die am Abend der Mehlwurfaffäre im *Odeon* dem Publikum, darunter Mieze, Matze und Spider, eingeheizt hatte. Ich bat Zwerg, von dem Auftritt zu berichten. Und Zwerg erzählte. Von einem großartigen, beinahe schon legendär zu nennenden Konzert, das am Ende etwas aus dem Ruder gelaufen sei. Das Pogo tanzende Publikum erwarte ja, dass es nach dem letzten Song von der Band mit Pizzastücken beworfen und mit Bier überschüttet werde, doch an diesem Abend habe es den Spieß umgedreht und zurückgeworfen. Das Ganze sei ein Riesenspaß und auch eine Riesensauerei gewesen.

»Und das fanden Sie gut?«, erkundigte sich Richter Tenhagen konsterniert.

»Na ja«, sagte Zwerg, »alles klebte, unsere Klamotten, unsere Instrumente, der Boden, einfach alles. Aber man kann den Leuten keinen Vorwurf machen, die waren total zugedröhnt, die haben gar nicht mehr gemerkt, was sie tun.«

»Halten Sie es denn für möglich«, setzte ich an, »dass in dieser Atmosphäre, in der sich die Maßstäbe des zivilisierten Umgangs verschoben hatten, in der scheinbar erlaubt war, was normalerweise gegen die guten Sitten und die Regeln des Anstands verstößt, dass in dieser Stimmung, angeheizt durch reichlich Alkoholkonsum und möglicherweise die Verwendung anderer stimulierender Mittel, einige Ihrer Fans auf die Straße laufen und Mehl in die Luft werfen, ohne damit die geringste böse Absicht zu verfolgen?«

»Natürlich«, sagte Zwerg. »Das verstehe ich schon. Aber Mehl geht gar nicht. Das brennt saumäßig in den Augen.«

»Wie ist es ausgegangen?«, fragte Sigi, als ich mit einem Becher Kaffee aus der Bäckerei meine Kanzlei betrat und gleich weiter zu meinem Büro ging.

»Vierzig Stunden soziale Arbeit im Pflegeheim.«

»Hast du nicht mit einem Freispruch gerechnet?«

Ich überflog die Post, die auf meinem Schreibtisch lag. »Richter Tenhagen ist eben ein harter Brocken. Der hat nichts mehr zu verlieren.«

»Und was war mit deinem Superzeugen?«

»Hat sich leider als Flop erwiesen.«

»Oh!«, machte Sigi.

Die Briefe enthielten nichts Dringliches. Ich kehrte zu ihr ins Vorzimmer zurück. »Shit happens. Man kann nicht immer gewinnen.«

»Dafür wirst du in der Presse für deinen Erfolg im Knieriem-Prozess gefeiert.«

»Und das ist nun mal die wichtigere Kiste«, stimmte ich zu. »Tut Mieze vielleicht ganz gut, eine Woche lang Katheterbeutel zu leeren. Bringt ihn auf den Boden der Realität zurück.« Ich stellte den Kaffeebecher auf dem Tresen ab und klemmte meine Aktentasche unter den Arm. »Du musst für den Rest der Woche hier die Stellung halten. Ich mache einen Kurzurlaub.«

»Mit deiner Assistentin?«

»Sie heißt Shirin. Und ja, mit ihr.«

»Wo geht's denn hin?«

»Nach Berlin. Wir fahren mit dem Auto.«

»Ist das nicht ein bisschen gefährlich?«

»Warum sollte es?«

»Na, wo jetzt die ganzen DDR-Flüchtlinge über Ungarn in die BRD türmen. Und dann die Sache mit der Prager Botschaft. Da sind die DDR-Grenzer bestimmt nervös.«

Ich lachte. »Die DDR wird so schnell nicht zusammenbrechen.«

»Immerhin hat Gorbatschow dafür gesorgt, dass sie Erich Honecker in die Wüste schicken.«

»Ja. Und stattdessen haben sie diesen Jungspund Egon Krenz zum Generalsekretär ernannt. Der hat sich jahrzehntelang in der SED hochgearbeitet und ist keinen Deut liberaler als der alte Honecker. Wie hat dieser andere Politbürofuzzi gesagt? *Nur weil die Nachbarn neu tapezieren, müssen wir das nicht auch tun.*«

»Dann sei wenigstens vorsichtig«, riet Sigi. »Ich habe keine Lust, die ganze Arbeit allein zu machen. Und wer zahlt mir meinen Lohn, wenn du im Stasiknast sitzt?«

»Das wird nicht passieren«, versprach ich. »Dienstag bin ich wieder da.«

»Halt!«, rief Sigi mir hinterher. »Bring deinen Kaffeebecher in die Bäckerei zurück. Ich bin deine Bürovorsteherin, nicht deine Kellnerin.«

»Sorry.« Ich lief zurück und schnappte mir den Becher. »Ich vergaß, dass ich dich befördert habe.«

»Und das hier ist auch noch gekommen.« Sie legte ein zusammengefaltetes Fax neben den Fleck, den der Kaffeebecher hinterlassen hatte. »Das Interview mit Carlo Ponti. Du sollst es lesen und absegnen. Sagt der Journalist, der es geschickt hat. Er hat extra angerufen.«

»Sonst noch was?«, knurrte ich.

»Ja. Es ist eilig. Am Wochenende geht ihre neue Ausgabe in Druck. Bis dahin brauchen sie eventuelle Änderungen.«

Ich stopfte mir das Fax in die Jackentasche. »Das sagen diese Journalisten immer. Erst lassen sie sich jede Menge Zeit und dann wollen sie sofort eine Antwort.«

»Mach das mit Carlo aus«, erwiderte Sigi. »Ich bin nur die Botin.«

Shirin klingelte um sechs an meiner Wohnungstür. Sie trug einen schweren Rucksack auf dem Rücken.

Ich gab ihr einen Kuss. »He, wir wollen nicht campen, ich habe ein Hotelzimmer gebucht, direkt am Ku'damm.«

»Und ich besitze keinen Koffer. Für die Urlaube, die ich normalerweise mache, ist ein Rucksack erheblich praktischer.« Sie stellte das Monstrum im Flur ab und folgte mir ins Wohnzimmer. »Was ist das für eine Musik?«

»Deutscher Swingjazz. Der Sänger stammt aus Münster.«

Shirin nahm das Plattencover in die Hand. »Was hat der mit seinen Haaren angestellt?«

»Ich glaube, er benutzt Pomade.«

Sie schüttelte den Kopf. »Immer? Auch wenn er nur mal Brötchen kauft?«

»Als ich ihn das letzte Mal auf der Straße gesehen habe, war das so.«

Sie legte das Cover weg. »Musikalisch werden wir wohl keine gemeinsame Wellenlänge finden.«

»Zum Glück gibt es ja noch viele andere schöne Dinge im Leben.«

»Was denn?« Sie stellte sich vor mich und zog mein Hemd aus der Hose. »Meinst du etwa …?«

»Essen«, schlug ich vor. »Ich habe gekocht.«

Sie schnupperte. »Riecht lecker.«

»Chili con Carne«, klärte ich sie auf. »Nur mit Rindfleisch, natürlich.«

»Du bist lieb. Und was gibt's zum Nachtisch?« Sie knöpfte mein Hemd auf.

»Kommt darauf an, wozu wir Lust haben.«

»Chili wird doch umso besser, je länger es auf kleiner Flamme schmort.« Sie zog mir das Hemd über die Schultern. »Ich schlage vor, wir nehmen den Nachtisch zuerst und essen später.«

Später saßen wir am Küchentisch und aßen das Chili. Die längere Schmorzeit hatte ihm nicht geschadet, wie ich zugeben musste.

»Was ist eigentlich dein Lieblingsgericht?«, fragte ich. »Das, was du neulich gekocht hast?«

»Koresht-e Bademjan«, antwortete Shirin, ohne zu zögern. »Ein persischer Eintopf mit Lammfleisch und Auberginen. Dazu ganze Tomaten, unreife saure Trauben, Kurkuma und Safran.«

»Was ist Kurkuma?«

»Ein Gewürz. Alles zusammen im Topf lange kocheln lassen …«

»Meinst du *köcheln*?«, fragte ich.

»Ja, Georg«, erwiderte sie leicht gereizt. »Also, den Topf lange auf der eingeschalteten Herdplatte stehen lassen. Mit Reis.« Sie strich sich über den Bauch. »Herrlich.«

»Machst du das manchmal?«

»Niemand kann das so gut wie meine Mutter. Deshalb versuche ich es gar nicht erst. Aber immer wenn ich sie besuche, gibt's Koresht-e Bademjan. Meistens jedenfalls.«

»Wohnt deine Mutter auch in Münster?«

»Nein, in Bonn.«

»Und wie oft besuchst du sie?«

»Zwei- oder dreimal im Jahr. Neben dem Studium und der Arbeit bleibt nicht viel Zeit.«

»Und was ist mit Geschwistern?«

»He, was wird das hier?« Shirin kniff die Augen zusammen. »Eine Familienfragestunde?«

»Ich interessiere mich für dich. Gehört Familie nicht dazu?«

»Und was ist mit deiner Familie?«

»Bei Weitem nicht so spannend wie deine. Meine Eltern sind in Rente. Ich bin zum Studium nach Münster gezogen und hier hängen geblieben. Das war's auch schon.«

»Ach ja?« Sie nahm einen Löffel Chili. Einige Sekunden verstrichen. Als die Pause begann, unangenehm zu werden, sagte sie: »Ich bin das einzige Kind meiner Mutter. Mein Vater hat noch einen Sohn, aus einer früheren Beziehung. Ich kenne ihn nicht. Solange wir als Familie zusammen waren, hat mein Vater nie über ihn geredet. Und meine Mutter schon gar nicht. Ich habe erst später von ihm erfahren, zufällig.«

»Hast du noch Kontakt zu deinem Vater?«

»Abgesehen von Weihnachtsgrüßen und Urlaubspostkarten? Nein. Und ehe du jetzt weiterfragst: Ich leide nicht darunter. Es ist so, wie es ist.« Shirin stand auf und trug ihren Teller zur Spüle. »Lass uns einen kleinen Spaziergang machen. Es ist gar nicht kalt draußen.«

»Wir könnten deine Mutter mal gemeinsam besuchen«, schlug ich vor. »Ich würde sie gerne kennenlernen.«

»Wozu?« Shirin lachte. »Willst du um meine Hand anhalten? Dafür ist es ein bisschen zu früh, meinst du nicht, Georg?«

Übers Heiraten hatte ich bis zu diesem Moment überhaupt nicht nachgedacht, Ehe gehörte nicht zu meiner vorrangigen Lebensplanung. Doch es ärgerte mich, dass Shirin das so kategorisch ausschloss. Außerdem ärgerte ich mich darüber, dass es mich ärgerte. Vielleicht war das so ein kulturelles Ding. Wenn man zusammen mit der Tochter die Mutter besucht, ist das so gut wie eine Verlobung. Möglicherweise. Ich hatte keine Ahnung. Konnte auch sein, dass Shirin ihre Freiheit behalten und sich nicht festlegen wollte. Wir waren ein paarmal zusammen ins Bett gegangen, aber hatten wir deshalb schon eine feste Beziehung? Ich nahm mir vor, das in Berlin herauszufinden.

»Tut mir leid«, sagte ich, als ich meinen Teller auf ihren stellte, »ich wollte dir nicht zu nahe treten.«

»Schon gut.« Sie streichelte mir übers Gesicht. »Du musst dich nicht dauernd entschuldigen. Meine Mutter ist eine komplizierte Frau. Wir warten besser noch eine Weile.«

25

April 2022

Wir verlassen den Hafen von Delfzijl mit dem ersten Dämmerlicht. Im Schleichtempo, der Motor tuckert leise vor sich hin. Knieriem und Nummer eins sind an Land gegangen, jetzt befinden sich außer Christine und mir nur noch Nummer zwei und die unbekannte Frau an Bord. Das Boot fährt Richtung offenes Meer.

»Wie wollen die das machen?«, fragt Christine. »Wenn sie das Boot draußen auf dem Wasser abfackeln, sterben sie mit uns. Glaubst du, das ist ein Selbstmordkommando?«

»Nein. Darauf würde sich Nummer zwei kaum einlassen.« Ich schaue zurück. Auf dem beleuchteten Anlegesteg erkenne ich zwei kleine Gestalten, das müssen Knieriem und Nummer eins sein. »Sie haben ein drittes Boot. Damit holen sie ihre Leute ab, bevor …«

»… bevor wir gegrillt werden«, sagt Christine bitter.

»Noch ist es nicht vorbei.«

»Das wirst du auch dann noch sagen, wenn ringsum alles brennt.«

»Lass uns nicht streiten.«

»Ich will mich nicht streiten.« Sie legt den Kopf an meine Schulter. »Ich will aber auch nicht sterben.«

»Ich auch nicht. Eigentlich hatte ich vor, demnächst weniger zu arbeiten und mich stattdessen mit schöneren Dingen zu beschäftigen, ein bisschen rumreisen, ein bisschen Kultur. All das, was ich schon immer machen wollte und worauf ich viel zu lange verzichtet habe.«

»Versuchst du gerade, mich einzulullen?«, fragt Christine leise.

»Schade, dass du mich durchschaust. Vergiss das einfach und lass mich weitermachen.«

»Womit?«

»Mit Zukunftsplänen. Ein paar Sachen könnten wir auch gemeinsam unternehmen, findest du nicht? Ich glaube, wir wären ein gutes Team.«

»Hör auf, du Idiot!« Sie schnieft. »Du bringst mich zum Heulen.«

Oben plätschert etwas. Es riecht nach Benzin. Lange wird es nicht mehr dauern. Ich schaue erneut zurück. Ein schwarzes Schlauchboot bewegt sich im Hafenbecken. Noch zehn Minuten? Noch zwanzig?

Nummer zwei kommt die Treppe herunter, in der linken Hand hält er einen geöffneten Kanister. Während er das Benzin verschüttet, vermeidet er es, uns anzusehen. Völlig skrupellos ist er vielleicht doch nicht.

»Bis jetzt haben Sie niemanden getötet«, sage ich.

Er dreht mir den Rücken zu. »Halt die Klappe!«

»Sie würden nur ein paar Jahre ins Gefängnis gehen«, rede ich weiter. »Vier, wenn's gut läuft bloß drei Jahre. Die sitzen Sie ab und anschließend sind Sie ein freier Mann. Aber wenn wir hier im Boot verbrennen, sind Sie wegen Mordes dran. Besondere Grausamkeit. Da kommen Sie nicht mal nach fünfzehn Jahren raus, sondern sitzen mindestens zwanzig, fünfundzwanzig Jahre. Sie sehen die Welt erst wieder, wenn Sie ein alter Mann sind. Wollen Sie das wirklich? Wollen Sie den größten Teil Ihres Lebens im Gefängnis verbringen?«

Nummer zwei hat das Benzin in der Kajüte verteilt. »Das wird nicht passieren.«

»Das wird es – falls Knieriem Sie nicht vorher erledigt. Sie sind am Arsch, Tim. Und Sie wissen es.«

Nummer zwei wirft den leeren Kanister auf die Sitzbank, dreht sich um, schaut mir in die Augen und legt zwei Finger an die Schläfe. »Danke für den Tipp, Wilsberg.«

»Noch ist es nicht zu spät. Sie können das verhindern. Wenn Sie uns helfen, sind Sie ein Held. Man wird Sie feiern. Es ist

Ihre Entscheidung. Mörder oder Held. Lebenslänglich oder Freiheit.«

In seinem Gesicht regt sich nichts. Geht überhaupt etwas in seinem Kopf vor? Hat er begriffen, was ich gesagt habe? Die Sekunden verstreichen.

Dann erscheint ein Grinsen. »Leck mich!«

Christine stöhnt. Ich schließe die Augen. Weiter weiß ich nicht.

Von oben ruft eine Frauenstimme. Die Stimme kenne ich.

26

November 1989

Wir fuhren bei Helmstedt über die Grenze. Entgegen Sigis Befürchtungen wirkten die DDR-Grenzer ziemlich locker, sie schauten nur kurz in unsere Pässe und winkten uns durch. Und dann holperten wir über die Transitstrecke, schneller als die erlaubten hundert Stundenkilometer hätte man, ohne größere Schäden an den gequälten Stoßdämpfern zu riskieren, sowieso nicht fahren können.

»Was für ein Land!«, sagte Shirin. »So düster und grau.«

»Der real existierende Sozialismus eben. Mehr real und existierend als Sozialismus. Marx hat sich das bestimmt anders vorgestellt.« Ich überholte einen Trabbi. »Mit besseren Autobahnen und schöneren Autos.«

Shirin lachte. »Warst du mal Marxist?«

»Während meines Studiums habe ich darüber nachgedacht. Aber *Das Kapital* von Marx ist einfach unlesbar. Ich wette, nicht mal Honecker hat mehr als die ersten hundert Seiten geschafft.«

Kurz darauf hatte Shirin Hunger. Wir fuhren bei der Raststätte *Magdeburger Börde* ab, parkten auf dem für Transitreisende reservierten Parkplatz und gingen in den für Transitreisende reservierten Saal im Mitropa-Restaurant. Die DDR brauchte Devisen, also verstanden sich alle Preise auch als D-Mark-Preise. Billig war es trotzdem, wir speisten und tranken jeder für weniger als zehn Mark und gönnten uns so exotische Gerichte wie Soljanka, einen halben Broiler mit Sättigungsbeilage und Wackelpeter. Shirin fand die Namen urkomisch und erntete bei der Kellnerin komplettes Unverständnis. Mit anderen Worten, wir benahmen uns wie typische Westdeutsche.

Anschließend ging es wieder auf die Holperstrecke und

nach gut hundert Kilometern Richtung Osten landeten wir erneut im Westen, in Westberlin. Sofort wurde es heller und greller.

»Crazy«, sagte Shirin. »Was für ein Unterschied.«

»Deshalb wollen sie ja alle zu uns. Wenn sie dann merken, dass es im kapitalistischen Westen ohne Geld nur halb so toll ist, gibt's keine Rückfahrttickets mehr.«

»Ich versteh's trotzdem«, meinte Shirin. »Schon weil ich nicht die Klappe halten könnte. Und du als Rechtsanwalt …«

»Nach Vorschrift arbeiten? Nein danke. Dann bleibe ich lieber bei meinen Tierbefreiern und Mehlwerfern.«

»Und Mördern.«

»Dem *einen* Mörder bislang. Und der ist mir selbst unschuldig weitaus weniger sympathisch als ein verurteilter Mehlwerfer.«

»Ach, komm schon, du musst mit Knieriem ja keinen trinken gehen.«

»Zum Glück.«

Wir erreichten den Ku'damm und fuhren an den Glitzerfassaden und den auf dem Bürgersteig auf Kundschaft wartenden Prostituierten vorbei zu unserem Hotel mit Tiefgarage. Luxus pur.

Als wir eincheckten, reichte mir der uniformierte Mann an der Rezeption zum Zimmerschlüssel noch einen Zettel mit einer Telefonnummer. »Ein Herr Ponti hat für Sie angerufen. Er bittet dringend um Rückruf.«

Scheiße, das Interview. Es steckte in der Jacke, die zu Hause in Münster an der Garderobe hing. Ungelesen.

»Danke.« Ich stopfte den Zettel in die Hosentasche.

»Ponti? Was Berufliches?«, fragte Shirin.

»Ja, aber darauf habe ich jetzt keinen Bock. He, wir machen Urlaub, Ponti kann mich mal.«

Ein zweiter Uniformierter, der eine andere Jackenfarbe als der Rezeptionsmensch trug, hatte sich bereits Shirins Rucksack geschnappt und bestand darauf, ihn in unser Zimmer zu tragen und uns die Funktionsweise der Lichtschalter vorzuführen. Danach wartete er darauf, dass ich ihm ein Trinkgeld gab. Ich kramte ein Fünfmarkstück aus dem Portemonnaie und sah ihm an, dass es fast unter seiner Würde war, sich mit Kleingeld abzugeben. Mit einem gnädigen Kopfnicken zog er die Tür hinter sich zu.

Shirin ließ sich auf das große Bett fallen. »Wahnsinn. Was hast du für das Zimmer bezahlt?«

»Ich versuche, mich an mein zukünftiges Leben als Staranwalt zu gewöhnen. Die steigen nicht in irgendwelchen Kaschemmen ab.«

Sie sprang wieder auf und öffnete die mit kleinen bunten Fläschchen und etwas größeren, weniger bunten Flaschen prall gefüllte Minibar. »Wow! Was hältst du von Sekt?«

»Warum nicht?«

Eine halbe Stunde und zwei Piccolos später standen wir auf dem Ku'damm. Shirin hatte *Wir Kinder vom Bahnhof Zoo* gelesen und die Verfilmung gesehen, nun wollte sie unbedingt überprüfen, ob es im Westberliner Hauptbahnhof wirklich so schlimm zuging wie in der Ära von Christiane F. Und tatsächlich wurden ihre Erwartungen erfüllt. Es war laut, dreckig und voller Elend. Da konnte der in den Sechzigerjahren von der Bahn vergessene, viel zu kleine münstersche Bahnhof nicht mithalten.

»Und zum *Sound* müssen wir auch noch«, sagte Shirin.

Die Disco *Sound*, in der Christiane F. ihre ersten Drogenerfahrungen gesammelt hatte und sich Mick Jagger und David Bowie unter ihre Fans mischten.

Wir suchten die Genthiner Straße am Landwehrkanal und standen vor einem verrammelten Eingang.

»Hat letztes Jahr zugemacht«, sagte ein Mädchen, das für die Jahreszeit und die Kälte viel zu wenig Kleidung trug, »war aber sowieso nicht mehr das alte.«

Shirin war enttäuscht. Unterwegs hatte sie mir erzählt, dass das *Sound* bei seiner Eröffnung als modernste Disco Europas gegolten hatte. Es habe sogar einen Raum gegeben, in dem man die Musik mitschneiden und die Aufnahmen dann nach Hause nehmen konnte. Und eine Teestube und eine Milchbar, schwärmte sie weiter. Und eine Drogenszene, hatte ich eingeworfen. Die auch, räumte Shirin ein. Deswegen sei es ja dauernd geschlossen worden – und habe immer wieder neu eröffnet.

Bis jetzt. Insgeheim war ich erleichtert über die Änderung unseres Abendprogramms. Ich stand nicht auf wummernde Bässe und Stroboskopgeflimmer. Außerdem hatte ich schon wieder Hunger. »Von hier ist es nicht weit bis Kreuzberg. Da soll's die leckersten Döner geben.«

»Meinetwegen«, gab sich Shirin geschlagen.

Wir wanderten nach Kreuzberg, aßen Döner, tranken in einer verranzten Kneipe Bier und machten uns auf den Rückweg zum Breitscheidplatz. Im *Zoopalast* gingen wir in die Nachtvorstellung von *Batman*, anschließend fielen wir nur noch ins Bett, selbst für Sex waren wir zu müde.

Das änderte sich nach neun Stunden Schlaf und einer belebenden Dusche. Wir verschoben das Anziehen auf später und legten uns nackt aufs Bett.

Ich streichelte Shirins samtweiche hellbraune Haut. »Ich glaube, ich habe mich in dich verliebt.«

Shirin verschloss meinen Mund mit der Hand. »Nicht reden, Georg.«

Eine halbe Ewigkeit oder eine Viertelstunde später streckten wir uns entspannt aus.

»Meinst du, es gibt noch Frühstück?«, fragte Shirin.

Im Frühstücksraum wurde das Büfett schon abgebaut. Wir ergatterten ein paar Reste, bestellten eine Kanne Kaffee und verzogen uns mit unseren Tellern an einen Tisch am Fenster mit Blick auf den Ku'damm. Shirin bestrich ihr Croissant dick mit Butter und Honig, führte es zum Mund – und erstarrte.

»Was ist?«, fragte ich.

»Da!«, sagte sie. »Was zum Henker …?«

Ich folgte ihrem Blick. Über den Ku'damm fuhr eine Parade von Trabbis, meist voll besetzt. Die Autofenster waren hinuntergekurbelt, die Insassen winkten den Fußgängern freudig lachend zu.

Der Kellner, der uns den Kaffee brachte, lachte auch, allerdings über uns. »Haben Sie es nicht mitbekommen?«

»Was denn?«, fragte ich.

»Heute Nacht ist die Mauer gefallen. Die DDR hat ihre Grenzen geöffnet. Die dürfen jetzt jederzeit nach Westberlin und wieder zurück. Nur mit ihrem Personalausweis.«

»Nein«, sagte ich.

»Doch«, sagte der Kellner. »Der Schabowski hat's gestern Abend verkündet. Ausreise an allen Grenzübergangsstellen möglich, ohne Genehmigung. Inzwischen wird schon an der Mauer gehämmert. Ist nur noch eine Frage der Zeit, bis die verschwindet.«

»Und was sagen die Russen dazu?«

»Bis jetzt nichts. Die bleiben in ihren Kasernen. Gorbatschow hat wohl nichts dagegen.«

»Lass uns zum Brandenburger Tor gehen!«, drängte Shirin. »Sofort.«

»Oder lieber nach dem Frühstück?« Ich hatte Hunger. Und Kaffeedurst.

»Georg!« Shirin verdrehte die Augen. »Das ist ein historischer Moment.«

»Schon klar. Aber der wird nicht so schnell vergehen. Die Mauer ist lang …«

»Georg!«

»Okay.« Ich nahm hastig einen Schluck Kaffee. »Ich hole mein Portemonnaie und unsere Jacken aus dem Zimmer. Vielleicht kannst du in der Zwischenzeit zwei Brötchen schmieren. Für unterwegs.«

»Mach ich«, sagte Shirin. »Bringst du meinen Personalausweis mit? Der steckt in meiner Börse – falls wir nach Ostberlin gehen …«

Ich brauchte eine Weile, bis ich Shirins Börse entdeckte, sie lag unter ihrem Pullover neben dem Bett. Ich öffnete den Verschluss, fand den Personalausweis und zog ihn heraus. Dahinter kam ein Urlaubsfoto zum Vorschein, eines jener leicht unscharfen oder verwackelten Fotos, die in beinahe jeder mitteleuropäischen Geldbörse vergilbten. Drei Menschen am Strand in Shorts und verwaschenen T-Shirts, im Hintergrund eine hölzerne Strandbude, die nach Holland aussah. Eine jüngere Shirin stand links neben einem großen, semmelblonden Mann, der altersmäßig ihr Vater sein konnte. Bis hierhin hätte es keinen Grund gegeben, das Foto länger als eine Sekunde anzuschauen, schon aus Achtung vor Shirins Privatsphäre. Doch blöderweise war mein Blick zuerst auf den Mann rechts vom Semmelblonden gefallen, logischerweise ebenfalls ein paar Jahre jünger als heute. Trotzdem erkannte ich ihn sofort. Frank Knieriem.

Eine heiße Welle durchlief meinen Körper, meine Beine wurden wacklig, ich musste mich aufs Bett setzen. Gab es eine harmlose Erklärung für das Foto? Eine zufällige Begegnung am Strand, längst vergessen? Mach dir nichts vor!, kritisierte ich mich umgehend selbst, wenn es eine zufällige Begegnung gewesen wäre, würde Shirin das Foto nicht jahrelang in ihrer Geldbörse spazieren führen. Und sicher hätte sie mir davon erzählt. Stell dir vor, ich hab Knieriem mal in Holland am Strand … Nein, nein, nein, alles Blödsinn. Es gab keinen Zufall. Shirin *kannte* Knieriem, sie kannte ihn offenbar seit Jahren und hatte es mir verheimlicht. Warum? Ich schaute mir den Mann in der Mitte des Fotos genauer an und versuchte, Ähnlichkeiten zwischen ihm und Shirin auszumachen. Falls der Blonde tatsächlich ihr Vater war, in welcher Beziehung stand dann Knieriem zu den beiden? Hatte Shirin nicht vorgestern etwas von einem Halbbruder erzählt, war Knieriem womöglich das Produkt einer Affäre zwischen Shirins Vater und Knieriems Mutter?

Mir wurde schlecht. Gleichzeitig klingelte das Telefon. Wahrscheinlich Shirin, die sich erkundigen wollte, warum ich nicht zurückkam. Ich musste mich zusammenreißen. Erst die Lage durchdenken, bevor ich die Karten auf den Tisch legte. So tun, als wäre nichts passiert.

Ich atmete zweimal tief durch und nahm den Hörer ab. »Ja?«

»Schorsch, du Sausack!«, sagte Carlo Ponti. »Wieso rufst du nicht an, wenn ich dir bestellen lasse, dass du mich anrufen sollst?«

»Carlo«, stöhnte ich. »Es ist gerade äußerst ungünstig, ich …«

»Quatsch mit Soße«, würgte Ponti mich ab. »Hast den verkackten Text gelesen, den die drucken wollen? Hast du, Schorsch?«

»Was gibt's denn von deiner Seite an dem Interview auszusetzen?«, wich ich mit einer Gegenfrage aus.

»An dem Interview? Nichts. Die Antworten stammen ja von mir, was soll daran auszusetzen sein? Ich rede von dem bescheuerten Vorspann. Hast du das überlesen, oder was? *Der Lehrersohn Carlo Ponti.* Lehrersohn? Hallo! Was soll das?«

»Na ja, du bist nun mal ein Lehrersohn, oder?«

»Sure, logo, doch das muss niemand wissen. Wie stehe ich denn da? Als *Lehrersohn*?«

»Und ich habe dir gesagt, dass das nicht allzu schwer herauszufinden ist. Besser, du hättest dir die Geschichte von dem Schweinezüchter-Vater und dem Hof, den du übernehmen solltest, gespart.«

»Heißt das, du kannst nichts dagegen tun?«

»Richtig, Carlo«, bestätigte ich. »Der Vorspann liegt allein in der Verantwortung der Redaktion, da können wir ihnen nicht reinreden. Es sei denn, es würde etwas Falsches über dich behauptet. Da das nicht der Fall ist, haben wir nichts in der Hand. Dagegen, dass jemand etwas faktisch Richtiges veröffentlicht, gibt es keine juristischen Mittel.«

»Scheiße, Mann, das darf nicht wahr sein.«

»Ist aber so.«

»Okay, okay«, lenkte Ponti ein. »Wenn du es sagst … Da ist übrigens noch etwas anderes, das ich dir erzählen wollte, über diese Knieriem-Sache …«

»Jetzt nicht«, sagte ich. Ich spürte, wie mein Magen revoltierte. Noch eine Minute länger konnte ich Ponti nicht ertragen. »Ich muss weg. Ich rufe dich zurück.«

Dann legte ich schnell auf und rannte zum Klo.

»Geht's dir nicht gut?«, fragte Shirin besorgt. »Du siehst ganz bleich aus.«

»Nichts weiter«, wiegelte ich ab. »Kleines Magenproblem. Ich glaube, der Döner gestern Abend war doch nicht so gut.«

»Wir können auch hierbleiben«, schlug Shirin höflichkeitshalber vor.

»Unsinn. Du willst zur Mauer, ich ebenso, also fahren wir hin.«

Wir nahmen den Bus. Das Rütteln und Schütteln war reines Gift für meinen Magen. Ich versuchte, an etwas anderes zu denken, aber das, was mir dabei durch den Kopf schoss, machte die Sache nicht besser.

»Warst du vorhin so lange im Zimmer, weil du dich …?« Shirin zeigte mit dem Finger auf ihren geöffneten Mund.

»Das auch«, gab ich zu. »Und außerdem hat Carlo Ponti angerufen.«

»Schon wieder?«

»Der Typ nervt wie ein Schwarm Mücken.«

Der Bus fuhr durch ein besonders tiefes Schlagloch. Ich presste die Lippen aufeinander – in den Bus zu kotzen wäre einfach zu peinlich gewesen. Inzwischen empfand ich es als glückliche Fügung, das Frühstück verpasst zu haben.

Bis zum Ausstieg an der Straße des 17. Juni schaffte ich es, mich nicht zu übergeben. Und nachdem wir eine Weile durch die kühle Luft gestapft waren, fühlte ich mich wieder einigermaßen handlungsfähig. Fit genug jedenfalls, um zu realisieren, dass mitten in Berlin der Eiserne Vorhang gerade krachend zu Boden ging. Schon von Weitem war zu hören, wie an der Mauer gehämmert wurde. Als wir näher kamen, sahen wir, dass dort eine Party abging, eine Menge ausgelassener Menschen tummelte sich unterhalb und auf der Mauer. Die Volksfeststimmung steckte sogar die Westberliner Polizisten an, die das Geschehen beobachteten, entgegen ihrer sonstigen Gewohnheit wirkten sie irgendwie fröhlich.

Shirin blieb fasziniert stehen. »Wahnsinn, oder?«

»Ja. Gestern hätte ich das noch nicht für möglich gehalten.«

Sie fiel mir um den Hals. »Das ist das Ende von West gegen Ost, von Kapitalismus contra Sozialismus, der Kalte Krieg ist endgültig vorbei.«

Ich hob nur lahm einen Arm und drückte sie ein bisschen. »Vielleicht.«

»Georg?« Shirin schaute mich strafend an. »Sei nicht so verdammt pessimistisch.« Sie zog mich an der Hand Richtung Mauer. »Lass uns mitfeiern.«

»Oh! Ich …«

»Stimmt. Du darfst ja nichts trinken.«

Shirin mischte sich unter die Menge, hatte bald eine Flasche Bier in der Hand und stieß mit wildfremden Menschen an. Ich lungerte unbeteiligt herum und fühlte mich schrecklich. Wie sollte ich das noch ein paar Tage durchhalten? Wie sollte ich so tun, als wüsste ich nicht, dass Shirin mich getäuscht hatte?

Ich würde mich nicht die ganze Zeit mit Magenbeschwerden herausreden können. Sie würde mich durchschauen und zur Rede stellen. Und dann? Ich musste Zeit gewinnen. Auf keinen Fall durfte ich ihr die Gelegenheit geben, Spuren zu verwischen. Wahrscheinlich hatte sie alles von Anfang an geplant. Unsere *zufällige* Begegnung vor dem Gerichtsgebäude beim Tierbefreierprozess, unsere Verabredung, der Vorschlag, zusammen ins Bett zu gehen … Sie hatte mich dazu gebracht, mich in sie zu verlieben und jegliches Misstrauen zu vergessen. Aus meinem Magen schoss etwas ätzend Saures bis in die Kehle hoch. Ich schluckte.

»Georg«, Shirin hauchte mir lachend ihren Bieratem ins Gesicht, »woran denkst du?«

»Ich weiß, es ist saublöd«, sagte ich, »aber Ponti lässt mir keine Ruhe. Ich muss zurück nach Münster.«

»Wann?«

»So schnell wie möglich. Am besten heute noch.«

Sie schüttelte den Kopf. »Im Ernst?«

»Ja, tut mir leid. Es bringt dir und mir nichts, wenn ich dumm herumstehe, an meine Sachen denke und dir den Spaß verderbe. Du kannst gerne hierbleiben. Das Hotelzimmer ist bis Dienstag gebucht. Ich bezahle selbstverständlich alles, kein Problem. Ich würde mich sogar wohler fühlen, wenn du dich nicht nach mir richtest.«

Shirin guckte mich mit großen Augen an. »Du spinnst. Natürlich komme ich mit.«

27

Das Gesicht ist runder geworden, ebenso wie die Figur, in den Haaren zeigen sich ein paar graue Strähnen. Sie muss jetzt Ende fünfzig sein und würden wir uns nicht kennen, käme ich vielleicht auf die Idee, sie schön zu finden. Wir gucken uns an.

»Hallo«, sage ich.

»Hallo«, antwortet sie.

»Du willst mich also umbringen?«

»Ich habe nicht gewollt, dass du hier bist.«

»Nun bin ich hier. Und wenn du ein Streichholz anzündest, bringst du mich um.«

»Häh?«, macht Christine. »Ihr kennt euch? Woher?«

Weder Shirin noch ich antworten.

»Verstehe«, sagt Christine. »Schon wieder eine lange Geschichte.«

»Immer noch dieselbe«, widerspreche ich.

»Das hätte alles nicht so enden müssen«, sagt Shirin. »Du hast mir nie geglaubt, dass ich …«

»Hör auf!«, schreie ich. »Was damals war, interessiert mich nicht mehr. Bring mich meinetwegen um. Aber wenn du einen Rest Moral besitzt, dann sorgst du dafür, dass Christine am Leben bleibt. Im Gegensatz zu mir hat sie weder dir noch Knieriem irgendwas getan.«

»Das kann ich nicht. Es ist zu spät.«

»Doch. Du kannst. Shirin! Bitte!«

»Komm endlich rauf, Shi!«, ruft Nummer zwei von oben. »Frank ist gleich da.«

Shirin beugt sich zu mir, ihr Mund nähert sich meinem Ohr. »Viel Glück!«

Dann zieht sie ein Messer aus der Tasche und schneidet meine Handfesseln durch.

»Bin schon unterwegs!«, ruft sie nach oben und wirft das Messer auf die Sitzbank.

Ich schnappe mir das Messer und befreie zuerst Christine und dann meine Füße.

»Tu so, als ob du gefesselt wärst«, flüstere ich ihr zu. »Falls Knieriem uns ein letztes Mal sehen will.«

Oben rumst das Schlauchboot gegen die Seitenwand.

»Alles klar?«, hört man Knieriems Stimme. »Habt ihr das Benzin verschüttet?«

»Alles erledigt«, antwortet Nummer zwei. »Kann losgehen.« Und dann erschrocken: »He, was soll das? Frank, mach doch keinen …«

Ein Schuss. Über unseren Köpfen fällt etwas Schweres aufs Deck, sehr wahrscheinlich der Körper von Nummer zwei. Ich hab's geahnt, aber mit Ahnungen konnte ich ihn ja nicht beeindrucken.

Christine schaut mich mit riesigen Augen an und öffnet den Mund. Ich schüttele den Kopf.

»Nicht reden«, flüstere ich. Knieriem soll glauben, dass wir uns mit unserem Schicksal abgefunden haben. Dann sind wir langweilig für ihn.

»Shi, was ist?«, ruft er. »Es wird hell, wir müssen weg.«

Schritte. Etwas landet an Deck und kullert herum, vermutlich der Anzünder. Dann das Fauchen, das plötzlich auflodernde Flammen verursachen. Durch das Seitenfenster sehe ich, wie sich das Schlauchboot entfernt.

»Jetzt«, sage ich und springe auf. Wäre gut, wenn wir Decken hätten, unter denen wir uns vor den Flammen schützen könnten. Ich öffne Schranktüren. Tatsächlich, die guten dicken grauen Wolldecken. Ich reiche Christine eine und zeige auf die Bootseite, die man vom Schlauchboot aus nicht sehen kann. »Zuerst dahin, sonst drehen sie um und …«

»Zieh deine Sachen aus«, sagt Christine. »Die werden im Wasser schwer.«

Das Feuer erleuchtet schon das Meer, es wird nicht lange dauern, bis es den Tank erreicht und das Boot explodiert. »Wir haben keine Zeit …«

»Tu's einfach!«, befiehlt sie. »Schnell!«

Die Flammen züngeln an der hölzernen Türverkleidung, es wird warm. Ich ziehe alles aus bis auf die Unterhose und die Schuhe. Auch Christine trägt nur noch Unterwäsche. Wir legen die Decken über unsere Köpfe.

»Und los!« Ich haste nach oben und rede mir ein, dass es nur um Schnelligkeit geht, so wie beim Feuerlauf, wenn man mit nackten Füßen über glühende Asche rennt, ohne sich zu verbrennen.

Die glühende Hitze haut mich fast um. Ich halte die Luft an, mache ein paar Schritte, stoße gegen die Reling, rolle mich darüber und falle rücklings ins Wasser. Schlagartig verwandelt sich die Hitze in flüssige Eiseskälte. Ich tauche unter, stoße die Decke weg und tauche wieder auf. Aber ich bekomme keine Luft, meine Kehle ist verschnürt. Ich werde nicht ertrinken, ich werde ersticken.

28

November 1989

Wir fuhren wieder über die Transitstrecke, die vermutlich nicht mehr lange eine Transitstrecke bleiben würde. Im Radio wurde schon über eine mögliche Vereinigung von BRD und DDR geredet, besser gesagt, über den Beitritt der DDR in den Geltungsbereich des Grundgesetzes. Dass sich nach dem triumphalen Sieg der Marktwirtschaft über die vermurkste Planwirtschaft etwas am westdeutschen System ändern würde, war nicht zu erwarten. Die DDR, so der Tenor einiger Kommentare, würde abgewickelt werden, mit unabsehbaren Folgen für die Bevölkerung. Bestimmt war das nicht im Sinn derjenigen, die montags lautstark für Reformen demonstriert hatten und jetzt an den Toren der Stasizentralen rüttelten, aber die Mehrheit der DDR-Bürger würde den Verlockungen der D-Mark nicht widerstehen können. Meinten die Experten. Helmut Kohl und die Bonner Politikerkaste hielten sich erst mal zurück. Noch war unklar, was Gorbatschow zu solchen Plänen sagen würde. Und auch die Westmächte hatten ja ein Wort mitzureden.

Ich dagegen war froh, dass so viele über den Fall der Mauer diskutierten und Shirin das interessierte. Das enthob mich von der Pflicht, ein Gespräch mit ihr zu führen. Über den Status unserer Beziehung zum Beispiel oder die Frage, wie es jetzt weitergehen sollte.

Vor dem Grenzübergang Marienborn stauten sich die Trabbis. Jenseits der Grenze lockte das Begrüßungsgeld.

»Was will Ponti eigentlich von dir?«, fragte Shirin.

»Kann ich nicht sagen.«

»Ach, komm schon! Wir sind ein Paar. Gilt da auch das Anwaltsgeheimnis?«

»Du arbeitest für Ponti. Ich will dich nicht in eine Zwickmühle bringen.«

»Ich halte die Klappe. Versprochen.«

»Tut mir leid.«

Shirin schaute mich scharf von der Seite an. »Ist da noch was anderes, Georg?«

»Nein. Wieso?«

»Du bist so komisch. Seit gestern.«

»Quatsch. Mir ging's nicht gut. Das weißt du doch.«

Sie schüttelte den Kopf. »Du wirkst so kalt. Irgendwie fischig.«

»Fischig?« Ich lachte gequält. »Das ist nicht nett.«

»Du bist ja auch nicht nett.« Sie legte eine Hand auf meinen Oberschenkel. Unwillkürlich zuckte ich zusammen. »Siehst du?« Sie zog die Hand nicht weg. »Du willst nicht mal, dass ich dich anfasse.«

»Unsinn.«

Die Hand massierte meinen Oberschenkel und wanderte weiter nach oben.

»Das ist gefährlich«, warnte ich sie. »Ich muss mich auf den Verkehr konzentrieren.«

Die Hand verschwand, Shirin rückte ein Stück von mir ab. »Lass es mich wissen, wenn du bereit bist, darüber zu reden.«

Ich setzte Shirin vor ihrer Haustür ab. Die Verabschiedung geriet ziemlich frostig. Shirin war beleidigt und vermied demonstrativ, das Thema »nächste Verabredungen« anzuschneiden. Was mir wiederum ersparte, irgendwelche Ausreden zu erfinden. Wir umarmten uns flüchtig.

»Was hast du noch vor?«, fragte Shirin. »Fährst du zu Carlo Ponti?«

»Ja. Ja, ich denke, ich fahre gleich hin, dann …«

»Bestell ihm einen Gruß von mir. Da ich in Münster bin, kann ich am Wochenende auch wieder arbeiten. Sagst du ihm das? Oder besser noch Hajo?«

»Tue ich«, versprach ich.

Also fuhr ich zum *Bad* – für den Fall, dass sich Shirin am nächsten Tag erkundigte, ob ich tatsächlich dort gewesen war. Ponti saß in seinem Büro, rauchte einen Joint und las einen alten *Musikexpress*-Artikel über sich und seine Band.

»Die hatten was drauf«, sagte Ponti, als er das Heft zuklappte, »nicht so bräsig wie die Hegels vom Hafen.«

»Fachleute eben«, gab ich ihm recht. »Keine Amateure.«

Er nahm seine runde Nickelbrille ab. »Ist dir was eingefallen, wie wir den Heinos eins auf den Toches geben können?«

»Nein, das ist aussichtslos.« Ich klapste ihm aufmunternd auf den Rücken. »Sieh es mal positiv: Als Lehrersohn bist du bei den Pädagogikstudentinnen gleich viel beliebter.«

»Auch wieder wahr«, stimmte Ponti mir zu. »Aber warum bist du dann hier?«

»Wegen der anderen Sache, die du am Telefon erwähnt hast. Dass du mir was über Frank Knieriem erzählen willst.«

»Knieriem? Knieriem?« Er dachte nach. »Ach ja. Das habe ich von Hajo.« Er drehte den Kopf Richtung Vorzimmer, in dem die leopardenfellbekleidete Sekretärin saß, und brüllte: »Moni! Kannst du mal Hajo holen? Der tigert irgendwo durchs Gebäude.«

»Ich hab echt zu tun«, keifte Moni zurück und machte sich dann doch auf den Weg.

Hajo hatte gerötete Wangen und eine leichte Fahne, als er uns von Moni vorgeführt wurde. »Was gibt's, Boss?«

»Erzähl mal die Story von dem Mördertypen«, befahl Ponti.

»Knieriem? Ist ja gar kein Mörder. Unser guter Schorsch hat ihn rausgehauen. Oder nicht, Schorsch?«

»Erzähl's trotzdem«, schlug ich vor.

»Viel zu erzählen ist da ja nicht.«

Ponti stöhnte. »Mensch, Hajo!«

»Ich habe ihn ein paarmal gesehen. Hier bei uns. Saß immer an der Bar rum, wenn Shirin hinter der Theke gearbeitet hat. Die beiden schienen sich gut zu verstehen.«

»Wann hast du ihn zum letzten Mal gesehen?«, fragte ich.

»Das war«, Hajo kratzte sich am Kopf, »ja, das war an dem Wochenende, als seine Freundin umgebracht wurde.«

»Interessant«, murmelte ich.

»Warum wirst du so käsig im Gesicht, Schorsch?«, erkundigte sich Ponti. »Läuft da was zwischen dir und Shirin? Sie hat das Wochenende freigenommen, weil sie nach Westberlin will. Und du warst auch in Westberlin, oder?«

»Ich soll euch von Shirin bestellen, dass sie am Wochenende arbeiten kann – falls ihr noch jemanden braucht. Und tut mir einen Gefallen: Erwähnt ihr gegenüber nicht, dass wir über Knieriem geredet haben. Das ist sehr wichtig, versteht ihr?«

Ponti und Hajo guckten mich mitfühlend an.

»Unsere Lippen sind verschlossen wie ein Grab«, versprach Ponti. »Stimmt's, Hajo?«

»Stimmt, Boss«, sagte Hajo.

»Vielleicht ein Whisky, Schorsch?« fragte Ponti. »Das Zeug hilft immer. Ich hab da einen guten …«

»Nein danke.« Ohne weitere Abschiedsfloskeln wankte ich an der mit ihren Fingernägeln beschäftigten Moni vorbei ins Freie. Nach dem zweiten doppelten Whisky hätte ich Ponti vielleicht mein Herz ausgeschüttet. Und das für den Rest meines Lebens bereut.

Am Abend saß ich in meinem Lieblingssessel im Wohnzimmer. Weitgehend im Dunkeln, nur eine funzelige Stehlampe verbreitete ihr zylinderförmiges Licht, in dem die Staubteilchen tanzten. Draußen hupte ein Auto, ansonsten war es still. Mir war nicht nach Ablenkung, mir war nach gar nichts. Vor allem nicht nach Nachdenken. Trotzdem blieb mir nichts anderes übrig, als das Schlimmste bis zum Ende durchzuspielen. Shirin hatte mit Knieriem nach dem Mord geredet – was hatten sie dabei ausgeheckt? Eine mögliche Verteidigungsstrategie? Shirin hatte Frau Schulze-Fahle mit ihrem Dackel aufgestöbert und das erste Gespräch allein geführt – war es möglich, dass sie die alte Frau manipuliert hatte? Anschließend hatte ich Shirin meine Strategie erklärt, sie wusste also, dass ich noch etwas Belastendes suchte, das den potenziellen Mörder Bröskamp in Schwierigkeiten bringen würde – und prompt fand die Polizei die Tatwaffe in Bröskamps Keller. Wieso hatte ich Idiot nicht den leisesten Verdacht geschöpft? Vielleicht war Whisky doch keine so schlechte Idee.

Als ich aufstand, um mir ein Glas einzuschenken, klingelte das Telefon.

Shirin war dran. »Ich habe meinen Pullover in deinem Auto vergessen, kann ich schnell vorbeikommen und ihn abholen?«

»Sorry«, sagte ich, »ich bin verabredet.« Und damit es nicht zu fies klang, schob ich hinterher: »Mit einem Freund. Wir haben uns lange nicht gesehen. Ich bring dir den Pullover morgen, okay?«

»Wie du meinst«, antwortete Shirin und legte auf.

Ich brauchte Gewissheit, bevor ich eine Entscheidung traf.

Am nächsten Morgen fuhr ich zu Frau Schulze-Fahle. Dackel Lili wedelte freudig mit ihrem Schwanz und schnüffelte an meinen Hosenbeinen.

Ihr Frauchen guckte mich eher ängstlich an. »Habe ich was falsch gemacht? Muss ich noch mal vor Gericht aussagen?«

»Kein Grund zur Sorge«, beruhigte ich die alte Dame. »Ich habe nur ein, zwei Fragen, nichts von Bedeutung.«

»Dann nehmen Sie sicher einen Kaffee.« Frau Schulze-Fahle wackelte mir voran in die Küche.

Den Kaffee abzulehnen wäre ein ganz schlechter Einstieg gewesen. »Sehr gerne. Aber heute ohne Keks bitte.«

Während sie mit zittriger Hand ein paar Krümel Kaffee in den Filter schüttete, konnte sie ihre Neugier nicht zurückhalten. »Was wollen Sie denn wissen, Herr Wilsberg?«

»Wie gesagt, es ist nicht wichtig, aber dummerweise habe ich mir bei unserem letzten Gespräch keine Notizen gemacht. Es geht um die *Tagesschau*-Sendung, die Sie am 4. März gesehen haben, nachdem Ihnen Frank Knieriem an der Promenade begegnet ist. Sie erinnern sich?«

»Natürlich«, antwortete die alte Dame pikiert.

»Gut. Sehen Sie, für mein Plädoyer im Prozess brauche ich sehr präzise Angaben.«

Der Wasserkessel auf dem Herd pfiff. Frau Schulze-Fahle goss eine Menge kochendes Wasser auf die wenigen Kaffeekrümel.

»Ihre Assistentin weiß das doch alles«, wies sie mich zurecht.

»Selbstverständlich«, gab ich zu. »Und es tut mir ja auch leid, dass ich Sie damit belästigen muss. Aber meine Assistentin ist ausgerechnet jetzt in Urlaub gefahren und ich kann sie nicht erreichen. Deshalb lassen Sie mich kurz wiederholen, was ich im Gedächtnis behalten habe. In der Sendung ging es um den verstorbenen japanischen Kaiser Hirohito, der in Anwesenheit von Staatsgästen aus über hundertsechzig Ländern beigesetzt wurde. Und zwei bundesdeutsche Leichtathletinnen haben bei den Hallenweltmeisterschaften Gold geholt, Helga Arendt über vierhundert Meter und Claudia Losch im Kugelstoßen.«

Die alte Dame zögerte und guckte mich fragend an. Ich lächelte aufmunternd.

»Ja«, sagte sie dann, »genauso war's.«

»Dummerweise ist beides nicht am 4. März passiert. Hirohito wurde schon am 24. Februar beerdigt. Und Arendt und Losch haben ihre Goldmedaillen erst am 5. März gewonnen.«

Der Wasserkessel donnerte krachend auf die Arbeitsplatte. »Was sagen Sie da?«

»Dass ich Sie aufs Eis geführt habe.« Ich griff nach ihrem Arm, weil sie inzwischen bedenklich schwankte, und führte sie ins Wohnzimmer, wo ich sie in einem der weichen Polstersessel platzierte.

Auch Lili schien zu merken, dass mit Frauchen etwas nicht stimmte, winselnd legte sie sich auf deren Füße. Ich holte zwei Tassen Kaffee aus der Küche, die braune Brühe war so dünn, dass ich die Gefahr einer Herzattacke bei der düpierten Zeugin für überschaubar hielt. Frau Schulze-Fahle bedankte sich artig. Dass sie die Vertauschung der Gastgeberin- und Gastrolle so klaglos akzeptierte, zeigte, wie verstört sie war.

Vorsichtig trank sie einen Schluck. »Warum haben Sie das getan?«

»Ein Test, nichts weiter. Machen Sie sich keine Vorwürfe. Ich könnte auch nicht sagen, was am 3. oder 7. März passiert ist. Wenn mir jemand davon erzählt, erinnere ich mich vielleicht an Namen oder Ereignisse, allerdings sehr selten an das präzise Datum.«

»Heißt das, ich habe mich geirrt?«

»Nein, das haben Sie nicht. Am 4. März sind über hundert Polen aus Westberlin abgeschoben worden und Boris Becker ist nicht zu einem Tennisendspiel angetreten. Das haben Sie an dem Abend in der *Tagesschau* gesehen und bei unserem letzten Gespräch hier in der Wohnung sehr richtig wiedergegeben.«

»Ich verstehe nicht …«

»Der Punkt ist der«, fuhr ich fort, »meine Assistentin hat Ihnen erzählt, dass Frank Knieriem am Abend des 4. März über die Promenade gegangen ist und in der *Tagesschau* desselben Tages über Polen und Becker berichtet wurde, stimmt's?«

»Ja«, sagte die alte Dame, »aber …«

»Deshalb wussten Sie es am nächsten Tag, als Sie mit mir gesprochen haben, so genau. Hätte meine Assistentin Ihnen erzählt, dass Knieriem am Sonntag, also dem 5. März, auf der Promenade unterwegs war und in der *Tagesschau* über den Goldmedaillenerfolg zweier deutscher Leichtathletinnen berichtet wurde – woran hätten Sie sich dann erinnert?«

Frau Schulze-Fahle guckte mich mit großen Augen verständnislos an. »Weiß Knieriem denn nicht selbst, wann er da langgelaufen ist?«

»Ich denke, er schon. Die Frage ist bloß, sagt er die Wahrheit?«

Ich schlenderte über die Promenade. Ungefähr hier musste Frank Knieriem nach einer geeigneten Zeugin oder einem Zeugen Ausschau gehalten haben, einer Person, die körperlich und geistig nicht mehr den fittesten Eindruck machte und der er zutraute, später, wenn es darauf ankam, Samstag und Sonntag zu verwechseln. Vermutlich hatte er anfangs gehofft, dass sich Frau Schulze-Fahle von allein bei der Polizei melden würde – und auf einen Rechtsanwalt gesetzt, der die alte Frau in der Samstags- oder Sonntagsfrage in die richtige Bahn lenken könnte. Doch dann geschah etwas viel Besseres. Frau Schulze-Fahle ging *nicht* zur Polizei. Sie war jetzt die Trumpfkarte in Knieriems Hinterhand, die er nach Belieben ziehen konnte. Vielleicht war er ihr sogar gefolgt und kannte ihre Adresse. Die er an Shirin weitergab, die deshalb keine Mühe hatte, die Zeugin zu finden. Zum richtigen Zeitpunkt. Kurz vor Ende des Prozesses, damit die Bombe die größtmögliche Wirkung entfaltete. Das erklärte auch, warum er seinen alten, in den Fall eingearbeiteten Rechtsanwalt entlassen und mich engagiert hatte. Er wollte gar keinen kompetenten Rechtsbeistand, er wollte einen jungen, unerfahrenen, mit einem Mordprozess überforderten Anwalt, dem keine Zeit blieb, sich in die Materie zu vertiefen. Dem er im entscheidenden Moment das Stöckchen hinhalten konnte, über das der Versager springen sollte – dem Gericht die perfekte Alibizeugin zu präsentieren. Und ich war gesprungen, ohne Skrupel und ohne nachzudenken. Blind vor Ruhmsucht und Verliebtheit. Knieriems Plan war aufgegangen. Bis jetzt.

All das klang logisch und nachvollziehbar. Es erklärte Knieriems grenzenlose Selbstsicherheit und Shirins Verhalten. Ich hätte schwören können, dass es genau so abgelaufen war. Aber nichts von alldem ließ sich beweisen und schon gar nicht ohne meine Mitwirkung. Die jedoch war ausgeschlossen, als Knieriems Rechtsanwalt durfte ich nicht dazu beitragen, ihn des Mordes zu überführen. Denn dann hätte ich mich der Verletzung von Privatgeheimnissen oder sogar, noch schlimmer, des Parteiverrats schuldig gemacht. Auf Letzterem stand eine Freiheitsstrafe von ein bis fünf Jahren. Und das Ende meiner Rechtsanwaltskarriere.

29

April 2022

Ich keuche. Schlucke Luft, vermischt mit Wasser. Stehe im Meer und strample mit den Beinen. Salzwasser trägt, ich muss mich nicht übermäßig anstrengen. Schlimmer ist die Kälte. Bewegung hilft vielleicht. Ich mache ein paar hektische Schwimmzüge.

»Ganz ruhig.« Christine ist an meiner Seite. »Nicht zu überhastet.«

Sie redet fast normal und gleitet so leicht durch die Wellen, als würden wir in einem Pool planschen.

»Wie …?«

»Ich war mal Profi.« Sie lächelt tatsächlich. »Ich helfe dir. Vertrau mir. Ich lasse dich nicht ertrinken.« Anscheinend atmet sie durch Kiemen oder das Wasser schlägt einen Bogen um ihren Mund.

Glück muss man haben. Was kann einem schlechten Schwimmer etwa einen Kilometer von der Küste entfernt und bei geschätzten zehn Grad Wassertemperatur Besseres passieren, als einen rettenden Engel an seiner Seite zu haben?

»Ich bin …« Eine Welle verhindert den Rest des Satzes.

»Nicht reden, Georg.« Unsere Dialoge wiederholen sich, mit vertauschten Rollen. »Konzentrier dich aufs Schwimmen. Einen Zug nach dem anderen, im Rhythmus bleiben.«

Ich konzentriere mich aufs Schwimmen, ein Zug nach dem anderen, ich bleibe im Rhythmus. Es ist gar nicht so schwer. Aber das Land kommt nicht näher. Wie viel Zeit ist vergangen? Zehn Minuten? Eine Viertelstunde? Es wird heller, die Sonne lugt über den Horizont. Ich bilde mir ein, dass ihre Strahlen wärmen, zumindest meinen Kopf, der aus dem Wasser ragt. Alles andere wird kälter und kälter, ich spüre meine Zehen und meine Finger nicht mehr. Ich strenge mich an, erhöhe die

Schlagzahl. Christine hält mühelos mit. Ohne mich wäre sie viel schneller. Ist es egoistisch, dass ich sie aufhalte? Ich lege mich auf den Rücken, lasse mich von der Strömung treiben.

»Schwimm schon mal voraus«, schlage ich vor. »Du kannst Hilfe holen. Das ist besser für uns beide.«

»Red keinen Quatsch!« Ihr Gesicht ist ganz dicht bei mir. Die Lippen blau, die Gesichtshaut fast durchsichtig. Auch sie friert. Natürlich. »Los! Weiter!«

Wir schwimmen durch ein Feld von Plastik. Verdammter Müll, einfach über Bord gekippt. Ich sehe ein Haus, das auf Pfählen halb im Wasser steht. Es wird größer, nicht viel, aber ich kann mehr Details erkennen. Das Haus ist mein Maßstab.

»Nicht nachlassen, Georg!«

Ich bin langsamer geworden, spüre die Füße und die Unterschenkel nicht mehr. Dafür wird mir warm. Ist das nicht ein Zeichen für Unterkühlung? Der Körper schickt die restliche Wärme zu den lebenswichtigen Organen und gibt die Extremitäten auf. Arme und Beine müssen selbst sehen, wie sie zurechtkommen. Notfalls kann man sie wiederbeleben oder abschneiden. *Schön, dass du nie deine Ironie verlierst*, kommentiert eine gehässige Stimme, mein zweites Ich, nehme ich an. *Wahrscheinlich wirst du auch noch Noten für dein Ableben vergeben, eine A-Note für Effektivität und eine B-Note für die Ausführung.*

»Halt die Klappe!«, sage ich laut.

»Was ist?«, fragt Christine.

»Eine kleine Pause«, bettle ich.

»Nein.« Christine bleibt hart. »Wir machen eine Pause, wenn wir an Land sind.«

Ich füge mich, obwohl ich es ungerecht finde. So lange wie jetzt bin ich schon ewig nicht mehr geschwommen und unter so widrigen Bedingungen noch nie. Meine Schultern schmerzen, meine Lunge schmerzt, alles schmerzt oder ist taub. Und das Pfahlhaus wird viel zu langsam größer. *Na, da fällt dir wohl nichts mehr ein, wie?*, lästert mein zweites Ich. *Sind dir die Witze ausgegangen?*

Ich kann nicht mehr. Ich will nicht mehr. Ich lasse mich treiben. Nur eine Minute, dann mache ich weiter. Oder auch nicht. Im Meer zu versinken ist nicht die schlechteste Lösung. Geradezu verlockend.

Dann gib eben auf!, sagt die gehässige Stimme. *Hab ich mir gleich gedacht, dass du das nicht packst.*

Ich spüre einen Arm an meiner Brust. Mein Kopf liegt weich. Ich werde gezogen. Ich bin zu müde, um mich dagegen zu wehren.

»Nicht einschlafen«, höre ich Christines Stimme an meinem Ohr. »Du musst wach bleiben.«

Muss ich das wirklich? Wer zwingt mich? Nur ein bisschen schlafen. Wäre der fremde Arm bloß nicht so unbequem. Und dann noch die Tritte, die ich dauernd abkriege.

30

November 1989

»Ich rufe dich später wieder an«, sagte Sigi und nahm die Füße vom Schreibtisch. Dann lächelte sie ein wenig verkrampft. »Georg, mit dir habe ich heute noch nicht gerechnet. Wolltest du nicht bis morgen in Berlin bleiben?«

»Mir ging's nicht so gut, ich habe mir den Magen verdorben. Deshalb sind wir früher zurück.«

»Schade. Aber den Fall der Mauer habt ihr miterlebt, oder?«

»Wir haben ihn verschlafen«, gab ich zu. »Natürlich sind wir am nächsten Morgen hin. Schon beeindruckend.« Ich versuchte, angemessen begeistert zu klingen.

»Und mit dir und …?«

»Shirin«, half ich.

»Alles okay?« Sigis Zeigefinger führten einen neckischen Tanz auf.

Ich zögerte eine Zehntelsekunde zu lange. »Klar.«

Sigi roch den Braten. »Ihr hattet Ärger. Ihr habt euch gezofft.«

»Ein bisschen, ja. Shirin war sauer, weil ich nach Hause wollte.«

»Kann ich verstehen, wäre ich an ihrer Stelle auch gewesen. Du bist so eine elende Spaßbremse, Georg. Kaum kommst du einmal raus aus deinem geliebten Münster, willst du gleich wieder zurück.« Sie musterte mich kritisch. »Und du siehst scheiße aus.«

»Danke.«

»Willst du wirklich arbeiten?«

»Eigentlich nicht. Ich dachte, ich müsste mal nach dem Rechten sehen. Ist irgendwas passiert?«

»Kannst du wohl sagen.« Sigi zog eine Schreibtischschublade auf und holte mehrere Briefbögen heraus. »Zwei Anfragen. Große Fälle, in denen du die Verteidigung übernehmen sollst. Ich hab's ja gleich gesagt, nach der Knieriem-Sache geht die Post ab. Jetzt bist du ein gefragter Anwalt, Georg.«

Sie hielt mir die Briefe hin, ich nahm sie lustlos entgegen. »Ich weiß nicht. Die Knieriem-Geschichte hat mir ziemlich zugesetzt. Ich glaube, ich muss erst mal eine Pause einlegen.«

»Ist nicht dein Ernst!« Sigi stand auf. Wäre nicht der Tresen zwischen uns gewesen, hätte sie mich vermutlich geschüttelt. »Wir waren uns einig, dass Knieriem unsere Chance ist, wirtschaftlich Boden unter die Füße zu bekommen. Wir könnten in Büroräume umziehen, die ihren Namen auch verdienen. In denen man nicht nur Punks, die Mieze oder Matze heißen, sondern echte Mandanten empfangen kann.«

»Ich mochte Mieze«, warf ich ein.

»Sollte es dir zu viel werden, kannst du dir einen Partner oder eine Partnerin suchen und ihm oder ihr die unangenehmen Fälle aufhalsen. Außerdem hätten wir die Möglichkeit, noch jemanden für die Büroarbeit einzustellen, dann wäre endlich das Telefon ständig besetzt. Und …«

»Wie wichtig ist dir das?«, stoppte ich ihre Tirade.

Sigi stutzte. »Wie jetzt?«

»Wie sehr bist du darauf angewiesen, dass alles so klappt, wie du gerade beschrieben hast? Oder gibt es noch einen Plan B? Eine Alternative?«

»Du meinst, heiraten und Kinder kriegen? So was in der Art?«

»Es gibt ja noch etwas dazwischen.«

»Ein bisschen heiraten? Dafür müsste ich erst noch den richtigen Mann finden.« Sie setzte sich wieder. »Worauf willst du hinaus, Georg? Was hast du vor?«

»Kann ich noch nicht sagen.« Ich legte die Briefe, die ich immer noch in der Hand hielt, wieder auf den Tresen. »Allerdings möchte ich im Moment keine neuen Mandate übernehmen. Also mach bitte keine Zusagen.«

Sigi hatte einen Frosch im Hals, der ihre Stimme verzerrte. »Georg, ich glaube, du bist in einer kleinen Krise. Dann sieht die Welt auf einmal ganz düster aus. Das geht vorüber. Tu jetzt nichts Unüberlegtes. Versprich mir das!«

Es war härter, als ich es mir vorgestellt hatte. Sigi tat mir leid, es war nicht fair von mir, sie nicht einzuweihen. Doch ich durfte auch nicht riskieren, dass irgendetwas von dem, was mich beschäftigte, nach außen drang. Deshalb gab es nur eines: Ich musste hier weg, so schnell wie möglich.

»Tue ich nicht«, sagte ich lässig. »Versprochen.« Und schon war ich am Durchgang zur Biobäckerei. »Bis morgen.«

Draußen, auf dem Bürgersteig, stand Shirin. »Wir müssen reden.«

»Ich bin gerade auf dem Weg …«

»Nein«, unterbrach sie mich. »Ist mir scheißegal, wohin du auf dem Weg bist. Wir reden *jetzt*, verstanden?«

»Okay«, gab ich mich geschlagen. »Was hältst du«, ich überlegte, »vom *Biarritz*? Am Marienplatz. Ist nicht weit von hier.«

»Meinetwegen«, sagte sie knapp. »Mir würde auch eine Parkbank reichen.«

Im Café *Biarritz*, benannt nach dem Lieblingsferienort des Besitzers Norbert, gab es natürlich französische Küche, aber auch sehr guten Kaffee. Ich kannte Norbert, trotzdem wäre es mir an diesem Tag lieber gewesen, wenn er uns nicht persönlich am Eingang in Empfang genommen hätte.

Er ließ es sich nicht nehmen, uns beiden die Hand zu geben. »Wahnsinn, oder? Was da gerade in Berlin passiert …«

»Deutschland wird größer«, orakelte ich. »Hoffentlich nicht so groß, dass die anderen wieder Angst vor uns bekommen.«

Norbert schüttelte zustimmend seine Locken. »Was kann ich Gutes für euch tun?«

»Nur Kaffee. Wir haben was zu bereden.«

»Dann lass ich euch wohl besser in Ruhe.«

»Also«, sagte Shirin, als der Kaffee vor uns stand, »was ist los?«

Auf dem Weg von der Kanzlei zum Marienplatz, den wir mit weltpolitischem Small Talk überbrückt hatten, war in einem unbenutzten Teil meines Gehirns der Plan für eine Ausrede gereift, die ich Shirin auftischen konnte.

»Du hast recht«, gab ich mich angemessen reumütig, »da ist etwas, das ich dir nicht erzählt habe.«

Shirin guckte mich nur auffordernd an.

»Ich war ein paar Jahre mit einer Frau zusammen. Rosa, eigentlich Rosemarie. Ich habe sie während des Studiums kennengelernt, sie ist auch Juristin. Es lief gut, wir trafen uns zwei-, dreimal die Woche, ließen uns ansonsten unsere Freiheit, daher war es auch nie ein Thema, ob wir zusammenziehen, zumindest vorerst nicht. Vor zwei Jahren habe ich auf einmal mitgekriegt, dass noch ein anderer Mann im Spiel war. Sie meinte, das sei ihre Sache, unsere Freundschaft würde dadurch nicht beeinträchtigt. Ich sah das anders.«

»Du hast Schluss gemacht?«

»Mehr oder weniger. Ich habe verlangt, dass sie sich entscheidet. Sie hielt das für eine chauvinistische Anmaßung.«

»Und was hat das mit uns zu tun?«, fragte Shirin.

»Um ehrlich zu sein, bin ich nie richtig über Rosa hinweggekommen. In vielen Dingen tickten wir ganz ähnlich, wir verstanden uns auf Anhieb, hatten dieselben Interessen. Wenn wir uns in den letzten Jahren zufällig in der Stadt begegnet sind, blitzte das sofort wieder auf.«

»Willst du mir erzählen, dass du dich nicht auf mich einlassen kannst, weil du einer seit zwei Jahren kaputten Beziehung nachtrauerst?«

»Sie hat mich angerufen«, sagte ich. »An dem Morgen in Berlin.«

»Woher wusste sie denn, wo du bist?«

»Von Sigi, die meine Kanzlei managt. Es war der ungünstigste Moment, den man sich für ein solches Telefonat vorstellen kann, das musst du mir glauben.« Ich strich mir verlegen über die Haare. »Rosa war total fertig. Sie hat am Telefon geheult und gesagt, dass ihr klar geworden ist, wie schofel sie mich behandelt hat, und wie sehr sie bereut, sich nicht für mich entschieden zu haben.«

»Und du? Du bist dahingeschmolzen?«

Ich schaffte es nicht, Shirin anzugucken, stattdessen starrte ich zur gegenüberliegenden Wand, an der ein Nachdruck eines Salvador-Dalí-Bilds hing. »Mir wurde klar, dass ich … dass ich sie immer noch liebe. Was auch immer Liebe bedeutet, wie Prinz Charles sagen würde.«

»Herzlichen Glückwunsch, Georg.« Shirin rutschte vom Stuhl. »Zahlst du meinen Kaffee mit?«

Dann war sie weg. Ich blieb sitzen und fühlte mich schlecht. So schlecht wie die Geschichte, die ich mir gerade aus den Fingern gesaugt hatte. Zwei Frauen, an denen mir etwas lag, zuerst Sigi, dann Shirin, nacheinander derart zu belügen stellte einen einsamen Rekord an Gemeinheit dar, auf den ich mir nicht das Geringste einbildete.

»Ist wohl nicht so gut gelaufen«, sagte Norbert mitfühlend.

»Nein, ist es nicht. Ich glaube, ich brauche jetzt einen Calvados. Am besten einen doppelten.«

»Ist schon in Arbeit.«

Später, nach einem Abstecher ins Gefängnis, kaufte ich mir eine Packung Kaugummis. Bei der Begegnung mit der dritten Frau an diesem Tag wollte ich nicht für jemand gehalten werden, der mittags Apfelschnaps trinkt. An der dritten Frau lag mir persönlich zwar nichts, aber gerade deswegen hatte ich nicht vor, sie zu belügen.

An der Unterlippe von Hermine Pöhler hing eine unangezündete Zigarette, was den Ausdruck des Erstaunens auf ihrem Gesicht verstärkte. »Herr Wilsberg! Sie schon wieder. Wenn mein Mann erfährt, wie oft Sie hier aufkreuzen, wird er noch eifersüchtig.«

»Wäre es unhöflich, wenn ich sagen würde, dass er sich keine Sorgen machen muss?«

Das krächzige Lachen der Staatsanwältin ging in einen Hustenanfall über. »Sie glauben gar nicht, wie schnell mein Mann eifersüchtig wird.«

»Was ist er denn von Beruf?«

»Familienrichter. Da erlebt man schlimme Sachen. Die Familie ist allzu oft ein Hort des Schreckens.« Pöhler zündete sich endlich ihre Zigarette an. »Ein Käffchen, Herr Wilsberg?«

»Nein danke, hatte ich heute bereits.«

»Na dann.« Sie blies einen perfekten Rauchring zur Decke. »Sie sind sicher nicht hier aufgekreuzt, um mit mir über meine Ehe zu plaudern.«

»Es geht um Frank Knieriem.«

»Was Sie nicht sagen.«

»Er hat den Mord begangen.«

Hermine Pöhler vergaß, die Zigarettenasche abzustreifen, ein Aschekegel fiel auf die Akte vor ihr.

»Die Beweise und Zeugen, die seine Unschuld belegen sollen, sind fingiert und manipuliert«, fuhr ich fort. »Gert Bröskamp sitzt zu Unrecht in Untersuchungshaft. Ich habe Bröskamp vorhin einen Besuch abgestattet und ihm erzählt, dass er das Opfer eines Komplotts ist.«

»Stopp!«, sagte die Staatsanwältin. »Ist Ihnen klar, was Sie da tun?«

»Ja«, sagte ich. »Ich habe mir von Bröskamp sogar eine Vollmacht erteilen lassen, die mich berechtigt, für ihn tätig zu werden und Ihnen gegenüber seine Unschuld zu beweisen.«

»Herr Wilsberg, Herr Wilsberg …« Hermine Pöhler schüttelte den Kopf. »Haben Sie sich das wirklich gut überlegt? Ihnen blüht ein Verfahren wegen Parteiverrats.«

»Ich bin auch verraten worden. Auf eine Art und Weise, die ich nicht stillschweigend hinnehmen kann. Sonst würde ich mich jeden Morgen beim Blick in den Spiegel fragen, was für ein schäbiger Kerl das ist, der mich da anglotzt.«

31

April 2022

Ich würge und spucke. Spucke und würge. Vor meinen Augen gelbbrauner Sand. Ich bin an Land. Das, was aus mir rauskommt, stinkt widerlich. Von dem Geruch werde ich endgültig wach. Ich drehe den Kopf. Neben mir hockt Christine und reibt ihre Arme und Beine.

»Wo sind wir?«, krächze ich. Blöde Frage.

Sie grinst. »In den Niederlanden, nehme ich an.«

»Toll.« Ich lasse mich wieder fallen. »Du hast mich gerettet.«

»War mir ein Vergnügen.«

»Danke.« Ich schließe die Augen.

»Nein, nicht schlafen.« Sie rüttelt an meiner Schulter.

»Nur ganz kurz.«

»Wir sind unterkühlt. Und fast nackt. Wir dürfen nicht hierbleiben. Wir müssen so schnell wie möglich ins Warme.«

Wärme. Klingt gut.

Christine zieht mich hoch. Beinahe wäre ich sofort wieder hingefallen, meine Füße sind immer noch taub. Aber Christine hält mich fest. So wird's mal sein, denke ich, wenn mir im Altenheim jemand den Rollator klaut. Christine legt einen Arm um meine Hüfte und führt mich über den wackligen Sand. Zum Glück ist es noch zu früh für Morgenspazierer und Hundegassigeher, niemand beobachtet, wie ich in Unterhose über den Strand tapse.

Das Pfahlhaus steht ganz in der Nähe, die vordere Front schwebt über dem Wasser. Es ist ziemlich groß, mehrere Etagen. Christine nimmt Kurs auf das Gebäude und ich mit ihr. Bestimmt machen wir keinen vertrauenerweckenden Eindruck. Zwei nasse, frierende Menschen in Unterwäsche, offenbar dem Meer entstiegen, in das zu dieser Jahreszeit niemand freiwillig eintaucht. Für uns spricht, dass wir nicht aussehen, als hätten wir böse Absichten oder wären körperlich in der Lage, sie umzusetzen. Am wahrscheinlichsten könnte man uns für geistig verwirrte, einer psychiatrischen Einrichtung entflohene Patienten halten.

So oder so ein Grund, die Polizei zu rufen. Und das wäre schon mal ein Anfang.

Der Pfahlbau entpuppt sich als Hotel. Die Rezeption ist um diese Uhrzeit unbesetzt. Doch es gibt eine Türklingel, die wir ausgiebig drücken. Wir warten, dem eisigen Wind ausgesetzt, der durch die Haut und das Fleisch an den Knochen zerrt. Meine Zähne klappern wie wild.

Ein übergewichtiger Mann erscheint und betrachtet uns misstrauisch durch die Glastür. Wir bitten vor Kälte schnatternd um Hilfe. Er gibt sich einen Ruck und schließt auf, offenbar nimmt er uns die Verzweiflung ab. Während wir die Lobby volltropfen, besorgt er ein paar Wolldecken. Er versteht und spricht Deutsch, was nicht verwundert, schließlich ist Deutschland durch die großen Panoramafenster am Horizont zu sehen, dazwischen liegen nur ein paar Kilometer Emsmündung. Christine erzählt und der Mann nickt. Ungläubig, wie mir scheint. Was ich verstehen kann – die Geschichte unseres Beinahefeuertods und der wundersamen Rettung klingt wie ausgedacht. Immerhin hat er von der Geiselnahme in Münster und der Flucht über die Nordsee gehört. Wir sammeln Pluspunkte. Dann telefoniert er mit der örtlichen Polizei, die den Bootsbrand bestätigt. Noch mehr Pluspunkte. Seine Miene wird freundlicher, sein Ton hilfsbereiter, er schlägt vor, uns in eines der Hotelzimmer zu bringen, da könnten wir duschen und uns ein bisschen erholen, bis die Polizei mit uns sprechen will. Hätte ich mir etwas wünschen dürfen, wäre es genau das gewesen.

Ich lasse Christine beim Duschen den Vortritt und hänge mich ans Zimmertelefon. Nicht dass ich die niederländische

Polizei für inkompetent halte, aber Informationen aus erster Hand beschleunigen vielleicht die Fahndung. Ich rufe im Polizeipräsidium Münster an und lasse mich mit Kriminalhauptkommissarin Bauer verbinden. Zu der habe ich am meisten Vertrauen, weil ich sie von früheren Fällen kenne. Und tatsächlich ist sie freudig überrascht, mich unter den Lebenden zu wissen.

»Man könnte fast annehmen, Sie sind gerührt«, kommentiere ich.

»Wenn Sie fähig wären, Gefühle zu verstehen, wüssten Sie, dass ich es bin«, kontert sie grimmig.

»Punkt für Sie«, gebe ich mich geschlagen. »Ich freue mich übrigens auch, mit Ihnen zu plaudern.«

»Dann erzählen Sie doch mal, wie Sie es geschafft haben, dem brennenden Boot zu entfliehen und auch noch an Land zu schwimmen. Sind Sie vielleicht sportlicher, als ich dachte?«

»Ich hatte einen Schutzengel.«

»Einen weiblichen? Frau Lambert?«

Und dann kommen wir unweigerlich zum Geschäftlichen, ich berichte knapp, was seit dem Ablegen des Boots in Norddeich passiert ist, und Bauer verspricht, mich über die weiteren Ereignisse auf dem Laufenden zu halten.

»Mit wem hast du da telefoniert?«, fragt Christine. Sie hat sich ein großes Laken um den Körper gewickelt und ein kleineres Handtuch um den Kopf.

»Mit einer Polizistin aus Münster«, antworte ich.

»Ihr scheint euch ja gut zu verstehen.«

»Fang du nicht auch noch damit an.«

»Womit?«

»Ach, egal.« Ich bin plötzlich sehr müde und strecke mich auf dem Bett aus.

»Nein, jetzt wird nicht geschlafen.« Christine zerrt mich hoch. »Ab unter die Dusche. Fünf Minuten heißes Wasser. Mindestens.«

Zum Widersprechen bin ich zu schlapp. Und Christine hat ja recht, die heiße Dusche tut mir gut. Anschließend wickele ich mich in die Bettdecke und schlafe sofort ein. In meinem Traum klingelt penetrant ein Telefon. Ich lasse es klingeln.

32

November 1989

»Ich glaube, ich habe mich geirrt«, sagte Frau Schulze-Fahle zu Shirin am Telefon. »Es war gar nicht der Samstag, an dem ich den Herrn Knieriem an der Promenade gesehen habe, sondern der Sonntag, also einen Tag später. Meinen Sie, ich muss das dem Herrn Wilsberg sagen? Und dann vielleicht auch noch mal ins Gericht?«

Shirin ließ sich Zeit mit der Antwort. »Haben Sie schon mit jemandem darüber gesprochen?«

»Nein. Ich wollte ja zuerst Sie fragen.«

»Gut«, sagte Shirin. »Wir machen Folgendes: Ich komme gleich zu Ihnen, in etwa einer halben Stunde könnte ich bei Ihnen sein. Dann reden wir in aller Ruhe darüber. Bis dahin unternehmen Sie nichts! Einverstanden, Frau Schulze-Fahle?«

»Das wäre sehr freundlich von Ihnen«, bedankte sich die alte Dame. »Bis gleich.« Dann legte sie auf und guckte mich an. »Richtig so?«

»Ausgezeichnet«, lobte ich sie.

Frau Schulze-Fahle lächelte schüchtern. »Ich bin ganz schön aufgeregt, Herr Wilsberg. Sie machen da Sachen mit mir, also, ich weiß nicht.«

»Es passiert Ihnen nichts, das verspreche ich.« Ich tätschelte ihren Oberarm. »Sehen Sie, nicht nur ich, auch der Kommissar und zwei seiner Kollegen sind im Zimmer nebenan. Sollte es gefährlich werden, was ich nicht glaube, sind wir im Nullkommanichts bei Ihnen.«

Kriminaloberkommissar Stürzenbecher, der die alte Dame von der anderen Seite einrahmte, nickte vertrauenerweckend. »Wir haben alles im Griff. Hundertprozentig.«

Frau Schulze-Fahle atmete geräuschvoll aus. »Dann koche ich am besten schon mal einen Kaffee.«

Dackelweibchen Lili bellte freudig. Endlich war mal was los in der guten Stube.

Eine halbe Stunde später standen Stürzenbecher und ich im Schlafzimmer der Witwe, ich in der Nähe der Tür, von wo aus ich die Unterhaltung im Wohnzimmer recht gut verstehen konnte, Stürzenbecher vor einem Tischchen mit einem voluminösen Kassettenrekorder. Der Kriminaloberkommissar trug einen Kopfhörer und verfolgte das Gespräch zwischen Shirin und Hilde Schulze-Fahle über ein im Wohnzimmer installiertes Mikrofon. Modernste Technik, wie er mir stolz versichert hatte. Stürzenbechers Kollegen lungerten unterdessen auf dem Doppelbett herum, auf der normalerweise von Lili genutzten Seite, wie an der flauschigen Decke mit dem dekorativ platzierten Spielzeugknochen zu erkennen war.

Shirins Stimme war die Anspannung anzuhören. »Haben Sie sich das wirklich gut überlegt, Frau Schulze-Fahle? Sie haben vor Gericht geschworen, die Wahrheit zu sagen. Wenn Sie jetzt Ihre Aussage ändern, gestehen Sie quasi einen Meineid. Man kann Sie dafür bestrafen.«

»O nein!«, stöhnte die alte Dame.

»O doch!«, bekräftigte Shirin. »Und das ist noch nicht alles. Der Prozess muss völlig neu aufgerollt werden. Das verursacht gewaltige Kosten. Die Zeitungen werden schlimme Dinge über Sie schreiben, Sie werden bekannt sein wie eine bunte Katze.«

»Katze?«, fragte Frau Schulze-Fahle irritiert. »Meinen Sie, bunter Hund?«

Lili bellte zweimal, offenbar fühlte sie sich angesprochen.

»Meinetwegen auch Hund«, stieß Shirin wütend hervor. »Tatsache ist, Sie werden nicht mehr auf die Straße gehen können, ohne dass Leute über Sie herfallen. Ich frage Sie noch mal: Wollen Sie das wirklich?«

»Sagen Sie nicht so was«, jammerte die alte Dame.

»Es ist meine Pflicht, Sie zu warnen. Deshalb gebe ich Ih-

216

nen einen guten Rat, den Sie befolgen sollten: Vergessen Sie die Geschichte! Nur weil Sie denken, es könnte der Sonntag gewesen sein …«

»Ich bin mir ganz sicher«, verkündete Frau Schulze-Fahle tapfer. »Gestern konnte ich wieder mal nicht einschlafen. Ich lag im Bett und grübelte und grübelte. Und dann fiel's mir plötzlich ein.«

»Was genau?«, fragte Shirin giftig.

»Dass es ein Sonntag war. Also, der Tag, an dem ich Herrn Knieriem gesehen habe, als Lili an seiner Hose geschnüffelt hat …«

»Ja? Was war da?«

»Da bin ich morgens in die Kirche gegangen. Und ich gehe immer nur sonntags in die Messe. Es sei denn, es wird jemand beerdigt.«

»Sie waren sich bis gestern genauso sicher, dass Sie Knieriem am Samstag gesehen haben.«

»Weil Sie es mir gesagt haben.«

Schweigen. Ich schaute fragend zu Stürzenbecher. Der schüttelte den Kopf. Die beiden Polizisten auf dem Bett richteten sich auf.

Dann wieder Shirin, ihre Stimme klang lauter, anscheinend war sie aufgestanden. »Ich sage es Ihnen zum letzten Mal: Vergessen Sie's! Sie haben Knieriem am Samstag gesehen. Ende der Diskussion.«

»Sonst?«

»Sonst kriegen Sie Ärger. Mit dem Gericht. Mit der Polizei. Und mit mir.«

»Mit Ihnen?« Frau Schulze-Fahles Stimme zitterte. »Sie tun mir doch nichts, oder?«

»Nicht, wenn Sie mir versprechen, beim Samstag zu bleiben. Also? Was sagen Sie?«

»Hilfe!« Es war kein Schrei, mehr eine in Zimmerlautstärke geäußerte Bitte. »Gehen Sie weg!«

Stürzenbecher gab seinen Kollegen mit dem Kopf ein Zeichen. Die beiden sprangen auf und rannten zur Tür. Ich trat einen Schritt zurück. Wir sahen Shirin vor Frau Schulze-Fahles Sessel stehen, den Oberkörper bedrohlich vorgebeugt, während sich die alte Dame so weit wie möglich in die Rückenlehne presste und Lili das Geschehen aus der Dackelperspektive ängstlich beäugte.

Obwohl die Polizisten auf sie zustürmten, hatte Shirin nur Augen für mich. »Georg? Was machst *du* hier?«

Sie wehrte sich nicht, während die Kripoleute ihr Handschellen anlegten. Sie schaute mich immer noch unverwandt an, als sie an den Oberarmen gepackt und nach draußen geführt wurde.

Frau Schulze-Fahle strich ihre Bluse glatt und lächelte verschmitzt. »Und? Wie war ich, Herr Wilsberg?«

Einen Tag später führte Kriminaloberkommissar Stürzenbecher mich in sein kleines, schlecht belüftetes Büro im Polizeipräsidium und nahm meine Aussage auf, mit der ich Knieriem und Shirin belastete und mich selbst endgültig auf die berufliche Verliererstrecke katapultierte. Bis jetzt hätte ich vielleicht noch einen Rückzieher vollführen und alles für ein großes Missverständnis erklären können. Aber ab dem Moment, in dem ich das Protokoll unterschrieb, war es dafür zu spät. Stürzenbecher hatte sich darauf beschränkt, sachliche Fragen zu stellen, und sich jeglichen Kommentars enthalten. Ich spürte seine Verwunderung darüber, dass ich meine Karriere opferte, und gleichzeitig einen gewissen Respekt. Vermutlich hatte er Frau und Kinder und zahlte Kredite ab, mit denen er ein Eigenheim in einer der weniger teuren Wohngegenden Münsters finanzierte. Für jemanden wie Stürzenbecher war das, was ich getan hatte, keine denkbare Option. Doch ein kleines bisschen bewunderte er mich dafür.

Der Kriminaloberkommissar schob seinen Bürostuhl nach

hinten und stand auf. »Ja, das war's dann wohl. Ich denke, wir sehen uns vor Gericht, wie man so schön sagt. Beim nächsten Versuch, Knieriem den Prozess zu machen.«

Ich blieb sitzen. »Haben Sie schon Shirin de Maar vernommen?«

»Sie wissen, dass ich Ihnen darüber keine Auskunft geben darf.«

»Und Sie wissen, dass es ohne mich ein Fehlurteil gegeben hätte, wahrscheinlich wäre ein Unschuldiger für ein Verbrechen bestraft worden, das er nicht begangen hat.«

Stürzenbecher kontrollierte, ob die Bürotür richtig verschlossen war. Dann sagte er mit gedämpfter Stimme: »Wenn Sie Informationen ausplaudern und mich in Schwierigkeiten bringen, werde ich alles abstreiten.«

»Schon klar. Ich halte die Klappe. Aus ureigenem Interesse.«

»Frank Knieriem ist Shirin de Maars Halbbruder – wie Sie richtig vermutet haben. Ihr gemeinsamer Vater ist Pieter de Maar, der mit Knieriems Mutter eine Affäre hatte, bevor er in den Iran ging und die bereits Schwangere einen Mann aus ihrem Heimatdorf heiratete: Heiner Knieriem. Heiner Knieriem hat mitgespielt und den kleinen Frank als seinen Sohn anerkannt. Irgendwann muss Frank Knieriem die Wahrheit erfahren und Kontakt zu seinem leiblichen Vater aufgenommen haben.«

»Die Familienbande sind immerhin so eng, dass Shirin ihrem Halbbruder geholfen hat, einen von ihm begangenen Mord einem Unschuldigen in die Schuhe zu schieben.«

»Dazu sagt sie nichts. Sie beantwortet keine Fragen zu Knieriem oder ihrer eigenen Tatbeteiligung. Muss sie auch nicht. Wir haben etwas Besseres gefunden, in ihrer Handtasche.«

Dass Shirin eine Handtasche besaß, war mir neu.

Stürzenbecher redete weiter. »Da lagen nämlich ein paar Krümel Gips, identisch mit dem Material, aus dem die Tatwaffe besteht. Das reicht, um zu beweisen, dass Shirin de Maar die Annette-von-Droste-Hülshoff-Statue transportiert und in Bröskamps Keller versteckt hat.«

»Hat Shirin denn überhaupt etwas gesagt, über mich zum Beispiel?«

Der Polizist grinste. »Nichts Schlechtes jedenfalls.« Er öffnete demonstrativ die Tür, die Privatunterhaltung war vorbei. »Haben Sie Knieriem schon beigebracht, dass aus seiner Freilassung nichts wird?«

Ich schüttelte Stürzenbecher zum Abschied die Hand. »Noch nicht. Aber ich fahre gleich zum Gefängnis. Schließlich hat auch Knieriem Anspruch auf eine Verteidigung, die sich an die Regeln hält und seine Interessen vertritt. Da habe ich leider versagt.«

»Dann machen Sie sich mal auf einiges gefasst.«

»Ich werde meine Finger immer in der Nähe der Notruftaste haben.«

Frank Knieriem war schon schlecht gelaunt, als er von zwei Justizwachtmeistern in den Besucherraum geführt wurde.

»Was soll das, Wilsberg?«, sagte er statt einer Begrüßung. »Wieso sitze ich immer noch hier drin? Ich kriege Nachrichten mit, so undurchlässig sind die Wände nicht. Die Polizei hat Bröskamp verhaftet, man hat die Tatwaffe bei ihm gefunden. Mit anderen Worten, ich bin erwiesenermaßen unschuldig. Und jetzt lesen Sie es von meinen Lippen ab: Ich. Will. Hier. Raus.«

»Das geht nicht«, sagte ich.

»Wieso geht das nicht?« Knieriem spuckte vor Erregung Speicheltröpfchen auf die Tischplatte, die uns trennte.

»Weil Bröskamp nicht der Täter ist.«

»Sagt wer?«

»Die Polizei hat Bröskamp freigelassen und dafür Ihre Schwester verhaftet. Sie wird verdächtigt, Ihnen bei der Beschaffung eines Alibis geholfen und die Tatwaffe im Keller von Bröskamp versteckt zu haben. Dafür gibt es eindeutige Beweise.«

Knieriem riss Augen und Mund auf. »Meine Schwester?«

»Die ›nette Maus‹, wie Sie Shirin bei unserer letzten Begegnung bezeichneten. Es gibt nicht viele Brüder, die so etwas über ihre Schwester sagen.«

Knieriem dachte nach. Die Schlüsse, die er zog, schienen nicht angenehm zu sein, vor allem nicht für mich, wie ich seinem immer finsterer werdenden Gesichtsausdruck entnahm. »Wie ist denn die Polizei darauf gekommen?«

Nun hätte ich mich in ausweichende Antworten und Floskeln retten können, ich wollte es jedoch hinter mich bringen. »Durch mich.«

Knieriem atmete schwer. »Sie haben Shirin bei der Polizei angeschwärzt?«

»Man könnte es eleganter ausdrücken, aber im Prinzip trifft es den Kern.«

»Das dürfen Sie nicht«, sagte Knieriem entrüstet. »Sie sind *mein* Anwalt. Sie dürfen mir nicht schaden. Ich bin kein Jurist, doch so viel Ahnung habe selbst ich. Erzählen Sie mir also nicht so eine Scheiße!«

»Sie haben recht«, stimmte ich ihm zu. »Es ist verboten. Ich werde dafür bestraft werden. Das ändert nichts daran, dass ich gegen Sie und Shirin aussagen werde.«

»Sind Sie wahnsinnig, Wilsberg?« Knieriem wechselte die Strategie, sein Ton wurde freundlicher. »Ich kann ja verstehen, dass Sie enttäuscht sind. Shirin hat Ihr Herz gebrochen, darin ist sie gut. O Mann, Sie sind nicht der Erste, dem das passiert ist, alle paar Wochen hat sie einen Neuen am Start. Mit ein bisschen Abstand, sagen wir, einige Wochen oder Monate, werden Sie die Sache ganz anders sehen, Liebeskummer geht vorbei. Wenn Sie jetzt Ihren Job in den Sand setzen, werden Sie es später bereuen. Deshalb rate ich Ihnen, tun Sie bloß nichts Unüberlegtes.«

Ich nahm die Hand von der Notruftaste und stand auf. »Genau darüber habe ich lange nachgedacht. Das hat allerdings nichts an meinem Entschluss geändert.«

Knieriem rasselte mit den Ketten, die zwischen seinen Händen und Füßen baumelten. »Ich mach dich fertig, Wilsberg. Früher oder später komme ich hier raus, und dann rechne ich mit dir ab.«

Ich klopfte an die Tür. »Öffnen bitte!«

Hinter mir stieß Knieriem einen Schrei aus, der schwächere als Gefängnismauern vermutlich zum Einsturz gebracht hätte.

33

April 2022

»Georg!« Jemand rüttelt an meiner Schulter. Ich öffne die Augen und sehe Christine. »Für dich.« Sie hält mir den Telefonhörer hin.

Ich brauche ein paar Sekunden, um zu realisieren, dass ich in einem Bett liege und nicht mehr gefesselt bin. »Wer?«

»Die Kommissarin aus Münster. Nun nimm schon! Sie will dich sprechen.«

Ich räuspere mich. »Frau Bauer?«

»Wir haben sie. Knieriem, seine Ehefrau und eine zweite Frau, offenbar eine Niederländerin.«

»Oh! Gut.«

»An der Grenze zwischen den Niederlanden und Belgien. Sie fuhren in einem Auto mit französischem Kennzeichen. Vermutlich wollten sie nach Frankreich und von dort aus in ein Land, in dem man sich eine prima neue Identität kaufen kann.«

»Und wie …?«

»Sie haben noch versucht, eine Sperre zu durchbrechen, sind dann aber im Graben gelandet und haben sich widerstandslos festnehmen lassen. Bis auf ein paar Schrammen ist ihnen nichts passiert. Im Moment sitzen sie in einer Zelle in Belgien und warten auf ihre Auslieferung nach Münster.«

»Freut mich.«

»Das dachte ich mir.« Ich höre ein Klackern wie von einem Blinker und dann einen aufheulenden Motor, die Kriminalhauptkommissarin befindet sich in einem Auto. »Darum habe ich mich gleich zu Ihnen auf den Weg gemacht. Ich schätze, in etwa einer Stunde bin ich in Delfzijl.«

»Sie wollen uns abholen?«, frage ich erstaunt.

»Wenn Ihnen das recht ist. Frau Lambert und Sie können

natürlich auch abwarten, bis die erste Busladung deutscher Journalisten eingetroffen ist, und eine Pressekonferenz geben.«

»Auf keinen Fall.« Ich schlage die Bettdecke zurück und stelle fest, dass ich nackt bin. »Da gibt es allerdings ein Problem. Wir haben nichts anzuziehen.«

»Daran habe ich schon gedacht.«

»Sie sind ein Engel.« Ich stehe auf und gehe mit dem Telefon zum großen Fenster.

»Endlich sehen Sie das ein«, lobt Bauer mich.

Das schmutzig graue Wasser der Emsmündung ist fast spiegelglatt. Nach dem Sonnenstand zu urteilen, muss es früher Nachmittag sein. Nicht weit vom Hotel entfernt kreuzt ein Motorboot. Das Boot stoppt, ein riesiges Fotoobjektiv schwenkt in meine Richtung.

»Scheiße!« Ich springe zurück.

»Was ist los?«, fragt Bauer.

»So ein Arsch will mich fotografieren.«

»Ohne was an?« Sie kichert.

»Beeilen Sie sich«, sage ich und lege auf.

Dann wickele ich mir die Bettdecke um die Hüften.

Christine, die immer noch Badelaken und Handtuch trägt, schaut mich mitleidig an. »Ich wollte dich warnen. Vor dem Hotel drängelt sich eine Menge Leute. Nicht nur Journalisten, auch Schaulustige. Irgendwer hat geplaudert, ich tippe auf den Hoteldirektor.«

Wir fahren durch Delfzijl. Bauer hat uns mithilfe einiger niederländischer Polizisten durch die Meute geschleust und in ihr Auto verfrachtet. Das damit verbundene Blitzlichtgewitter wäre vielleicht erträglicher gewesen, wenn ich nicht einen schwarzen und Christine einen pinkfarbenen Jogginganzug getragen hätte. Bauer hat sich bei der Kleiderauswahl leider nicht viel Mühe gegeben. Für den Rest meines Lebens werde ich in den Medien der Detektiv im Jogginganzug sein. Dabei hasse ich Jogginganzüge, bis heute habe ich noch nie freiwillig einen angezogen.

Wenigstens dürfen wir uns vorläufig vor weiteren Zudringlichkeiten in Sicherheit wähnen, die niederländischen Polizisten haben die Medienleute davon abgehalten, uns zu verfolgen. Bauer kurvt durch die beschauliche Altstadt von Delfzijl, viel Rotklinker und putzige Häuschen, hätte ich nicht schon im Hotel etwas gegessen, würde ich spätestens jetzt Hunger auf Pommes frites und Appelgebak mit Slagroom kriegen.

Kurz darauf sind wir auf einer Nationalstraße, die zur Grenze führt, und dann wieder auf der A 31, diesmal nach Süden. Vor nicht einmal vierundzwanzig Stunden waren wir zusammen mit Knieriem und Nummer eins in der umgekehrten Richtung unterwegs, es kommt mir so vor, als wäre seitdem eine Ewigkeit vergangen.

Die Kriminalhauptkommissarin schaut in den Rückspiegel, Christine und ich sitzen auf der Rückbank eng nebeneinander. »Und Sie, Frau Lambert, haben unserem guten Wilsberg also das Leben gerettet?«

Es klingt einen Hauch spöttisch, Christine geht nicht darauf ein. »Für irgendetwas muss es ja nützlich sein, dass ich mal professionell Triathlon betrieben habe. Vor vielen Jahren gehörte ich zum deutschen Team bei Europa- und Weltmeisterschaften, da findet die Schwimmdisziplin ab und zu auch im Meer statt, manchmal unter widrigen Bedingungen. Und Schwimmen verlernt man nicht.«

»Da haben Sie ja richtig Glück gehabt, Wilsberg«, kommentiert Bauer.

»Stimmt.« Ich drücke Christines Hand. »Ohne Christine würde ich immer noch da draußen herumtreiben, wahrscheinlich eher unter als über Wasser.«

»Aber wenn diese Frau nicht gewesen wäre …«, sagt Christine.

»Welche Frau?«, fragt Bauer.

»Die Georgs Fesseln durchgeschnitten hat«, sagt Christine. »Allein hätten wir uns nicht befreien können, wir wären elendig verbrannt.«

»Shirin de Maar«, sage ich. »So hieß sie zumindest vor dreißig Jahren. Knieriems Halbschwester. Die zweite Frau im Wagen.«

»Sie kennen sie?« Bauer ist beeindruckt.

»Ja. Von früher.«

»Das ist eine lange Geschichte«, spottet Christine.

»Eine Liebesgeschichte mit der Schwester von Frank Knieriem? Warum haben Sie mir nie etwas davon erzählt?«, meckert Bauer.

Ich stöhne. »Weil es nicht das ruhmreichste Kapitel meines Lebens ist. Knieriem stand damals vor Gericht, ihm wurde der Mord an seiner Lebensgefährtin vorgeworfen. Und er hat sich mich als Verteidiger ausgesucht. Aus drei Gründen: Ich war jung, ich war unerfahren und ich war Single.«

»Man sollte annehmen, dass bei den ersten beiden Gründen das Gegenteil erfolgversprechender wäre«, meint Bauer.

»Sollte man, ja. Es hat auch eine Weile und einen Zufall gedauert, bis ich die Sache durchschaut habe.«

»Ziemlich perfide.«

»Ich war so sauer, dass ich meinen Rauswurf aus der Rechtsanwaltskammer in Kauf genommen habe und Privatdetektiv geworden bin.«

»Was ich nicht verstehe«, sagt Christine, »wenn diese Shirin dir nur etwas vorgespielt und nichts für dich empfunden hat, warum hat sie dann heute Nacht deine Fesseln durchgeschnitten? Sie wollte, dass du überlebst, oder nicht?«

Ich schaue aus dem Autofenster auf das unendlich flache Emsland, aus dem reihenweise Windkraftanlagen ragen. »Keine Ahnung.«

Zwei Stunden später setzt Bauer uns in der Innenstadt von Münster ab. Wir sollen uns ausschlafen, rät sie, und anschließend zum Polizeipräsidium kommen, um unsere Aussagen zu Protokoll zu geben. Müde, aufgekratzt und ein bisschen planlos stehen Christine und ich in der Fußgängerzone, gar nicht weit entfernt von dem Kaufhaus, in dem alles begann. Christine wohnt gleich um die Ecke, meine Wohnung im Kreuzviertel ist weiter entfernt, aber ich freue mich darauf, ein paar Schritte zu Fuß zu gehen, ein bisschen Bewegung und frische Luft werden mir guttun. Die Gefahr, dass mich trotz oder gerade wegen meiner Jogginganzug-Verkleidung jemand erkennt und anspricht, nehme ich in Kauf.

Zeit für den Abschied. Irgendwie schaffen wir es beide nicht, die richtigen Worte zu finden, in den letzten vierundzwanzig Stunden ist zu viel passiert, auch zwischen uns.

Schließlich sagt Christine: »Es war trotz allem wunderschön.«

Ich lache. »Was? Die Geiselnahme? Dass wir beinahe verbrannt wären? Dass das Wasser eiskalt war?«

»Nein. Dass wir das gemeinsam durchgestanden haben.«

Und dann sagen wir nichts mehr und küssen uns.

34

Januar 1990

Der Nieselregen draußen war so unfreundlich wie das Klima in meiner Kanzlei. Meiner in Abwicklung befindlichen Kanzlei, um genau zu sein. Die beiden Atari-Computer hatte ich schon verkauft, ebenso wie die Regale und den größten Teil der übrigen Möbelstücke. Sigi und ich packten die Aktenordner und den restlichen Kram in Umzugskartons. Morgen würden zwei kräftige Männer kommen und das Zeug zu einem überflutungssicheren, gut geschützten Lagerraum fahren, den ich für diesen Zweck angemietet hatte. Falls ich irgendwann noch mal eine Akte hervorziehen müsste.

Sigi arbeitete schweigend und verbissen. Alles an ihr war reinste Anklage, ich hatte sie ohne Vorwarnung vor vollendete Tatsachen gestellt. Kanzlei weg, Job weg, Perspektive weg. Und das nahm sie mir übel. Was ich verstand. An ihrer Stelle wäre ich auch sauer auf mich gewesen.

»Sobald sich die Chance ergibt, stelle ich dich wieder ein«, machte ich ein Friedensangebot.

»Und wann ergibt sich die Chance?«

»Das weiß ich jetzt noch nicht.«

»Vielen Dank, Georg.« Sigi faltete einen neuen Umzugskarton auseinander. »Kann allerdings sein, dass ich dann schon etwas Besseres gefunden habe.«

Ich stöhnte. »Mach es uns nicht schwerer, als es ohnehin ist.«

Sigi drehte mir den Rücken zu. »Hast du eigentlich eine Idee?«

»Zwei sogar. Ich denke an einen kleinen Laden, ein Antiquariat oder etwas Ähnliches. Der Vater eines Bekannten von mir hat einen Briefmarken- und Münzladen in der Nähe des Prinzipalmarkts und sucht einen Nachfolger, weil er in den Ruhestand gehen will.«

Sigi ließ einen gusseisernen Locher in den Umzugskarton fallen und drehte sich um. »Briefmarken und Münzen? Dein Ernst?«

»Als Kind habe ich beides gesammelt. Der jetzige Besitzer hat sich bereit erklärt, mir alles zu zeigen. Für den Rest gibt es Kataloge.«

»Und du glaubst, das füllt dich aus?«

»Nein. Deshalb habe ich noch ein Fernstudium gebucht, das mich befähigt, den Beruf eines Privatdetektivs auszuüben. Das Kriminelle würde mir sonst fehlen.«

Sigi lachte gehässig.

»Was gibt es da zu lachen?«, erkundigte ich mich. »Ein Privatdetektiv mit zweitem juristischen Staatsexamen ist etwas Besonderes. Ich würde, wenn man mich engagiert, nicht nur Fakten liefern, sondern gleich die juristische Expertise dazu.«

»Du hast nicht einmal einen Waffenschein, geschweige denn eine Waffe.«

»Die brauche ich ja auch nicht.« Ich tippte mir an die Stirn. »Ich löse meine Fälle mit Köpfchen.«

»Und wenn so ein Typ merkt, dass du ihn verfolgst, und dich zur Rede stellt?«

Ich zuckte mit den Schultern. »Dann verwickele ich ihn in eine Diskussion. Darin bin ich gut.«

Sigi lachte wieder, ein bisschen freundlicher und gelöster als vorhin.

»Ganz ehrlich, Georg, das klingt nach einer Schnapsidee.« Sie ging zum Tresen, der verloren mitten im Raum stand, griff in ein Fach und legte einen Brief auf die obere Fläche. »Der hier ist heute für dich gekommen. Hätte ich fast vergessen.«

Ich nahm den Brief in die Hand, las den Absender und warf das Schreiben zurück auf den Tresen, als hätte ich versehentlich in eine Höhle mit giftigen Vipern gegriffen.

»Was ist los?«, fragte Sigi. »Willst du ihn nicht aufmachen?«

»Nein.«

»JVA Bielefeld-Brackwede. Gibt es da nicht auch eine Frauenabteilung? Sitzt da deine Ex-Freundin, diese Schi…?«

»Shirin de Maar. Ja, das ist möglich.«

»Los, Georg!«, drängte Sigi. »Mach ihn auf!«

»Wozu? Ich habe mit ihr und der Vergangenheit abgeschlossen.«

»Sie aber vielleicht nicht mit dir.«

»Und was geht mich das an?«

Sigi verdrehte die Augen. »Stell dich nicht so an! Sie hat ein Recht darauf.«

»Never.«

Am nächsten Tag fuhr ich nach Bielefeld. Im Teutoburger Wald, kurz vor Hilter, kam dichter Nebel auf. Wahrscheinlich wollte mir das Wetter damit ein Zeichen geben. Lass es! Dreh um! Fahr nach Hause! Ich ignorierte die Warnung und erreichte das Gefängnis mit reichlich Verspätung.

Shirin erwartete mich schon im Besucherraum. Die Untersuchungshaft hatte ihr zugesetzt, sie sah müde aus, hatte Ringe unter den Augen und auch ihr Haar wirkte stumpfer und farbloser als sonst.

Ich fühlte mich unwohl und beließ es bei einem Nicken, so distanziert wie möglich und so freundlich wie zulässig. »Hallo.«

»Schön, dass du da bist.«

»Ich wollte nicht, Sigi hat mich gezwungen.«

Ein Lächeln huschte über Shirins Gesicht. »Dann bedanke ich mich unbekannterweise bei deiner Sekretärin.«

»Meiner ehemaligen Bürovorsteherin. Ich bin dabei, die Kanzlei aufzulösen.«

»Oh. Das tut mir leid.«

Ich stöhnte. »Kannst du aufhören, so zu tun, als wäre das alles ein großes Missverständnis? Du hast mich reingelegt und ich habe dich dafür ans Messer geliefert. Wir haben uns gegenseitig nach Kräften geschadet, mit vollem Einsatz und ohne jegliche Rücksicht. Meiner Meinung nach sind wir quitt. Also bitte keine Entschuldigungen!«

»Was machst du denn jetzt?«

Ich zuckte mit den Schultern. »Weiß ich noch nicht.«

Shirin senkte den Kopf. »Und jeden Tag wirst du mich dafür hassen, dass du nicht mehr Rechtsanwalt bist.«

Ich ließ das so stehen.

»Du hast ja recht«, redete sie weiter. »Es war so geplant. Ich wollte dein Vertrauen gewinnen. Aber es ist nicht fair, alles darauf zu reduzieren.«

»Es wäre auch nicht fair gewesen, mit Bröskamp einen Unschuldigen ins Gefängnis zu bringen. Und genau das war deine Absicht.«

»Denkst du, ich habe damit keine Probleme gehabt?«

»Ich habe jedenfalls keine bemerkt.«

Shirin schüttelte den Kopf. »Es war nicht Frank, sondern mein Vater, der mich dazu gedrängt hat.«

»Zu dem du angeblich keinen Kontakt hast.«

»Da habe ich dich belogen.«

»So wie immer.«

»Nicht die ganze Zeit«, sagte Shirin mit Nachdruck. »Am Anfang, ja, da habe ich dir etwas vorgespielt. Dann wusste ich nicht mehr, was Spiel und was Wahrheit war. Ich merkte, dass ich mich wirklich in dich verliebe.«

»Lass es!«, sagte ich. »Das bringt nichts.«

»Vielleicht habe ich deshalb das Foto im Portemonnaie gelassen, vielleicht wollte ich unbewusst, dass du mich durchschaust. Das war es doch, das Foto, oder? Nicht diese Rosa. Ab dem Moment in Berlin, als du mein Portemonnaie geholt hast, warst du so komisch.«

»Ja«, bestätigte ich. »Es war das Foto.«

»Schon vor Berlin hätte ich dir gerne alles gestanden. Aber ich hatte Angst. Angst, kaputtzumachen, was zwischen uns entstanden war.«

»Jetzt ist es noch ein bisschen kaputter.«

»Ich weiß«, sagte sie und ihre Augen schimmerten wässrig.

»Ich möchte mich bei dir dafür entschuldigen.«

»Du erwartest nicht, dass ich dir verzeihe und alles ist wieder gut, oder?«

»Nein. Ich hoffe nur, dass wir uns irgendwann mal wiedersehen, außerhalb von Gefängnissen und Gerichtssälen.«

»Das hoffe ich nicht«, sagte ich und stand auf. »Und schreib mir keine Briefe mehr.«

35

April 2022

Ich höre, wie jemand einen Schlüssel in das Schloss meiner Wohnungstür steckt. Das ist komisch. Außer mir und der Putzfirma, die Reinigung nach Hausfrauenart anbietet, besitzt niemand einen Wohnungsschlüssel. Und die Putzleute erscheinen immer am Donnerstagvormittag, jetzt ist Freitagnachmittag.

Die Tür wird geöffnet, Schritte auf dem Parkett im Flur. Dann eine vorwurfsvolle Stimme: »Papa!«

Richtig, meine Tochter Sarah hat auch noch einen Schlüssel. Hätte ich fast vergessen. Sarah ist nach ihrem Studium in den USA geblieben und besucht mich höchstens ein- oder zweimal im Jahr.

»Sarah!« Wir umarmen uns. »Warum hast du nicht gesagt, dass du kommst?«

»Nichts gesagt?« Sie funkelt mich an. »Ich habe dich ungefähr fünfzigmal angerufen, zuerst auf dem Handy, später auf dem Festnetz. Die Geiselnahme war auch in den Staaten ein Thema. Ich habe dich im Fernsehen gesehen, wie du von den Gangstern zum Auto und dann auf das Schiff gebracht wurdest. Ich bin vor Angst fast gestorben. Und die stupid cops von Münster wollten mir keine Auskünfte geben.«

»Die wussten ja selber nichts«, wiegele ich ab. »Und ans Handy konnte ich nicht gehen, weil die Geiselnehmer alle Telefone eingesammelt hatten.«

»Das habe ich mir auch gedacht.« Sarah drückt mich erneut an sich. »Ich war so froh, als ich hörte, dass alle Geiseln überlebt haben. Du musst mir unbedingt erzählen, wie du das geschafft hast.«

»Das ist ein abendfüllendes Programm.«

»He!« Sarah löst sich von mir und schaut mich kritisch an.

»Ich hatte nicht vor, gleich wieder zu fahren. Das habe ich dir alles auf den Anrufbeantworter gequatscht. Wieso hörst du den nicht ab?«

»Na ja.« Ich zeige auf das hektisch blinkende Gerät. »Da sind ein paar Dutzend Anrufe drauf. Vermutlich hauptsächlich Journalisten, die ein Interview mit mir führen wollen. Ich hatte noch keinen Nerv, mich damit zu beschäftigen.«

»Ich bin da auch drauf, Papa. Deine Tochter!«

»Sorry«, gebe ich mich zerknirscht. »Ich bin ein bisschen überfordert. Manchmal weiß ich nicht, was schlimmer ist, die Geiselnahme oder der Rummel danach.«

»Okay.« Sarah lächelt mich an. »Ich koche uns erst einmal einen Tee. Und du erzählst die Story, sobald dir danach ist. No stress.« Sie verschwindet in die Küche.

»Da ist noch etwas!«, rufe ich ihr hinterher. »Ich bin gleich verabredet. Es dauert nicht lange. Du kannst ja in der Zwischenzeit schon mal deine Sachen auspacken.«

Sarah kehrt zurück, ihre Stirn ein einziges Faltenmuster. »Kannst du die Verabredung nicht verschieben? Wer ist es denn?«

»Die Frau, die mir in der Emsmündung das Leben gerettet hat. Sie hat auch noch kein neues Handy. Also muss ich da hin, sonst wartet sie umsonst.«

Christine sitzt in einem Café in den Arkaden, ganz hinten in der Ecke. Sie trägt eine Sonnenbrille und einen Hut, unter dem ihre kurzen grauschwarzen Haare fast gänzlich verschwinden, offenbar hat sie schon Bekanntschaft mit professionellen Wegelagerern gemacht.

»Entschuldigung, ist hier noch ein Platz frei?«, spiele ich den zufälligen Passanten.

»Unbedingt. Ich habe ihn sogar extra für Sie freigehalten.« Christine schiebt die Sonnenbrille auf die Nasenspitze und guckt mich über die Fassung hinweg an. »Wie geht's dir?«

»Gut, gut. Ein bisschen rummelig, aber schön. Meine Tochter ist vorhin angereist, aus den USA.«

»Dann willst du die Zeit bestimmt mit ihr verbringen. Wir können unser Treffen auch auf nächste Woche verschieben.«

»Nein, ich … Ich wollte dich sehen. So ein gemeinsames Geiselschicksal hat merkwürdige psychische Folgen. Ohne dich fühle ich mich plötzlich allein.«

»Geht mir auch so.« Christine legt eine Hand auf meine. »Seltsam, oder?«

Eine Kellnerin steht an unserem Tisch. Wir fühlen uns ertappt und sortieren unsere Hände auseinander. Ich bestelle einen Cappuccino, Christine ist bereits versorgt.

»Wird eine Weile dauern, bis ich mich wieder an den alten Trott gewöhnt habe«, sage ich. »Im Moment kann ich mir nicht vorstellen, nächtelang im Auto zu sitzen, auf beleuchtete oder unbeleuchtete Fenster zu starren und mich zu fragen, was dahinter wohl vorgeht. Oder wie der Held in einem Fernsehkrimi sagen würde: ›Ich hab keinen Bock mehr auf diesen Scheiß.‹«

»Und was würdest du lieber tun?«

»Ehrlich? Du wirst es spießig finden.«

»Nein. Sag schon!«

»In letzter Zeit stelle ich mir manchmal vor, wie es wäre, Rentner zu sein. Bücher lesen, ins Museum gehen, verreisen, vielleicht irgendetwas Kreatives ausprobieren oder ein Seniorenstudium anfangen.«

Christine sieht nicht geschockt aus. »Und was hindert dich daran?«

»Meine Rente ist zu klein und die Miete für meine Wohnung zu hoch, um ein Leben ohne Arbeit finanzieren zu können.«

Mein Cappuccino kommt.

Christine lehnt sich zurück. »Brauchst du denn eine große Wohnung für dich allein?«

»Derzeit schon, weil sich mein Büro darin befindet.«

»Und wenn du nicht mehr als Privatdetektiv arbeitest?«

»Dann besteht das Problem darin, auf dem münsterschen Wohnungsmarkt eine kleine bezahlbare Wohnung in Innenstadtnähe zu finden. Ich bin kein Typ für Vororte oder Landleben.«

Christine sagt nichts. Ich rühre Zucker in den Cappuccino und trinke ein paar Schlucke. Sie sagt immer noch nichts. Dann nimmt sie ihre Sonnenbrille ab. »Seit der Scheidung von meinem Ex-Mann habe ich eine Wohnung in der Innenstadt, die eigentlich viel zu groß ist für mich.«

Jetzt bin ich mit Schweigen dran, der Satz hat einfach zu viel Bedeutung für ein normales Geplauder.

Christine wird nervös. »Das soll kein Heiratsantrag werden. Denk bloß nicht, dass ich dich zu irgendetwas drängen will.«

»Das denke ich ja gar nicht.«

»Was denkst du dann?«

»Dass wir es ausprobieren sollten. Ein paar Monate. So lange behalte ich meine alte Wohnung und falls es mit uns nicht klappt, mache ich da weiter, wo ich aufgehört habe.«

Christine nickt. »Klingt vernünftig.«

»Sind Sie durch Ihre gemeinsame Zeit als Geiseln zu einem Liebespaar geworden?«, fragt eine männliche Stimme.

Wir schauen hoch und werden von einem Blitzlicht geblendet. Vor unserem Tisch steht ein Fotograf.

»Verschwinden Sie!«, sage ich.

Der Mann drückt weiter auf den Auslöser. »Und Sie, Frau Lambert, was sagen Sie dazu?«

»Dass Sie verschwinden sollen«, antwortet Christine.

Der Fotograf geht. Dafür starren uns jetzt alle anderen Leute im Café an.

»Vielleicht ist Öffentlichkeit doch keine so gute Idee«, stelle ich fest.

»Ich könnte dir meine Wohnung zeigen«, schlägt Christine vor. »Damit du weißt, worauf du dich einlässt.«

Dank

Ohne die juristische Erfahrung von Matthias Pheiler und Cornelia Bauer, die mir beratend und korrigierend zur Seite standen, hätte ich dieses Buch gar nicht schreiben können. Lara Nouri hat mich an ihren Kindheitserlebnissen in Teheran teilhaben lassen. Hucky Herzig hat mir etliche Schätze seines umfangreichen *Stadtblatt*-Archivs überlassen. Tobias Perrey und Sandra Lüpkes, meine Frau und liebste Kollegin, haben als Testleser logische Fehler aufgespürt. Und zu guter Letzt hat Nadine Buranaseda als Lektorin umsichtig ergänzt und gekürzt und Jagd auf Stilblüten und Wortdopplungen gemacht. Ihnen allen danke ich herzlich.

Was jetzt noch zu bemängeln ist, geht eindeutig auf mein Konto.

Alle Wilsberg-Krimis auf einen Blick

Petra Würth und Jürgen Kehrer
Blutmond – Wilsberg trifft Pia Petry
Wilsberg lernt Pia Petry kennen – schon bald sprühen Funken
Bd. 16, ISBN 978-3-89425-311-0, E-Book: ISBN 978-3-89425-970-9

Wilsberg und die dritte Generation
Wilsberg bekommt wortwörtlich kalte Füße …
Bd. 17, ISBN 978-3-89425-327-1, E-Book: ISBN 978-3-89425-838-2

Petra Würth und Jürgen Kehrer
Todeszauber – Wilsberg trifft Pia Petry
Knisternde Spannung und ein knisternder Schlagabtausch
Bd. 18, ISBN 978-3-89425-344-8, E-Book: ISBN 978-3-89425-839-9

Wilsberg – Ein bisschen Mord muss sein
Die gar nicht heile Welt des deutschen Schlagers
Bd. 19, ISBN 978-3-89425-463-6, E-Book: ISBN 978-3-89425-192-5

Wilsberg – Sag niemals Nein
Teenager Emmas Auftrag kann Wilsberg nicht ablehnen
Bd. 20, ISBN 978-3-89425-634-0, E-Book: ISBN 978-3-89425-635-7

Wilsberg – Sein erster und sein letzter Fall
Wilsberg trifft auf einen alten Widersacher
Bd. 21, ISBN 978-3-98659-003-1, E-Book: ISBN 978-3-98708-000-5

|grafit|